KB164213

계속되는 무

PAPELES DE RECIENVENIDO Y CONTINUACIÓN DE LA NADA
by Macedonio Fernández

마세도니오 페르난데스
계속되는 무

엄지영 옮김

wo
rk
——
ro
om

일러두기

이 책은 아르헨티나 출판사 코레히도르(Ediciones Corregidor)에서 출간된
마세도니오 페르난데스(Macedonio Fernández)의 『방금 도착한 이의 기록 그리고
계속되는 무(Papeles de Recienvenido y Continuación de la Nada)』(2007)를
한국어로 옮긴 것이다.

부록으로 수록된 단편 「의식 절제 수술(Cirugía psíquica de extirpación)」과
「우주가 된 호박(성장에 관한 이야기)(El zapallo que se hizo cosmos[Cuentos
del crecimiento])」은 베네수엘라 출판사 비블리오테카 아야쿠초(Biblioteca
Ayacucho)에서 출간된 마세도니오 페르난데스의 소설집 『영원한 여인의 소설
박물관(Museo de la novela de la Eterna)』(1982)에 실린 것을 한국어로 옮겼다.

원문에는 없지만 문맥상 필요하다고 판단되는 표현의 경우 대괄호([ ])로
구분했다.

주(註)는 옮긴이가 작성했으며, 원주의 경우 별도 표기했다.

원문에서 이탤릭체로 강조된 부분은 방점을 찍어 구분했다.

차례

작가에 대하여

마세도니오 페르난데스(Macedonio Fernández, 1874~1952). 아르헨티나 부에노스아이레스에서 태어나고 죽은 이 작가는 소설, 단편, 시, 신문 논평, 철학 에세이, 그리고 기존 범주로 분류할 수 없는 종류의 글('이야기')을 썼다. 보르헤스의 정신적 스승이었던 그는 당시 아르헨티나의 아방가르드 작가들 중 가장 중요한 인물로 꼽힌다.

    마세도니오는 대학에서 법학을 공부했다. 졸업 후 변호사와 검사로 활동했는데, 검사였을 당시 어떤 피고에게도 유죄를 구형하지 않아 해임되었다는 일화가 떠돈다. 그는 주변의 아나키스트들과 함께 파라과이에 '아나키즘 공동체'를 세운 바 있으며, 초현실주의적인 선거 운동을 펼쳐 보이려는 의도로 대통령직에 출마했다가 참패하기도 했다. 지극히 아꼈던 아내 엘레나 데 오비에타(Elena de Obieta)와는 네 자녀를 두었다. 그리고 엘레나의 때 이른 죽음을 애도하며 쓴 엘레지는 아르헨티나 문학의 기념비적 작품이 되었다.

    마세도니오의 글은 일견 쉽게 읽히는 듯 복잡하고 난해하다. 그는 여러 일간지와 문학지에 시를 싣곤 했는데, 글들은 대개 단편적인 원고나 쪽지의 형태로 남아 있어 생애 당시 출간된 작품보다 사후 출간된 작품 수가 더 많다.

    생애 출간된 대표작은 『눈을 뜨고 있다고 다 깨어 있는 것은 아니다(No toda es vigilia la de los ojos abiertos)』(1928), 『방금 도착한 이의 기록(Papeles de Recienvenido)』(1929), 『시작하는 소설(Una novela que comienza)』(1941), 『방금 도착한 이의 기록 그리고 계속되는 무(Papeles de Recienvenido y Continuación de la Nada)』(1944) 등이다. 사후 출간된 작품들은 다음과 같다. 『시집(Poemas)』(1953), 『영원한 여인의 소설 박물관(Museo de la novela de la Eterna)』(1967), 『전체와 무에 관한 노트(Cuadernos de todo y nada)』(1972), 『이론들(Teorías)』(1974), 『전집(Obras completas)』(10권)(1974), 『아드리아나 부에노스아이레스(마지막으로 나쁜 소설)(Adriana Buenos Aires[última novela mala])』(1975), 『서한집(Epistolario)』(1976).

이 책에 대하여

밖으로 거의 드러난 적 없이, 오로지 사유의 순수한 즐거움에
만 탐닉했던 이. (…) 결코 짧다고 할 수 없는 삶을 사는 동안
나는 유명한 사람들과 수많은 대화를 나누었다. 하지만 그들
중 마세도니오 페르난데스만큼 깊은 인상을 남긴 이는 아무
도 없다.*
— 호르헤 루이스 보르헤스, 「마세도니오 페르난데스」 중에서

세르반테스를 신적인 존재로 여겼고, 마크 트웨인을 좋아했던 이.
마세도니오 페르난데스는 '여담(digression)'의 계보를 잇는 이야기
꾼이었다.

　　마세도니오 페르난데스를 인상적으로 소개하는 가장 손쉽고
도 확실한 방법은 보르헤스의 이름을 빌리는 것일 테다. 같은 아르
헨티나 작가였던 보르헤스는 자신의 아버지로부터 마세도니오와의
우정과 그에 대한 존경심을 물려받았다고 고백한다. 유럽에 오래 체
류했던 보르헤스의 가족은 1921년 아르헨티나로 돌아가 그곳에서
마세도니오를 만난다. 보르헤스가 알고 지낸 마세도니오는 다음과
같은 사람이었다.

　　"마세도니오에겐 문학이 사유보다 덜 중요했고, 출판이 문학

---

* 호르헤 루이스 보르헤스(Jorge Luis Borges), 「마세도니오 페르난데스(Macedonio
Fernández)」, 「서문들에 대한 서문이 달린 서문들(Prólogos con un Prólogo de
Prólogos)」(마드리드, 알리안사[Alianza], 1998), 75~90쪽. 원래는 「마세도니오
페르난데스(Macedonio Fernández)」(호르헤 루이스 보르헤스 편집, 부에노스아이레스,
쿨투랄레스 아르헨티나스 출판사[Ediciones Culturales Argentinas], 비블리오테카 델
세스키센테나리오[Biblioteca del Sesquicentenario], 1961)에 실린 글로 마세도니오
사후 추도사 형식으로 쓰였다. — 옮긴이

보다 덜 중요했다. (…) 마세도니오는 무엇보다 우주 세계를 이해하고 싶어 했고, 자신이 누구인지, 자기가 혹시나 다른 누군가가 아닌지 알기를 원했다. 그에게 있어서 글을 쓰고 이를 책으로 출간하는 것은 부차적인 일에 불과했다. 물 흐르듯 끊임없이 이어지던 그의 대화를 듣기 위해 그의 주변에는 늘 사람들이 몰려들곤 했다. 그는 우리들에게 지적인 삶의 방식이 무엇인지를 손수 보여주곤 했다. 사실 오늘날 지식인이라고 불리는 사람들은 자신의 지적 능력을 직업으로 삼거나 행동을 위한 도구로 삼고 있기 때문에 진정한 의미에서 지식인이라고 할 수 없다. 이에 반해 마세도니오는 늘 깊은 생각과 사색에 잠겨 있는 사람이다."*

1974년, 부에노스아이레스의 코레히도르 출판사(Ediciones Corregidor)는 마세도니오 페르난데스의 작품을 모아 10권으로 된 전집을 펴내기 시작했다. 생각이 떠오르는 대로 쪽지에 적었던 마세도니오는 위의 인용에서 드러나듯 자신의 글에 전혀 가치를 부여하지 않았고, 따라서 이를 책으로 펴내려 애쓰지 않았으며, 자연히 원고들은 정리되어 있지 않은 것들이 대부분이었다. 그리하여 전집에 포함된 모든 텍스트는 마세도니오 페르난데스의 아들인 아돌포 데 오비에타가 손수 선별하고 재구성했다. 그런데 전집으로 묶이기 전, 이 작품은 마세도니오 생전에 출간된 바 있다. 『방금 도착한 이의 기록』은 1929년 부에노스아이레스의 쿠아데르노스 델 플라타(Cuadernos del Plata)에서 출간되었고, 「계속되는 무」는 1944년 부에노스아이레스의 로사다(Losada)에서 출간된 바 있는 『방금 도착한 이의 기록과 계속되는 무』에 실렸다. 이 한국어 번역본은 1989년 전집 4권으로 출간된 『방금 도착한 이의 기록과 계속되는 무』(코레히도르, 2007)를 토대로 삼았다.

* 같은 글.—옮긴이

마세도니오의 '이야기'들은 어렵지 않게 읽히지만, 그 문맥은 쉽게 파악되지 않는다. 책을 펼치기 전 품게 된 질문은 책을 덮은 후 되돌아온다. 그리하여, '방금 도착한 이'는 누구인가? '무'란 무엇인가?

"철학적 이론을 넘어서, 섬세한 미학적 통찰력을 넘어서, 덧없이 지나가버리기 마련인 명성 따윈 외면한 채, 오로지 열정과 사색의 세계에서만 살았던 한 남자. 마세도니오의 철학을 쇼펜하우어나 흄의 철학과 비교했을 때 어떤 점이 유사하고 또 어떤 면에서 다른지 나는 잘 모른다. 다만 1920년대 부에노스아이레스에 살았던 한 남자가 '영원한 것들'을 생각하고 발견했다는 것만으로도 충분하지 않을까?"*

편집자

---

* 같은 글. ― 옮긴이

11

방금 도착한 이의 기록

마세도니오 페르난데스의 문학을 한마디로 요약하자면 '기다림'일 것이다. '아직-
존재하지-않는-것', 하지만 언젠가 '도래할-것'에 대한 기다림. 이 기다림 속에서
작가마저 언제나 '방금 도착하는 이'가 된다. 끝없는 연기. 마세도니오가 추구하던 '무의
형이상학'이란 바로 그러한 것이 아닐까? 마세도니오의 '무'는 모든 것이 가능한, 따라서
불가능한 것마저 가능한 절대적 가능성-긍정의 지대가 아닐까? 눈에 보이지는 않지만,
우리 삶 속에 잠재하고 있는 세계를 그리기. 따라서 마세도니오의 문학은 구상(具象)-
리얼리즘을 넘어 '개념화(Conceptualización)'의 영역으로 확장된다 — 식탁보에 난
구멍이 넘쳐흐르면서 문학이 되는 세계…… . — 옮긴이

'방금 도착한 이' 자서전*의 '그다음 장'
— 이름도 모르고 글을 잘 쓰는지에 대해서도
전혀 알려지지 않은 작가

편집자 주
(작가는 또한 글을 쓰면서 등장할 것이다.)

이 작품**은 모두 여덟 장(章)으로 이루어져 있는데, 그중
에서도 가장 훌륭한 부분을 여기 소개하고자 한다. 물론
그 작품을 쓴 사람이 실제로 존재한다고 믿는 이는 없다.
그런데 작가는 17세 때 전혀 무명의 인물이었지만 태어나
면서 제일 먼저 얻은 특성이 조숙함이었던 만큼, 그 후로
얼마나 발전했을지 충분히 상상할 수 있다. 9세 때, 그는

---

* 마세도니오의 예술 이론에서 가장 큰 비중을 차지하는 항목 중 하나가 바로
"자서전(autobiografía)" 형식이다. 마세도니오에게 자서전 형식은 우리의 삶을 지배하는
일상의 논리를 부정함과 동시에, 현실을 구성하는 여러 가지 요소들을 새로운 방식으로
결합하고 재배치함으로써 불가능의 세계에 이르고자 하는 문학의 주요한 계기이자
원동력 역할을 한다. 즉 마세도니오에게 있어서 자서전은 "픽션을 만들어내는 한 가지
형식"이다. 리카르도 피글리아(Ricardo Piglia) 편집, 『마세도니오 페르난데스 소설
사전(Diccionario de la novela de Macedonio Fernández)』(부에노스아이레스, 폰도 데
쿨투라 에코노미카 데 아르헨티나[Fondo de Cultura Económica de Argentina], 2000),
15~16쪽.
** '방금 도착한 이'의 자서전을 가리킨다. 이 '자서전'은 마세도니오 페르난데스가 책을
전제로 쓴 것이 아니라 잡지에 실었던 글로, 여기서 마세도니오는 이 작품이 모두 여덟
장으로 이루어져 있다고 밝혔지만 실제로는 두어 편 발표된 바 있다. 연속성의 논리를
부정하기 위해 고의적으로 그렇게 쓴 것으로 보인다.

어린이로 자랐고, 11세였을 때는 동생이 베르그송*을 이해했다. 좋은 가문으로부터 뛰어난 지능을 물려받은 베르그송 본인조차 모르던 것마저 말이다.

따라서 그에 관해 지금 정도로 알려진 게 없다면 그는 전혀 알려지지 않은 인물이 되진 못했을 것이다. 미지의 인물로 따지자면, 역사 — 먼 과거부터 저번 주까지 — 에 존재했던 이들 가운데서 그만큼 완벽한 조건을 갖춘 이는 없을 것이다. 앞으로도 무슨 일이 일어날지 전혀 모르기 때문에, 우리의 주장을 과거에 일어난 일과 미래의 일부, 즉『프로아』** 다음 호가 나온 직후까지로만 국한시키고자 한다. (나는 베르그송을 읽은 적이 없다. 하지만 [지금 이 글에서] 입증된 바와 같이 [그의 이름을] 그럭저럭 쓸 수는 있다.)『프로아』의 열렬한 애독자인 우리의 지적 능력으로 내다볼 수 있는 미래의 범위는 그 정도에 불과하다. 거기서 하루만 넘어가도 우린 아무것도 알 수 없다. 사실 우리는 마호메트처럼 훤히 알지는 못한다. 마호메트야 그의 시대를 연 바로 그날에 도착했으니 다 알고 있는 게 당연하다. 하여간 만약 하루만 더 일찍 도착해도 어떤 시간에 자리 잡아야 할지 꽤나 애매해진다.

그는 이름이 알려지지 않은 영웅과 극도로 흡사한

---

* Henri-Louis Bergson(1859~1941). 프랑스의 철학자.
** *Proa*. 1922년 호르헤 루이스 보르헤스와 마세도니오 페르난데스, 리카르도 구이랄데스(Ricardo Güiraldes)가 창간한 문학예술지로 모두 18호가 발간되었다. 비교적 단명했음에도 불구하고 라틴아메리카 문학예술에 큰 족적을 남겼다.

용모와 풍채를 지니고 있었고, 이 유럽인 관리*와 똑같은 방식으로 생계를 이어갈 수 있었다. 그에게 보기 흉한 모습이 있다면, 그건 '자연'에 의해 이루어진 것이다. 사실 그의 등은 눈에 띌 정도로 심하게 굽어 있었다. 어떤 이들의 말에 따르면, 예비용 폐렴을 지고 다녀서 그렇게 됐다고 한다. 반면에 그가 지나치게 많이 독서한 데 대한 보상으로 상체가 그 커다란 망치**를 선사한 것이라고 생각하는 이들도 있다. 책에서 읽은 내용 중 머리에 넣어둘 필요가 없는 것이 거기에 모이는 바람에 그렇게 됐다기보다는, 글을 소비할 때 자세를 바르게 하지 않았기 때문에.

   머리말은 여기까지로 매우 짧아서 더 이상 계속되지 않는다는 장점이 있다. 그러나 우리는 여기서 중단시킬 수 없다. 작가가 이 자서전을 쓰는 데 들인 공으로 자신의 삶에 대해서도 어느 정도 말해줄 수 있었다는 점을 꼭 밝혀야 하기 때문이다. [만약 그랬다면] 자신의 성격과 그간 겪은 우여곡절에 대해 전혀 손대지도 않은 채, 오로지 무불통지(無不通知)한 무지 상태***로 — 그렇게 하기로 우리한테 약속이나 했던 것처럼 철저하게 — 우리에게 남겨놓지는 않았을 테니까 말이다. 그 덕분에 우리는 상당한 어려움을 겪으면서 [원고] 정리 및 편집 작업을 시작할 수밖

---

* 베르그송은 프랑스 파리 고등사범학교와 콜레주드프랑스 등에서 가르쳤으며, 아카데미프랑세즈 회원이었고, 세계대전 당시 외교 사절단의 일원으로 활약했고, 유네스코의 전신이었던 국제 지식인 협력 위원회 회장이었다.
** 등이 굽은 것을 가리킨다.
*** una ignorancia erudita. '훤히 알면서도 전혀 모르는 상태'를 의미하는 모순어법이다.

17

에 없다. 우리의 작가는 정말로 전혀 알려지지 않은 인물이다. 그의 작품을 아무리 꼼꼼하게 읽어봐도 그가 작가로서 얼마나 재능을 가지고 있는지 판단할 수 있는 근거를 찾을 수 없다. 우리는 그가 몇 살 먹었는지, 언짢은 기분으로 이 세상에 태어났는지, 그리고 여러 병이 다 나았는지, 아니면 매시간 죽음을 향해 다가갔는지 전혀 알지 못한다. 또한 그가 천수를 다 누릴 때까지 살았는지, 아니면 과학의 힘으로 그 전에 생애를 마쳤는지 우린 알 길이 없다. 그리고 자신의 죽음이 너무 빨리 찾아왔다고 그가 항변했는지, 아니면 조문(弔文) 행렬을 보면서 "애통한 마음에" 뒤늦게나마 그들 속으로 들어갔는지, 우린 전혀 모른다. 그리고 그가 시간관념이 워낙 철저해서 항상 약속 장소에 15분 전에 나왔는지, 아니면 치과든 노는 곳이든 언제나 늦게 나오는 것으로 유명한 사람이었는지, 그것 또한 알 수가 없다. 또 그가 기침을 할 때, 주변에 있던 이들이 그를 알아봤는지, 아니면 워낙 유명한 미지의 인물이어서 아무도 그를 알아보지 못했는지, 우리는 모른다. 그리고 괜찮은 읽을거리와 대중서 및 대학 교재를 만드느라 그의 지적 능력에 난 구멍의 크기가 공손한 청년들로부터 존경을 받는 사람—가령 나 같은 사람—보다 더 적은지 그 여부에 대해서도 알 길이 없다. 또한 그가 식사 초대를 받은 집에서 (나라면 당연히 갈 것이다. 사실 초대라는 건 범위가 상당히 넓지 않은가?) [식탁보의] 손부근에 난 구멍을 발견하고는, 손가락을 넣어 계속 넓힘으로써 그 장면을 본 여주인의 눈이 얼마나 휘둥그레지는 지 확인한 다음, 그녀에게 지금 시장에 가면 이것보다 더 좋고, 때도 덜 타는 구멍을 어디에서든 살 수 있을 뿐 아니라, 천에 난 구멍을 세탁할 수 있는 비누와 빵 부스러기와 함께 구멍을 식탁보에서 쓸어내는 빗자루도 있다고 말해서 그녀를 거의 졸도하게 만들었는지 그 여부에 대해서도 우린 전혀 모른다. 식탁 위에서 이루어진 담소를 그는 그 아래에서 (위의 아래는 불가능한 표현이다. 따라서 식탁 아래에서) 했다.* 손으로 살금살금 더듬으면서, 그리고 그들이 빵 접시에 올려놓지 않은 구멍을 일일이 모으면서 말이다. 그리고 그는 모든 것을 다시 검토한 끝에, 요즘 한창 가장 잘 나가는 구멍은 거기에 없다고 주장했다. 하지만 이는 형이상학적으로 볼 때 전혀 변호할 여지가 없는 주장이었다. 가장 개연성 있고 그럴싸한 가설에 따르면, 그 구멍은 자기 자신 속으로 숨어들어 완전히 자취를 감춘 것임에 틀림없다고 한다. 따지고 보면 그건 절대로 그 구멍의 탓이 아니다. 호시탐탐 복수할 기회만 엿보고 있던 부인은 미지의 인물이 범한 문법적 실수를 결코 놓치지 않았다.

　"저런! 대체 문법을 어디다 두고 온 거죠? 어떻게 구멍 하나가 구색을 다 맞출 수 있단 말인가요?"

* 스페인어로 "sobremesa"는 'sobre(위)'와 'mesa(식탁)'가 결합된 합성어로, '식사 후에 식탁에 앉아서 담소를 나누는 시간'이나 '식사 중 담소'를 의미한다. 여기서는 문맥상 "식탁 위에서 이루어진 담소"로 옮긴다.

"그 구멍은 여태껏 병 바로 옆에 잠자코 있었어요. 이 자리에 내내 앉아 있었는데 저 구멍이 달아나는 걸 못 봤으니까요."

그에 관한 이 마지막 이야기와 그 직전에 있었던 일은 여태까지 전혀 알려지지 않았던 것이다. 그래서 우리는 그 크기가 알려지지 않은 존재를 채우기 위해 만들어 낼 수 있는 것들이 얼마나 다양한지를 보여주는 본보기로 이 이야기를 집어넣었다. 그리고 이는 그에 관해 우리가 제대로 알지 못한다면 앞으로 그를 온 세상에 널리 알릴 필요가 있다는 증거가 되기도 한다. 사전에 그의 이웃 사람들을 직접 찾아가서 물어보기도 했지만, 그가 어느 도시, 어떤 동네에 살았는지 전혀 밝혀지지 않았다. 밝혀지기는커녕, 본인조차 자신을 잘 모른다는 소식만 접함으로써 오히려 [그에 대한] 무지만을 완성시켰을 뿐이다. 그런데 가스 수금원이 나타나자 '방금 도착한 이'는 기뻐서 어찌할 바를 몰랐다고 한다. 그건 동네에서 제일 부지런한 사람보다 더 빠르게 석 달 치의 가스를 한순간에 다 써버린 '방금 도착한 이'의 정체를 알고 싶어 하던 '회사' 측도 기쁘기는 마찬가지였다. 하여간 수금원은 그를 찾으러 집 안에 뛰어 들어와서 '방금 도착한 이'의 이름을 불렀다.

다시 본론으로 돌아와, 그에 관해 말해보도록 하자. 만약 그에 대해 모를 수 있는 것이 더 있다는 점이 알려지게 되면, 우리는 서둘러 — 하지만 독자여, 우리가 서두르다가 당신을 밀쳐 넘어뜨릴 수도 있으니 옆으로 살짝 비켜주시기를 — 그 사실을 알릴 것이다. 그러나 우리가 지금까지 그에 관해 인내심을 가지고 다듬어온 무지에 있어서나, 무지를 널리 알리는 신속함에 있어서 그가 우리를 능가한다는 주장에 대해서는 절대 동의할 수 없다. 만약 그의 유일한 친구나 마찬가지였던 마크 트웨인(Mark Twain)과 스턴,* 그리고 고메스 데 라 세르나** — 이들은 모두 "좋은 아르헨티나인들(크리오요들)"***이었다 — 가 [그를] 자주 방문하는 동시대인****이 되려고 애를 썼다는 사실을 알게 되면, 절대 이를 감추지 않을 것이다. 그리고 스턴과 마크 트웨인이 아마 화가 잔뜩 난 채, 저세상의 첫 번째 길에 앉아서 데 라 세르나를 기다리고 있었다는 사실도 모른 체하지는 않을 것이다. 그런데 문제는 대중

---

* Laurence Sterne(1713~68). 영국의 소설가, 목사. 기존의 이야기 형식을 파괴하고 소설의 새로운 영역을 개척한 것으로 평가받는 「신사 트리스트럼 섄디의 인생과 생각 이야기(The Life and Opinions of Tristram Shandy, Gentleman)」, 「프랑스와 이탈리아의 감상적 여행기(A Sentimental Journey Through France and Italy)」 등을 썼다.

** Ramón Gómez de la Serna(1881~1963). 스페인 출신의 아방가르드 시인으로, '그레게리아(greguería)'라는 독특한 형식을 만들어냈다(이 책 22쪽 각주 참조). '문화 보호를 위한 반파시스트 지식인 동맹(Alianza de Intelectuales Antifascistas para la Defensa de la Cultura)'에서 활약하던 그는 프랑코를 위시한 파시스트들의 탄압을 피해 1936년 7월 부에노스아이레스로 망명, 그곳에서 죽을 때까지 살았다.

*** criollo. 아메리카 대륙에서 태어난 유럽계 백인을 뜻하지만, 아르헨티나 토박이를 의미하기도 한다. 여기서 마세도니오 페르난데스는 이 세 작가를 "아르헨티나인"이라고 부름으로써 시대와 장소를 초월한 연대감을 표현하려고 했던 것 같다.

**** 마세도니오 페르난데스(1874~1952)는 고메스 데 라 세르나(1881~1963)를 제외하면 나머지 두 작가, 즉 마크 트웨인(1835~1910)과 스턴(1713~68)과는 직접 만난 적도 없을뿐더러, 동시대인이라고 보기도 어렵다. 다만 이 작가들에 대한 존경심의 표현, 혹은 동일한 문학적 계보를 형성하려는 의도로 볼 수 있다.

이 라몬*을 웃게 해주지도 않고 음식을 해주는 이도 없는 데다, 그가 잘 먹거나 요리를 하지도 않을뿐더러 바느질도 하지 않는다는 점을 전혀 고려하지 않은 채, 오로지 그레게리아**에 대한 열화 같은 소망—사실 이들이 바라는 것은 그의 취향만을 주시하면서 그의 생각을 읽는 것이다—속에 그를 붙잡아두고 있다는 점이다. 이처럼 그가 머물러 있는 동안, 저세상의 첫 번째 길에 앉아 있는 그들은 그가 오기만을 간절히 기다리고 있다.

우리가 이런 사실을 굳이 밝히는 이유는 글을 읽는다고 해도 그를 쉽게 알아볼 수 없을 것이라고 판단했기 때문이다. 겁에 질린 독자여, 우리는 이 작품으로 전혀 예상치 못했지만 믿을 만한, '뒤죽박죽 자동기술 문학(Literatura Confusiva y Automatista)'의 1회분을 홀가분하게 발표하는 것으로 이해하고 있다. 쉽게 읽을 수 있는 (그리고 쉽게 빼먹을 수도 있는) 이 문학에게서 기대하는 [기다리는]*** 바가 매우 크다…… 독자에게서, 그리고 독자

---

* 여기서는 고메스 데 라 세르나의 이름인 라몬으로만 표현했다.
** greguerías. 아포리즘과 비슷한 문학 형식으로, 보통 한 문장 속에 철학, 유머, 서정적인 단상을 압축적으로 표현한 짧은 글이다. 이 장르를 창안한 라몬 고메스 데 라 세르나는 '유머'와 '은유'가 결합된 것이 바로 '그레게리아'라고 했다. 예를 들면, "달은 밤배를 탄 황소의 눈이다"(시각적 이미지의 연합), "먼지는 오래되어 잊힌 재채기로 가득 차 있다"(논리적 관계의 전복), "삶에서 가장 중요한 것은 아직 죽지 않았다는 사실이다"(대립된 개념의 자유연상) 등이 있다.
*** 스페인어의 "esperar"는 '기대하다'와 '기다리다'라는 두 가지 뜻을 모두 가지고 있다. 그런데 마세도니오 페르난데스의 문학에서는 '기다림'이 커다란 비중을 차지한다. 마세도니오의 문학은 지금 눈앞에 존재하는 것, 즉 리얼리즘을 부정하는 것으로부터 출발한다. 다시 말해, '현존'의 형이상학을 파괴하고, 그 '빈자리'에 '무'를 채워넣고

의 독창적이고 창조적인 상상력에게서 말이다. 그리고 다른 문학의 성과가 점점 위축되어가는 점을 고려해 '뒤죽박죽 자동기술 문학'을 개시하고자 한다. 사실 기존의 문학은 대중이 주로 읽기 위한 목적으로만 이용하려 할 때부터 이미 파멸을 예측할 수 있었다. ─ 때때로 책 한 권은 손에 들고, 다른 한 권은 귀에 대고 다니는 독자들도 있었다. 심지어는 두 권을 함께 태워버리는 경우도 있었다. 그렇게 해서 다른 문학의 결점이 죄다 세상에 알려지게 되었다. 또한 [다른 문학작품을] 백지(白紙)와 비교하는 사태가 일어남으로써, 다른 문학은 상당히 불리한 상황에 몰리게 되었다. 그 바람에 과거 언젠가 존재했음에 틀림없는 ─ 그런 백지 한 장이 이미 사라지고 없는 바벨탑과 노아의 방주, 그리고 아메리카 대륙의 발견보다 앞선 시기에 발견된 것으로 보인다 ─, 그리고 카바레에서 흘러나오는 물*처럼 앞으로 언젠가 다시 발명될 것이 분명한 이런 종류의 종이에 대한 향수가 되살아나기도 했다.

그 이야기는 이쯤 해두고 우리, 계속 살아가도록 합시다…… 속으로 이렇게 다짐하면서 글을 맺는다.

편집자

증식시키는 것, 즉 '무의 형이상학'을 세우는 것이 바로 마세도니오 문학의 요체이다. '무의 형이상학'으로서의 '사유'의 문학. 따라서 그의 문학은 '아직-존재하지-않는-것(todavía no es)', 하지만 '항상-도래하는-것'에 대한 지속적인 '기다림'이다.
* 카바레에서 진행되는 쇼에서 흘러나오는 물을 의미하는 듯하다.

앞서 언급한 장(章)이 여기 있다. 그런데 은혜를 저버린 작가는 내가 쓴 서문에 나온 글보다 앞서서 그 장을 발표해버리고 만다. 이처럼 명명백백한 불의를 목격한 독자는 당연히 내 쪽으로 마음이 기울어지게 될 것이다. 무엇보다 풍랑이 심하게 이는 날 여객선에 타고 있는데, 집채만 한 파도가 나를 덮치는 모습을 독자가 본다면 말이다. 작가가 글을 발표한다고 해도 내게는 전혀 지장이 없다. 반면에 그는 이제 너무 진부해져서 아무도 그가 쓴 기록이나 설명에 귀 기울이지 않는다.

마침내 내가 왔다.** 내가 여기에 등장한 단 하나의 이유는 나를 '편집자'라는 이로 착각하지 않도록 하기 위해서다. 나는 [편집자가] 발견한 어떤 원고를 쓴 작가일 뿐이다. 겸손한 품성을 가진 사람으로서 나는 목소리만 쩡쩡 울렸지 은혜도 모르고 거만하기 이를 데 없는 편집자를 만나지 —지금 생각해보면 이는 아주 부적절한 일이다— 않는 편이 오히려 좋을 뻔했다. 어쨌든 나는 [내 작품을] 알리기 위해서 그의 주변을 누비고 다녀야 할지도 모른다. 이와 관련해 내게도 이미 일어난 적이 있고, 또 지금도 호리호리하고 세련된 스타일의 도시 사람에게 —시골에 사는 친구가 그를 찾아오는데, 그는 덩치도 크고 성격도 걸걸할 뿐만 아니라, 목소리도 쩌렁쩌렁 울리는 호남아(好男兒)다. 그의 부츠는 또 얼마나 큰지, 자기

** 여기서 '나'는 글을 쓴 작가를 말한다.

의 시골집 두 채를 신고 다니는 모양새다. 하여간 도시 사람은 시내 곳곳으로 그를 데리고 다니면서 그를 즐겁게 해주어야 하는 처지다 — 일어나고 있는 것처럼 말이다.

그렇다고 내가 그 글*의 입장을 지지하거나 옹호한다고 넘겨짚지는 마시길. [그 글의] 의도는 전혀 고통스럽지 않으면서 평온한, 또 정곡을 찌르는 건 아니지만 그렇다고 생뚱맞지도 않은 농담[재담]을 공들여서 계속 써내는 것 이상은 아니었으니까 말이다. 다른 작가라면 그런 재담을 쓰기가 불가능했을 일이다. [그는] 오랜 세월 동안 [재담들을] 수집하고 보관한 다음, 억지로 여기저기 끼워 맞추거나 나란히 놓기도 하고, 그러곤 농담[재담]이 인쇄된 재담 가족 의상을 [그 재담들에게] 맞추어 입혔는데, [우스꽝스러운 모양새 때문에] 집에서 너무 놀림을 받은 나머지 [그 재담들로서는 자기 옷에 붙어 있는] 재담 이야기를 [하나씩] 떼어내서 읽는 수밖에 없는 상황이다. 그리고 그가 재담들을 얼마나 극진하게 다루는지 봐야 한다. 한 가지 확실한 것은 그에게 더 이상 어떤 재담도 남아 있지 않다는 점이다. 10년이 더 지나기 전까지 그는 절대 입을 열지 않을 것이다. 그는 오늘부로 또다시 [재담을] 새롭게 모으기 시작할 테니까 말이다.

상상으로 꾸며낸 새로운 문학이라는 것은 절망적인 상태에 빠진 이들이 하는 일이다.** 나는 그런 문학에 대해

---

* 편집자의 서문에 나온 글을 말하는 것으로 보인다.
** 마세도니오에게 "상상으로 꾸며낸 문학"은 "환영(alucinación)"의 문학, 즉 사실주의

아는 바도 없을뿐더러, 좋아하지도 않는다.

만약 내게 호의적으로 대하려는 마음이 들었다면, 가령 내가 즉흥적인 사설(辭說)*을 만든 발명가라는 사실을 완벽하게 알 텐데.** 뿐만 아니라, 솔리스트(독주자)들

문학의 변종에 불과한 "환상 문학 장르"를 가리킨다. 왜냐하면 환상 문학이라는 장르 자체가 '현실적인 것'과 '가능한 것' 사이의 긴장/갈등 관계에서 비롯된 '가상의 공포'이기 때문이다. 마세도니오는 환상 문학-사실주의 문학의 한계를 정확히 지적한다. "나는 환상 문학 장르를 사실주의라고 부른다. 왜냐하면 그것은 내면적인 것, 상상에서 비롯된 것을 모사했기 때문이다. 외부 세계에 대한 지각 작용을 모사하는 것이나 내면의 이미지를 모사하는 것은 사실 똑같다. 상상에서 비롯된 것들, 몽상, 그리고 악몽을 모사하거나 서술하는 것은 결코 예술이 아니다."(리카르도 피글리아 편집, 같은 책, 45쪽에서 재인용) 따라서 독자들이 환영/환상에 사로잡히지 않고 글을 읽고 있다는 의식을 스스로 유지할 수 있도록, 작가는 언제나 새로운 "기법" 혹은 "방법"을 창안해야 한다. '사실주의/재현의 미학'에 대항하는 '창조/발명의 미학'. 이것이야말로 마세도니오 문학이 이루어낸 새로운 지평이자, 문학과 윤리/정치가 마주치는 지점이다.

* 원문을 그대로 옮기면 "괄호의 발명가(el inventor del paréntesis)"라는 뜻이다. 그런데 '괄호'는 마세도니오 페르난데스의 독특한 글쓰기-이야기하기 방식으로, '사설' 혹은 '여담' 등으로 옮길 수 있다. '괄호', 즉 '사설'을 통해 "계속되지 않는" 이야기에 연속성을 부여함으로써, 글을 읽는 독자로 하여금 "믿게 만드는(hacer creer)" 것이 마세도니오 소설 미학의 특징이다. 다시 말해 "글 속에 각종 사설과 괄호 글을 넣는다거나 각주를 다는 방식은 (음악과 마찬가지로) 지나치게 의식하지 않고 편안하게 듣는 이야기가 가장 분명하게 기억에 남는다는 평소 내 지론을 의도적으로 적용한 것이다"(마세도니오 페르난데스, 「의식 절제 수술」, 이 책 225쪽 참조).

** 마세도니오에게 있어서 "발명(invención)"은 새로운 가능성의 영역에 대한 "실험(experimento)"을 의미한다. 그런 의미에서 마세도니오는 "인간은 자기 자신을 실험할 뿐이다"라는 니체-차라투스트라의 공리를 문학-형이상학의 전반으로 확대시키고 있는 셈이다. 다시 말해, "실험"은 육체적 현존의 한계나 인과관계의 사슬에서 벗어나 가능한 영역을 탐구한다는 점에 있어서 새로운 "경험(experiencia)"의 논리로 이해할 수 있다. 따라서 마세도니오의 문학에서는 기억-과거-전통의 논리적 표현으로서의 경험은 사라지고, 언어로 표현되지 않는 현상을 발견하고 드러내고자 하는 "실험"으로서의 "경험"이 그 중심을 차지하게 된다. 이러한 "실험/경험"의 관계는 "형이상학"이라는 구체적인 인식론적 전략으로 발전된다. 실제로 마세도니오는 과거-기억으로부터 멀리 벗어날수록 더 참된 예술이 나타날 수 있다고 생각했다. 기억은 문학예술의 발전에 장애가 될 뿐이다. 따라서 과거의 모든 흔적을 제거하고 지우는 것은 삶을 구성하는 제반 요소들을 새롭게 배치 —"주어진 것의 무질서를 생성"— 하는 "실험"이

을 위해 간편하게 뗐다 붙였다 할 수 있는 양복 깃도 발명했다는 것도 말이다. (이는 원래 양복에 붙어 있는 옷깃의 일부를 대체하도록 만든 것으로, 사용하기에 간편할 뿐만 아니라, 누구나 좋아하고 쉽게 소화할 수 있는 스타일이다.) 저런! 장수를 약속하는 건강용품 때문에 헷갈린다. 그 요법을 처음 받은 사람이 90대 노인이어도 더 오래 살 수 있다고 하니 당황스러울 수밖에. 그 약은 공짜로 얻을 수는 없지만—그 이유야 모르겠지만 하여간 인류로서는 다행스러운 일이다—쉽게 뚜껑을 열고 따를 수 있어서, 양복저고리마다 달린 옷깃의 끝부분을 대신할 수⋯⋯. (아! 이 얼마나 다행스러운 착각인가.* 덕분에 나는 제일 먼저 만들어내야 했던 옷깃을 이제야 만들고 있다.) 하여간 양복저고리마다 달린 옷깃은 거리에서 만났다가도 금세 사라지고 마는 인간에 대해 환멸을 느끼는 능숙한 솔리스트의 마음을 사로잡고 있다. 그래서 솔리스트가 당신이 입은 양복저고리에 한번 마음을 빼앗기고 나면, 당신은 본체만체 무시하고, 몇 마디 말만 건넬 것이다. 얼굴은 보지도 않은 채 말이다. 대신 당신에 대한 관심이 사그라

되는 것이다(리카르도 피글리아 편집, 같은 책, 44쪽). 이처럼 과거의 흔적을 지우는 것은 「영원한 여인의 소설 박물관」에서 허구/픽션이 부에노스아이레스를 점령하고 "비(非)역사의 아름다움"으로 새로운 도시를 세우는 작업으로 나타난다. 결론적으로 마세도니오의 "실험/경험"은 소설/문학의 새로운 이론으로 자리매김 된다.
* 불로약(不老藥)에 관해 말하던 중 갑자기 자신의 발명품, 즉 떼었다 붙였다 할 수 있는 양복 깃으로 넘어가고 말았기 때문에 "착각"이라고 한 것이다. 그리고 이를 "행운"이라고 한 것은 원래 하던 얘기를 계속할 수 있기 때문이다.

지거나, 아니면 당신이 갑자기 양복저고리 옷깃을 떼어내 언제나 길모퉁이에 서 있는 우체통에 묶은 다음…… 때마침 앞을 지나가는 전차에 올라타 종착역까지 — 거기는 다른 어떤 곳만큼이나 좋은 곳이다 — 갈 경우에 대비해, 그는 거리를 두리번거리면서 다른 이를 물색할 것이다.

나는 보통 셔츠에 달린 것과 똑같은 칼라를 발명했다. 그러나 내가 발명한 칼라는 주머니에 넣어 다닐 수도 있고, 안 달아도 그만이다. '시장(市長)'이었을 적에, 나는 [우리의 시야를 답답하게 막고 있는] 건물의 모퉁이를 모두 없애려는 계획을 세웠다. 하지만 건물 벽의 지지를 등에 업은 정치가 반란을 일으키는 바람에 내 꿈은 산산조각 나고 말았다. 그런 방식으로 나를 철저하게 제거한 덕분에 여자아이들은 마음대로 돌아다니지도 못하고, 발코니에 서서 눈으로만 동네를 둘러볼 수밖에 없게 되었다. 그것도 부모들이 곁에서 지켜보고 있어서 잔뜩 풀이 죽은 채로 말이다! 나는 모든 거리에게 정면과 '북남' 방향으로 난 두 개의 길을 주었다. 그런데 가장 아름다워 제일 신청을 많이 받은 북남 방향이 금세 매진이 되자…….

그런데 아무래도 독자에게 [내가 만든] 착탈식(着脫式) 발명품이 과연 '쓰인 솔리스트들(solistas escritos)'*에게도 적절한지에 대해 곰곰이 생각해볼 계기를 주진 못할 것 같다.

---

* 독자와 마찬가지로, 실제 존재를 가진 '현존'으로서의 솔리스트들이 아니라, 글에 쓰인, 다시 말해 읽히는 솔리스트들을 말한다. '개념화된 무'의 또 다른 형식이다.

내가 발명한 착탈식 깃을 처음으로 사용해본 어떤 이가 별로 마음에 들지 않았는지 마치 물건 견본을 보여주는 사람처럼 손에 옷깃을 들고 있더니, 마침내 그 위에 우표를 붙이고는 우체통의 그럴싸한 빨간색 속으로 던져 넣던 일이 기억난다. 왜냐하면 어떤 일로 주저하고 망설이다가도 우체통의 단단한 촉감과 둥근 모양새, 그리고 화가 머리끝까지 치민 듯한 빛깔을 보면 금세 마음이 바뀌기 때문이다. 길거리에서 깃을 달고 다니지 않는 신사를 단 한 번도 본 적이 없다는 데 생각이 미치자 "솔로(독주)"를 시작하려면 반드시 옷깃이 필요하다는 사실을 깨닫게 되었다. 그래서 나는 착탈식 깃이 분명한 효과를 낼 것이라는 직감이 들었다. 생생한 목소리를 가진 "솔로들"은 다 사라져버렸다. 대신 그들은 책 속으로 숨어들어 감으로써 문학이 화려하게 부활하는 원동력이 되었다.* 사실 나는 그 산파 역할을 톡톡히 해냈을 뿐만 아니라, 내가

* "그들이 책 속으로 숨어들어" 갔다는 것은 마세도니오 예술론의 핵심인 '예술의 자율성(autonomía)'를 의미한다. 사실 마세도니오에게 있어서 예술은 현실과 아무 관련도 없는 독립적인 세계다. 따라서 "예술 자체가 현실이다(el él[el arte] real)". 마세도니오에 따르면 "사실주의에 있어서 현실의 환영을 창조하려는 시도는 대단히 효과적이기는 하지만, 절대 예술적인 것은 아니다. 오히려 그것은 예술과는 정반대되는 것이다. 예술은 본질적으로 '현실이 없는 것', '어느 모로 보나 사실이 아닌 것'이다. 물론 궁색한 정보나 교훈이 없는 한에서 말이다."(리카르도 피글리아 편집, 같은 책, 88쪽에서 재인용) 따라서 마세도니오의 예술은 현실을 모사/재현하는 것도, 그렇다고 현실에 관한 정보를 제공하는 것도 아니다. 그것은 바로 "불가능한 것(lo imposible)"에 접근하려는 시도이다. 결국 "그들이 책 속으로 숨어들어 감으로써 문학이 화려하게 부활하는 원동력이 되었다"는 것은 사실주의의 협애한 틀을 벗어나 새로운 예술적 지평에 도달했다는 것 외에도, 픽션/허구가 현실 속으로 침투함으로써 현실을 변화시킬 수 있다는 마세도니오의 예술-정치론의 중요한 계기로 작용하고 있음을 알 수 있다.

쓴 '방금 도착한 이'의 자서전으로 크게 기여했다고 믿어 의심치 않는다. 사람들은 내 책이 워낙 특이하고 비범해서 전에 단 한 번도 쓰인 적이 없었다고 입을 모은다. 하지만 그 후로도 전혀 읽히지 않았다. 왜냐하면 내가 그 글을 쓸 당시 지나치게 긴장하고 심각했던 탓에, 3권에나 나올 법한 어투와 문장이, 그리고 "[다음 권에] 계속"이라는 표현이 처음 몇 페이지부터 나타나기 시작했기 때문이다. 그 바람에 인내심을 발휘하며 처음 두 페이지를 읽은 독자는 급기야 졸음이 밀려와 눈꺼풀이 무거워지기 시작하는데, 그 "자서전"은 아직 읽지도 못했다는 사실이 (그 정도로 그는 대단한 만족감을 느끼고 있었다) 떠올랐다. 결국 그는 1권의 내용이 전혀 기억나지 않아서 졸음이 오는 것도 당연하다고 결론을 내렸다. 끈질기게 이어지는 300여 페이지를 읽다 보면 어떤 독자든 졸리게 마련이다.

'편집자'의 말에 따르면 초대받은 사교 모임에서 내가 엉뚱한 짓을 해서 [여주인을] 불쾌하게 만들었다고 했는데, 그 문제에 대해 분명하게 밝히고 넘어가고 싶다. 그와는 반대로, 그가 언급한 그 귀부인은 내게 단 한 번도 불쾌한 내색을 보이지 않았다. 그렇다고 그 후로 나를 다시 식사에 초대한 적도 없다. [그 일만으로도] 절대 잊힐 리가 없는데, 나를 영원히 잊지 않기 위해 또다시 나를 부를 이유가 없을 테니까 말이다.

[그날] 내가 찾던 구멍에 관해 말인데, 최근에 책을 읽다가 내 머릿속에 구멍이 나고 말았다. 당시만 해도 베

르그송, 뵈메, 노발리스, 그리고 과도한 기억력을 가진 또
다른 케이스의 작가를 낳은 마테를링크가 계속 글을 쓰고
있었다.* 그리고 레오파르디**는 인간의 악한 본성을 이미
밝혀낸 터였다. 그리고…… 지금까지 나에 대한 불평이나
불만은 전혀 없었다. 왜냐하면 앞으로 계속 이어질 [내] 글
을 읽기 시작한 이가 아무도 없었기 때문이다.

『프로아』, 1924년

<hr />

* 야콥 뵈메(Jakob Böhme, 1575~1624)는 독일의 신비주의 신학자로, 루터교파
내에서도 매우 특이한 인물로 평가된다. 첫 저서 『오로라(Aurora)』(1612)는 출간 직후
큰 파문을 일으키기도 했다. 또한 그는 에크하르트와 니콜라우스 폰 쿠에스(Nicolaus
von Kues)를 헤겔, 셸링과 이어주는 가교 역할을 했다. 노발리스(Novalis, 1772~1801)는
독일 낭만주의 시인이자 철학자이다. 모리스 마테를링크(Maurice Maeterlinck,
1862~1949)는 벨기에의 시인, 극작가, 수필가로 1911년 노벨 문학상을 수상했다. 주로
죽음과 삶의 의미를 다룬 그는 상징주의를 대표하는 작가이자 침묵과 죽음, 불안의
극작가로 불리기도 한다. 또한 그는 독일 낭만주의자인 노발리스에게 지대한 관심을
가져 작품을 번역하기도 했다.
　　여기서 마테를링크가 베르그송과 노발리스의 "선구자(precursor)"라는 말은
시간상으로 볼 때 이치에 맞지 않는 주장이다. 이처럼 기존의 선조적(線條的) 시간관념을
전복시킴으로써 마세도니오는 새로운 의미와 삶의 방식을 끊임없이 생산해낸다. 사실
「카프카와 그의 선구자들(Kafka y sus precursores)」("각각의 작가가 [자기의 글쓰기에
영향을 미친] 자기의 선구자들을 '창조'해낸다")이나 「피에르 메나르, 돈키호테의
작가(Pierre Menard, autor del Quijote)」 같은 보르헤스의 작품은 모두 마세도니오
페르난데스의 이러한 생각에서 아이디어를 얻은 것으로 보인다.
** Giacomo Leopardi(1798~1837). 이탈리아의 시인이자 철학자. 인간의 고뇌, 자연과
정신의 대립에 관한 철학적 글을 썼다.

마세도니오 페르난데스의 문학에서 작가는 존재하지 않는다. 리얼리즘 문학과 작가의
존재는 그가 넘어야 할 장애물이었다. 그가 보기에, 작가라는 존재는 배가 움직이지
못하도록 묶어두는 닻이나 다름없었다. 자유로운 이동과 변화를 이루어내려면 무엇보다
작가라는 울타리를 넘어서야 했을 것이다. 따라서 마세도니오에게 작가는 세계에 항상
'방금 도착한 이', 그러니까 세계를 항상 새로운 눈으로 볼 수 있는 이였다. 사람들이 눈
뜨고도 못 보는 것, 혹은 눈에 보이지 않는 것을 보려고 하는 존재 — 견자(見者) — 인
작가는…… 마침내 사람들의 눈에 보이지 않는 투명 인간이 된다. — 옮긴이

문학 세계에 방금 도착한 어떤 이의 고백
— (활발한 연구와 근사한 첫 번째 실수)

그동안 내가 관찰한 것을 토대로 떠오르는 생각과 또 그 다음에 이어질 생각을 여기에 간략히 적어두어야 할 것 같다.

물량 부족으로 인해 담배 가격이 갈수록 낮아지고 있다. 그리고 길이가 덜 짧아 보이도록 하기 위해 담배를 더 길게 만들고 있다. [세상에] 처음으로 방금 도착한 사람의 눈에는 이 모든 것이 너무 혼란스럽기만 해서, 마치 양복점에서 벌거벗고 거리로 나온 자신의 모습을 사람들이 빤히 쳐다보는 듯한 느낌이 스멀스멀 밀려들 것이다.

잠을 자는 기능과 깨어 있는 기능 모두에 영향을 미치는 불면증이 존재한다는 것 또한 부인할 수 없는 사실이다. 절대로 농담이 아니다. 지금 나는 사랑스럽기 그지없는 이 두 가지 중에서 하나를 고르기 위해 잠을 자는 사람만큼이나 진지하게 말하고 있다. 그러니 이왕이면 훌륭한 잠꾸러기가 되는 습성을 택하시길. 왜냐하면 잠자는 척하기는 — 물론 신경을 많이 써야 하니까 다소 피곤한 면이 있다 — 쉽지만, 깨어 있는 척하기는 정말 어렵기 때문이다. 가령 고양이 한 마리가 천장에서 침대로 떨어지거나, 바로 앞에 마당이 있는 벽을 따라 살금살금 걸어가는 소리에 15분가량 잠에서 깼다가 하녀가 아침 식사를 갖다줄 때까지 한 번도 깨지 않고 잔 사람이 다음 날—즉 매일 밤이 끝나면 어김없이 찾아오는 날—온종일 "어젯밤에 한숨도 못 잤어"라고 떠들어대리라는 것은 이미 (신문 지상을 통해) 잘 알려진 사실이다. 불면증이 정말 어떤 영향을 미치는지는 알아서들 관찰해보시라. 우리 주변 사람들뿐만 아니라, 가끔은 환자 본인의 잠마저도 앗아간다.

전날이 다음 날보다 앞서기 때문에, 앞에서 [뒤로] 헤아리면 밤에 의해 두 날이 분리되는 현상이 일어난다. 가로등이 켜진 거리와 충돌 사고, 그리고 바삐 움직이는 경찰들로 어수선한 이 시간 동안, 많은 사람들은 가족들에게 불면증에 대해 이야기를 나눌 준비를 하느라 여념이 없다. 심지어는 자면서 자신의 불면증을 생각하는 이들도 있다.

방금 도착한 이는 분명 이런 사람을 말한다. 무언가 다른 점이 있어서 [도착하는] 즉시 모든 이들의 눈에 띄는 사람이다. 그리고 [그와는] 전혀 다른 종류의 사람들이 모여 사는 나라에 방금 도착해서 자기가 바지를 뒤집어 입었는지, 오른쪽 모자를 왼쪽 머리에 썼는지도 모를 뿐 아니라, 사람들이 보는 앞에서 [자신의] 결점이 무엇인지 알아보려고 하지도 않는 그런 사람의 면모를 갖추고 있다. 그 대신 그는 일식, 앞을 제대로 분간하지 못하는 행인들, 전깃불 배달부들의 파업, 눈에 보이지 않는 원자와 아빠의 돈에 관해 골똘히 생각한다. 그래서 그는 마침내 사람들의 눈에 보이지 않게 되었다.

『프로아』, 1922년

마세도니오 페르난데스의 문학세계에서 가장 매력적인 면은 무엇일까? 유머와 역설?
아니면 세상을 뒤집어 보는 엉뚱한 상상력? 모두 맞다. 그러나 무엇보다도, 그의 '국가
이론'이 가장 흥미롭다. '소설'로 '국가'를 가로지르기, 혹은 '소설'을 통해 '국가'의
메커니즘을 해체하기. 동일 면에 나란히 선 '미학'과 '정치학'. 마세도니오는 그 어떤
작가도 감히 가지 못했던 미답(未踏)의 땅으로 모험을 떠난 셈이다. 그런 점에서
마세도니오는 20세기의 돈키호테였다. 따라서 그의 유머에는 날카로운 비판의 칼날이
숨겨져 있다. ─ 오늘날과 같은 위기의 시대에, 과연 소설은 무엇일까? ─ 옮긴이

마리네티에게 바치는 축배사

이 자리에 모여주신 신사 숙녀 여러분. 우리
는 문학을 새롭게 변화시켰을 뿐만 아니라 독
창적으로 시간을 어긋나게 함으로써 항상 '늦
게 도착하는' '미래'를 이용해온 마리네티 씨*
를 위해 이 자리를 마련했습니다. 마리네티 씨,
당신이야말로 미래를 기억하는 최초로 유명한
인사입니다.

마리네티 씨에게 영원히 잊지 못할 미래의 한 부분이 될
오늘 이 자리에서 우리말을 사용하는 점에 대해 선생에게
미리 양해의 말씀을 구하고자 합니다. 물론 아르헨티나
사람들이 여러 나라의 말에 능통한 것으로 잘 알려져 있
기는 하지만—우리나라에 사는 어떤 아이들도 4개 언어
정도는 별 어려움 없이 알아들을 수 있습니다. 물론 그 아
이들 중 일부는 외국인이겠지만 말입니다—우리로서는
여러 언어로 말하는 것이 아무래도 탐탁하게 여겨지지 않
습니다. 만약 급한 마음에 내가 마리네티 선생에게 유창

* Filippo Tommaso Emilio Marinetti(1876~1944). 이탈리아의 시인이자 소설가로,
20세기 초에 '미래주의 운동'을 주도했다. 미래주의가 알려진 것은 1909년 『르
피가로(Le Figaro)』지에 그가 「미래파 선언문」을 발표하고 나서부터이다. 그의 사상은
이탈리아에서 빠르게 확산되면서 예술계 전반에 커다란 영향력을 행사했지만, 이후 그는
파시즘에 경도되고 무솔리니를 적극적으로 지지하면서 몰락의 길을 걸었다.

한 이탈리아어로 말한다면, 자칫 선생이 내 말을 이해할 마음의 준비가 제대로 되지 않았다고 오해하게 될지도 모릅니다. 만에 하나 그런 일이 일어나면, 그토록 저명한 이탈리아 산문작가로서는 지울 수 없는 오점으로 남을 수도 있는 일이기 때문에, 우리의 잘못으로 덮어버려야 할 겁니다. 더군다나 이 자리에서 스페인어를 사용하지 않는다면, 우리는 영락없이 떠돌이 꼴로 보일 수도 있겠지요. 그건 마치 지금 이 자리에서 선생을 돋보이게 만드는 것, 그러니까 어디론가 항상 돌아다니는 모습이 너무 부러운 나머지 우리도 한번 두드러져 보이고 싶어서 그러는 걸로 보일 겁니다.

하지만 마리네티 선생, 우리 아르헨티나 사람들은 이탈리아어를 그 어떤 나라 말보다 잘 이해한다는 점을 분명하게 말씀드리고자 합니다. '침묵'이 가장 질투한다는 두 언어, 즉 이탈리아어와 스페인어가 가장 높은 수준의 발음이 가능하다는 사실 외에, 이탈리아어와 스페인어가 인간의 의사소통 노력과 긴밀한 관계를 유지하고 있기 때문에 말하면서 이해할 수 있을 뿐만 아니라, 이 세상 어떤 언어도 이 두 언어로 표현될 수 있다고들 합니다. 따라서 이탈리아어와 스페인어는 열렬한 여행가들에게 최고의 언어라고 할 수 있습니다. 이런 여행가들은 어떤 충동에 이끌려 미친 듯이 지구 밖으로 떠나는 경우를 제외하면 어디에서든 이러한 사실을 직접 경험하게 될 겁니다. 심지어는 국경을 넘어가면서 언어가 바뀔 때도, 그러니까 거리나 항구, 혹은 호텔이 어디 있는지 찾기 위해 모르는 사람을 붙잡고 말로 물어봐야 하는 즉흥적인 상황에서도 스페인어를 쓰기만 하면 거의 힘들이지 않고 — 칭찬받을 일은 아니라 해도 말입니다 — 말이 통한다고 합니다. 나는 아주 열광적으로 여행을 좋아하는 사람들로부터 이런 사실을 들어 알게 되었습니다. 이들은 여행을 얼마나 좋아하는지, 단 한 번도 집에 있어본 적이 없고, [따라서] 여행을 시작한 출발지도 전혀 없던 셈이지요. 따라서 이들은 어딘가로부터, 혹은 누군가에게서 떠난 적도 없었고, 결과적으로 여행이라고는 단 한 차례도 해본 적이 없는 사람들입니다.

또 다른 해명. [초청장에] 실수로 그렇게 나온 모양인데, 나는 당신을 위한 만찬의 초청자가 절대 될 수 없는 사람입니다. 정치적인 면에서 나는 당신의 적이니까 말입니다. (아마 이 사실은 전 세계에 제대로 알려져 있지 않은 듯합니다.) 당신은 '국가 이론(teoría del Estado)'*에 관해 과거 지향적이고 퇴행적**인 자세를 보이는 것으로도 모자라, 실제로 독재정치 — 그것이 잠정적인 것이든,

---

* 마세도니오 페르난데스의 '국가 이론'은 그의 (소설) 미학과 '무의 형이상학'이 삶의 '정치'와 만나는 지점으로, '허구/픽션'이 어떻게 '현실/현실적인 것'에 '침투'해서 이를 '변화'시키는지에 대한 논의가 이루어지고 있다. 여기에 대해서는 마세도니오 페르난데스의 「국가 이론을 위해서(Para una teoría del Estado)」(「이론들[Teorías]」, 전집 3권, 부에노스아이레스, 코레히도르, 1990, 115~195쪽)와 이 책 43쪽 참조.
** 원문에 나온 "pasatista"는 '과거 지향적'이라는 뜻 외에 '경박하다, 천박하다'라는 의미로도 쓰인다.

아니면 지속적으로 이루어지는 것이든 간에 ― 가 [이탈리아 대중에게] 이익이 된다고 믿고 있는데, 이는 그동안 당신이 줄기차게 전개해온 미학과 정면으로 모순된다는 인상을 지울 수가 없습니다. 반면 내가 '국가'에 대해 가지고 있던 절반의 믿음 중에서 절반 이상은 이미 사라지고 없습니다. 왜냐하면 나머지 절반은 우리나라를 세운 이달고*에게 나눠주었기 때문이지요. 결과적으로 내게는 국가에 대한 믿음이 4분의 1만큼만 남아 있었습니다. 내가 쓴 편지를 우체통에 넣을 때, 국가 재정에 관련된 두 가지 물건, 즉 가로등과 우체통을 혼동하지 않으려면 그만큼의 믿음이라도 가지고 있어야 할 테니까 말입니다.

　　지식의 발전에 종사하는 모든 사람들과 마찬가지로, 나약함과 어리석음, 그리고 온갖 근심과 억측, 그리고 잘못된 판단, 즉 과거 숭배로부터 인간을 해방시키기 위해

---

* 남아메리카에서 ― 오늘날의 멕시코 지역에서 ― 스페인 정부에 대항해 최초로 독립운동을 시작한 사제 미겔 이달고 이 코스티야(Miguel Hidalgo y Costilla, 1753~1811)를 가리키는 것으로 보인다. 하지만 문맥상으로는 리오 플라타 출신의 시인인 바르톨로메 호세 이달고(Bartolomé José Hidalgo, 1788~1822)가 더 타당해 보인다. 그는 일라리오 아스카수비(Hilario Ascasubi)와 더불어 리오 플라타 지역에서 '가우초 시문학(la poesía gauchesca)' 운동을 전개한 탁월한 시인이었을 뿐만 아니라, 일찍이 남아메리카 독립 전쟁에도 적극적으로 참여함으로써 정치적인 활동도 외면하지 않았다. 이처럼 시인/정치인이라는 이중적인 역할은 소설 미학과 국가 이론을 하나로 결합시키고자 했던 마세도니오의 꿈 ― 마세도니오와 보르헤스 등이 함께 쓰고자 했던 소설의 제목처럼 "대통령이 될 사람[소설가](El hombre que será presidente)" ― 과도 일맥상통하는 바가 있다. 마세도니오에 따르면, 대통령과 소설가는 모두 허구를 통해, 그리고 이를 기초로 현실/실재를 조작하고 만들어내기 때문에, "대통령은 그 자체로 위대한 소설가이다". 실제로 그는 『영원한 여인의 소설 박물관(Museo de la novela de la Eterna)』에서 '대통령(Presidente)'을 중심인물로 등장시키기도 했다.

평생을 바쳐오신 선생께 깊은 감사를 표하는 바입니다.*

그런데 마리네티 선생, 사실 정치적 의도가 없는 방문 일정이 아직 분명하게 결정되지 않은 상태였기 때문에 나는 당신과 동행하는 즐거움을 포기하고 말았습니다. 그런 이유로 인해 [이번만큼은] 예외적으로 정중한 분위기가 다소 훼손될 수밖에 없었습니다. 그럼에도 선생은 이 자리에 참석함으로써, 예술이라는 우리 모두의 소명을 앞에 두고 생각이나 사상이 조금 다르다고 해서 서로를 헐뜯어서는 안 된다는 점을 몸소 보여 주셨습니다.

설명할 것이 아직 더 남아 있습니다. 내가 여기서 쓸데없는 일로 분주하게 왔다 갔다 하면 어떨까요? 스페인어의 'h'라는 자음을 음성학적으로 훌륭하게 [발음]해내야 하는 이런 중대한 자리에서 대포 쏘는 역할이나 맡는다면 어떻겠습니까?** 그것도 이처럼 중요한 자리에서 말입니다. '레비스타 오랄'***에 훌륭한 작가가 그렇게 많은데도,

---

* 기술 문명의 눈부신 발전을 토대로 미래주의 운동을 전개했지만 사실은 과거 지향적이고 퇴행적인 관점에 매몰되어 있던 마리네티에게 통렬한 야유를 보내는 대목이다.
** 스페인어의 '아체(h)'는 발음되지 않는 묵음으로, 언어에 있어서의 '무'라 할 수 있다.
*** Revista Oral. 1920년대 부에노스아이레스의 작가들이 이미 출간되거나 지면에 발표된 문학작품을 구술(口述)로 다시 발표했던 새로운 문학 활동을 가리킨다. 다시 말해, 작가들이 (다시) 읽어주는 문학잡지인 셈이다. 페루 출신의 전위주의 작가 알베르토 이달고(1897~1967)가 주도한 이 모임에 참가한 작가들은 해당 호의 전체 내용을 소개한 뒤, 거기 실린 문학계 소식과 시, 공동 창작품, 그리고 보통 격렬한 문학비평 등을 읽었다. 이들 중에서 가장 적극적으로 참여한 이는 바로 마세도니오 페르난데스였다. 그는 특유의 구수한 말솜씨로 자신의 생각을 펼쳐보여 듣는 이들을 즐겁게 했다. 어떤 면에서 '레비스타 오랄'은 놀라움, 해프닝, 순간의 예술을 토대로 한 마세도니오 시학이 가장 구체적으로 실현된 경우라고 볼 수 있다.

왜 하필이면 나한테 이런 일*을 맡긴 걸까요? 다른 누군 가가 썼을지도 모르는 글을 제외하면 시중에서 유통되는 책 한 권 펴낸 적도 없으면서, 책을 내겠다는 약속과 사전 공지만 벌써 5판(版)째 낸 나 같은 사람한테 말입니다. 여 러분, 그건 아마 나 자신도 놀랄 정도로 커다란 장점, 그 러니까 나를 아무리 시샘하고 질투해도 절대로 주눅 들지 않는 두둑한 배짱 때문일지도 모릅니다. 아니면 모든 동 료들보다 먼저 도달한 나이 때문인지도 모르지요.** 하여 간 그 문제***에 관해 이제 막 [세상에] 뛰어든 그대들에게 용서를 구하는 바입니다. 이처럼 [내가 그들보다] 한 수 위 인 이유는 게으름 피우지 않고 열심히 노력했을 뿐만 아 니라, '호적'에 [이름이] 오르기를 원하는 과정에서 뛰어난 재주를 터득했기 때문입니다. 내 나이는 매우 적합한 것 으로 판단되었기 때문에, 내 말에 무게가 더해지고 여러 분들의 감정과 상황을 별다른 어려움 없이 이해할 수 있 게 된 것입니다.

　　나는 여러분들을 이해할 뿐만 아니라, 존경하는 바 입니다. 우리가 이 자리에 참석한 루고네스****를 존경하듯

* 마리네티를 위해 '축배사'를 하는 일을 의미한다.
** 마세도니오 페르난데스는 문학 활동을 늦게 시작했기 때문에, 같은 시기에 활동했던 동료 작가들보다 훨씬 나이가 많았다.
*** "나이" 문제를 의미한다.
**** Leopoldo Lugones(1874~1938). 아르헨티나의 대표적인 시인이자 정치인. 초기에는 급진적인 사회주의자였으나, 나중에 파시즘에 경도되어 극우적인 정치 활동을 펼쳤다. 흥미롭게도 마리네티와 루고네스는 문학 및 사상에 있어서 거의 유사한 궤적을 그리고 있는 셈이다.

말입니다. 오히려 유럽에서, 그리고 아메리카 대륙에서 아름다움을 보다 완벽하게 만들고자 진력을 다한 여러분들은 그와 같은 이상적인 활동을 최대한, 그리고 지극히 다양한 방식으로, 끊임없이 고쳐시키고자 노력을 아끼지 않음으로써 서로에게 기쁨과 만족을 주었습니다. 그것은 바로 인내와 헌신의 자세입니다. 따라서 예술적 가치를 실현하거나, 형이상학적, 혹은 과학적 '진리(Verdad)'를 터득하고자 하는 사람이라면 누구나 문학 유파의 활동에 자신의 시간을 바칠 준비가 되어 있어야 합니다. 그리고 이 두 분* 사이에 일치하는 점 — 이는 두 분의 진심에서 우러나온 생각이지만, 이 때문에 많은 이들이 안타까워하고 있는 것 또한 사실입니다 — 이 또 하나 있습니다. 그건 바로 루고네스와 마찬가지로 마리네티 선생에게 있어서도 '국가'에 대한 믿음이 뒤늦게 출현했다는 점입니다. 이로 인해 '최소 국가, 최대 개인(El Individuo Máximo en el Estado Mínimo)'**이야말로 가장 뛰어난 '세속의 미(Beldad Civil)'라고 믿는 우리로서는 여간 곤혹스러웠던 게 아닙니다. 그런 연유로 이 세계에서 가장 고명하신 두 분께 감히 말씀드리건대, 오늘날 전 유럽에서는 독

* 마리네티와 레오폴도 루고네스를 가리킨다.
** 이는 마세도니오 페르난데스의 국가 이론에 있어서 가장 중요한 개념이다. 거짓과 두려움, 즉 정치적 허구를 토대로 대중의 현실 인식을 기만하고 조작하는 현실 정치의 실상을 적나라하게 폭로할 뿐만 아니라, 이를 문학과 예술의 관점에서 해체하고 재구성하려는 것이 바로 마세도니오 미학 국가 이론의 요체라 할 수 있다. 마세도니오 페르난데스의 「국가 이론을 위해서」 참조.

재의 독버섯이 우후죽순처럼 자라나기 시작할 뿐 아니라, 미국에서조차 개인의 습속, 믿음, 쾌락 등을 간섭하는 법률 ─ 금주법이나 도박 및 사행 행위 처벌법, 혹은 강제적인 개인 위생법 등등 ─ 을 통해 민주주의와 의회가 전횡을 일삼는, 이른바 국가의 광란이 나타나고 있습니다. 그러니 고명하신 미래주의자 마리네티 선생은 이 자리를 빌려 과거가 아직 죽지 않았다는 것을, 그리고 미래와 유사한 것이 [선생에게] 반드시 필요한 것은 아니라는 점을 밝히시기 바랍니다.

하지만 마리네티 선생, 당신도 이 세상에 살고 있고, 나도 마찬가지라는 사실에 서로 만족하도록 하십시다. 나는 아직 죽지 않았습니다. 왜냐하면 나는 언제나 연필과 수첩을 들고 다니는 습관이 있기 때문에, 만일 죽음이라는 사건이 내게 정말 일어났더라면 적어두었을 테니까요. 그런데 이처럼 수첩만 봐도 자기가 아직 살아 있다는 사실을 금세 알 수 있는 날들이 있습니다. 하지만 자기에게 사랑을 고백하는 남자가 마음에 들지 않을 때 예쁜 여자애들이 말하는 것처럼, "수첩조차 필요 없는(어림 반 푼어치도 없는)"* 날도 있는데, 부디 여러분에게는 이런 일이 자주 일어나지 않기를 바랍니다. 그리고 수첩에 뭐라

* "ni con libreta". 'libreta'는 '수첩' 외에 '1파운드의 빵'을 의미하기도 한다. 따라서 그대로 옮기면 '수첩조차 필요 없는'이라는 뜻이지만, 문맥상으로는 '어림 반 푼어치도 없는'의 뜻으로 사용된 듯하다. 작가는 여기서 자기가 늘 들고 다니는 수첩에 대한 농담을 하려고 한 것으로 보인다.

고 쓰여 있든 간에, 우리의 존재가 영원히 알려지든지, 아니면 기껏해야 일주일도 지나지 않아 잊히는 경우도 있을 겁니다.

어쩌다 보니 병과 죽음에 대해 얘기가 나오고 말았군요. 물론 축하의 자리에는 어울리지 않지만, 고급 테르툴리아*에서는 자주 논의되는 주제이지요. 어쨌든 이런 자리에서는 도저히 용납될 수 없는 주제를 꺼냄으로써, 둔한 나의 사교성을 또다시 드러내고 말았습니다. 그렇긴 하지만 병과 죽음은 아르헨티나 사람들 사이에서 돈독한 우정의 싹을 틔우는 두 가지 "마테 차"**와 마찬가지입니다.

그 두 가지를 통해 내가 여러분들의 우정을 얻게 될 수 있기를 바랍니다.

이상입니다.

* tertulia. 스페인과 라틴아메리카의 지식인들이 문학과 예술뿐 아니라 삶의 모든 분야에 대해 광범위한 의견을 나누는 자리를 말한다.
** 아르헨티나와 우루과이에서 즐겨 마시는 다소 쓴맛이 도는 차[茶]로, 마테(mate)라는 식물의 잎을 건조시켜 만든 것이다. 혼자 마시기도 하지만, 마테 차는 원래 친한 친구들끼리 대화를 하면서 왼쪽에서 오른쪽으로 돌려 마시며 우정을 쌓는 것이 그곳의 관습이다.

계속되는 무
(분명한 후반부)

(정상참작)

'무(無)'에 관한, 그리고 '무'를 포함한 모든 것.
모든 것이 아니라, 오직 '무'에 관한 것. '무'에
대해서는 우리가 알고 있는 것보다 더 많은 것
이 있다. 그 주변에 관해서도 우리가 주목해야
할 것들이 많이 있다.*

전기(傳記)에서 입이 마르게 칭찬하는 적극적이면서 활발
한 성격과 거리가 먼 탓이어서 그런지는 모르겠지만, 평
소와 마찬가지로 뒤늦게야 이런 생각이 들었다. 뭐고 하
니 누구인지 확인 불가능한 어떤 독자**가 『방금 도착한

---

* 마세도니오 페르난데스의 문학에서 '무(Nada)'는 '존재하지 않는 것(los
inexistentes)'을 '가능한 것(posibles)'으로 변화시키는 생산적이고도 긍정적인 계기로
나타난다. 다시 말해, 마세도니오의 '무'는 허무주의에 기반하는 것이 아니라, 어떤
존재가 다른 존재와 어떤 방식으로 관계를 맺느냐 ─ '연(緣)'하느냐 ─ 에 따라 무수히
다양한 양상으로 변한다는 점에서 창조적인 생성의 힘으로 드러난다. (마세도니오에게
있어서 불변의 본질이라는 것은 존재하지 않기 때문에, 고정된 실체로서의 '나-자아'
또한 존재하지 않는다. 이는 또한 마세도니오가 리얼리즘을 비판하는 주요한 근거가
되기도 한다.) 외부적 조건만 갖추어지면 모든 것 ─ 잠재적인 것 ─ 이 현재화된다는
점에서 '무'는 불교 철학의 '공성(空性)'과 비견될 수 있는 절대적 긍정의 형식이라고
할 수 있다. '무'의 절대화. 따라서 마세도니오의 '무'는 모든 것이 가능한 상태로
드러나는 '픽션(ficción)'과 다르지 않다. 따라서 이 책의 제목인 '계속되는 무'는
우리가 생각하듯이 픽션이란 완결되는 것이 아니라, 오히려 끝없이 무한하게 전개되고,
변형되고, 또한 증식될 수 있다는 것, 그래서 독자들이 기존의 삶의 형식을 벗어나
새로운 존재 방식을 찾기 위해서는 반드시 필요한 (무한한) 공간이라는 사실을 암시하고
있다.
** 마세도니오 페르난데스의 '독자(lector)'는 지상에 존재하지 않는 새로운 ─ 따라서

49

이의 기록(Papeles de Recienvenido)』을 읽기는 했지만, 그 책이 '무'의 시작이라는 사실을 지금까지도 믿지 않으려 한다는 생각이었다. 그래서 더 이상 모호하게 보이지 않기 위해서는 나의 새로운 작품이 "계속되는 무"임을 분명하게 밝혀야겠다는 생각이 들었다. 그러면 그 독자도 "그래 맞아. 어쩐지 난 그 책이 '무의 시작(Comienzo de la Nada)' 같더라니까!"라면서 뒷북칠 일도 없을 테니까 말이다. 이제부터 『방금 도착한 이의 기록』을 읽은 독자들은 '무'와 그 '주변의 것(Ayudante)'*이 본격적으로 시작되었음을 깨닫게 될 것이다. 심지어는 그것이 계속 이어질 수 있다는 사실도 알게 될 것이다.

그 개념의 지엄한 명령에 따라 '무'는 조잡한 리얼리즘**과 대척점에 있기 때문에 적지 않은 어려움을 준다.

"불가능한"—종류의 독자다. 끊임없는 변신을 거듭하는 독자는 마세도니오의 픽션에서 없어서는 안 될 존재이다. 그의 작품에서 '독자'는 특성과 기능에 따라 다음과 같은 양상으로 드러난다. 형용사화한 독자(lector adjetivado), 쇼윈도 독자(lector de vidriera), 주의 깊은 혹은 관심 있는 혹은 일시적으로 멈춘 독자(lector atento o interesado o suspendido), 결말 독자(lector de desenlace), 기다리는 독자(lector en espera), 환상적인 혹은 소설적인 독자(lector fantástico o novelístico), 우유부단한 독자(lector indeciso), 작중인물 독자(lector personaje), 건너뛰며 읽는 독자(lector salteado) 등등. 리카르도 피글리아 편집, 『마세도니오 페르난데스 소설 사전』, 57~58쪽.
* 원래는 '조수, 조력자'라는 뜻이지만, 여기서는 '무'의 주변에 존재하면서 언제든지 '무'가 되는 것을 의미하기 때문에, "주변의 것"이라고 옮긴다.
** 마세도니오는 현실, 진리, 사실성 등을 기초로 하는 사실주의 문학을 거부하고, 대신 '창조/발명의 미학(estética de la invención)'을 제기한다. 이를 위해 그가 제시한 새로운 소설 기법, 즉 '비사실성의 장치(artilugios de la inverosimilitud)'는 이야기의 사실성, 반영 논리의 허구성을 거꾸로 드러낸다. 그에 따르면, 예술은 "현실과 아무 관련도 없다". 예술은 현실의 모방이 아니라, "현실 그 자체다". 물론 사실주의가 시도하는 방식—즉, 작품이 곧 현실이라는 착각이 들 정도로 정확한 모사—은 그 나름대로

내 책을 읽는 실제 독자가 다음에 등장하는 독자, 혹은 서문 이후에 등장하는 독자와 만나게 되면, 아마 리얼리즘이 던져놓은 난제와 씨름하느라 쩔쩔매고 있는 나를 만나게 되리라. 리얼리즘의 문제를 다루는 사람이라면 누구나 다음과 같은 어려운 상황과 맞닥뜨리게 된다. 즉, 자기가 지금 2부를 쓰고 있는지, 아니면 1부를 쓰고 있는지 헷갈리기도 할뿐더러, '무'를 제대로 파악하고 있기나 한지, 그리고 자기가 다루고 있는 것이 정말 '무'인지 아닌지 확신하지 못하는 상황에 직면하게 된다는 것이다. 게다가 '무'를 접해본 경험이 많은 사람은 그 '실존'의 모습에서 오만함과 무례함이 두드러지게 나타나기 마련이다.

물론 모든 미완성 작품들 — 가령 답장을 받지 못한 편지, 끝맺지 못한 연설이나 심포니, 그리고 잘려나간 동상 — 을 자세히 살펴보면 말로 '무'를 드러내고자 하는 이러한 훌륭한 예술이 나타날 조짐이 엿보이기도 한다. 하지만 예술적인 것에 대해 문외한이거나 조악한 취향을 가진 이라면 그런 훌륭한 작품들이 불운한 사건이나 재난

의미를 가지고 있지만, "그러나 예술적이지는 않다. 그와는 반대로 사실주의는 '현실이 없는 것(lo sin realidad)'을 그 본질로 삼는 '예술(Arte)'과 정반대의 방향을 취하고 있는 셈이다. 이처럼 진정한 예술은 하찮은 정보나 교훈을 주는 것이 아니라, '정말로 가짜인 것(lo limpiamente inauténtico)'을 추구한다". 여기서 약간의 문제가 발생한다. 앞에서 그는 분명히 "예술은 현실 그 자체다"라고 했는데, 조금 뒤에는 "현실이 없는 것"이 예술이라고 규정했기 때문이다. 하지만 마세도니오에게 있어서 예술이란 현실적인 것의 모사나, 현실적인 것에 관한 정보를 제공하는 것이 아니라, 그 자체로 "불가능한 것(lo imposible)" — 즉, 예술이 존재하지 않는 현실을 창조한다는 뜻에서 — 을 지향한다는 의미이기 때문에, 그 두 가지 표현은 결코 모순되지 않는다. 리카르도 피글리아 편집, 같은 책, 88~89쪽.

으로 인해 계속되지 못했다는 점을 안타깝게 생각할 것이다. 그러나 내가 볼 때는 [그런 작품들에서] 빠져 있거나, 미처 완성되지 못한 부분에 진정 예술적인 것이 깃들어 있다. 왜냐하면 그런 작품들은 아직 시작되지도 않은 것이 시작되고, 혹은 적어도 끝없는 시작이 도래하는, 다시 말해 '무'로부터 고결하게 자라나는 종(種)이나 마찬가지이기 때문이다.

나는 그다지 장엄하거나 화려하지도 않은 '무'를 애지중지 키우고 있다. 물론 수많은 이야기와 갖가지 "기억"으로 종이 위에 가득 채워진 거대한 '무'를 말하는 것은 아니다. 숲처럼 울창한 '무' 속으로 독자와 함께 산책을 하는 것이야말로 진정한 — 어떤 면에서는 유일무이한 — 예술이라고 분명하게 예고하는데도 독자가 '현존하는 것(lo existente)' 속에서 길을 잃고 헤맨다면, 그건 참으로 통탄할 일이다.

그러니 '무'여, 어서 시작하라. 크기를 줄이려 애쓰지 말고 어서 시작하라. '무'는 일정한 공간을 차지하고 있기 때문에, 독자는 이 책에 담겨 있는 만큼의 '무'를 얻게 될 것이다. 그렇다고 그것이 책 속에서 완결된다고 생각하진 마시기를.

'무'를 추구하는 이 글을 쓰다 보니 살아오면서 경험한 몇 가지 사실을 밝히는 게 좋을 듯하다. 아주 어릴 때부터 내게는 아무것도 존재하지 않는 텅 빈 공간, 즉 공허로 가득 찬 것에 대한 애착이 두드러지게 나타났다. 어릴 적, 나는 문학적인 정취가 넘치는 이런 글을 쓴 적이 있다. "해가 서산으로 넘어가면, 세상은 그것의 공백, 혹은 부재로 가득 채워진다." 얼마 뒤, 나는 한 신문의 문학 면에 이런 글을 쓰기도 했다. "이 책은 거대한 공백을 다른 것으로 채우게 되리라." 결국 텅 빈 공간을 뭔가로 채워야겠다는 생각이 내 머릿속을 가득 채우기 시작했다. 그러나 나 혼자 있으면 그런 공백도 금세 사라지기 일쑤였다. 이 문제를 해결하기 위해서는 제3자를 끌어들여 나와 짝을 이루는 것이 가장 좋을 것 같았다. 이렇게 말이다. 그 당시 내 친구 하나가 '강렬한 삶을 향해서'란 제목의 책을 썼다. 그로부터 몇 년 지난 뒤, 이번에는 또 다른 멋진 친구 하나가 『무를 향해서』란 책을 펴냈다. 이 작품은 평소 물질적 소유를 철저하게 거부하고자 하는 성향을 가진 그의 내면적 욕망을 충족시켜 주고도 남음이 있었다. 이젠 한 명만 더 있으면 조화로운 삼각 구도가 완성되는 셈이었다. 그러던 어느 순간, 그 빈자리에 아직 출간하지 않았던 내 책, 『강렬한 무를 향해서』를 집어넣으면 되겠다는 생각이 머리를 스치고 지나갔다. (내친김에 그 책에서 비어 있는 부분을 지적하고 넘어가는 편이 좋을 것 같다. 거기엔 텅 빔과 공허를 다룬 어떤 책에 관한 서지 목록이 빠져 있었다.)

친애하는 독자여. 나는 — 다른 모든 책들과 마찬가지로 — 이 책도 거대한 공백을 다른 것으로 채울 수 있을 만큼 가치가 있다는 점을 독자 여러분이 흔쾌히 인정해주기 바라 마지않는다. 지난 수천 년 동안, 엄숙하다 못해 장엄하기까지 한 글과 말, 그리고 시로 뒤덮여버린 그 거대한 공허를 이 책이 가득 채워줄 것이다. 그런데 그토록 거대한 공백이 어떻게 이 세계 속에 다 들어갈 수 있었는지 알다가도 모를 일이다. 다만 차이가 있다면 내 책이 다른 것으로 메울 그 공허야말로 실질적으로 중요한 문제라는 점이다. 따라서 불멸의 다섯 쌍, 즉 소크라테스와 플라톤, 플라우투스와 테렌티우스,* 카스토르와 폴룩스,** 헥토르와 파리스,*** 그리고 '엄숙함(Solemnidad)'과 '불모성(Esterilidad)' 중에서도, 특히 이 마지막 쌍을 떼어놓아야 한다. 진지한 것이 엄숙한 것과 나란히 있으면, 진지한 것은 제 힘을 발휘하지 못하기 마련이다. 내 책은 [상상력이 결핍된] 황량한 세계가 아니기 때문에 결코 엄숙해지는 일은 없을 것이다. 그러니 독자여, 내 책을 읽으면 마침내 '무'를 얻게 될 것이다.

일찍이 예고한 것처럼, 나는 과연 '무'가 어떤 것인

---

* 플라우투스(Titus Maccius Plautus, 기원전 254~184)는 고대 로마 시대의 희극작가로, 라틴어의 운율이 지니는 극적 효과를 탐구함으로써 라틴어 희극의 새로운 경지를 개척했다. 한편 그 뒤를 이어 나타난 테렌티우스(Publius Terentius Afer, 기원전 ?~159)는 우아한 라틴어 문체와 수많은 명구(名句)를 통해 대단한 성공을 거두었다. 로마 희극은 플라우투스와 테렌티우스에 이르러 최대 절정기에 이른다.
** 카스토르(Castro)와 폴룩스(Pollux), 혹은 폴리데우케스(Polydeuces)는 레다와 백조로 둔갑한 제우스 사이에서 태어난 쌍둥이 형제다. 또한 오리온자리 옆에 있는 쌍둥이자리의 주인공이기도 하다.
*** 헥토르(Hector)는 그리스신화에 등장하는 트로이의 왕자로, 동생 파리스(Paris)로 인해 일어난 트로이전쟁에서 아킬레우스와 싸우다 최후를 맞이한다.

지『방금 도착한 이의 기록』의 앞부분에서 꽤나 분명한 모습으로 드러낸 적이 있다. 따라서 현명한 독자들이라면 한 분도 빠짐없이 내 뜻을 분명하게 이해했기를 바라는 바다. 짧은 시간 동안이나마 열정적으로, 그리고 독창적인 방식으로 노력을 기울인 덕분에, 겨우 시작에 불과함에도 불구하고 나는 벌써 독자들로부터 "이해받은 작가"가 되었다. 어쨌든 나는 결말이 포함된 나머지 반, 그러니까 이 책에서 '무'를 마무리 짓지 못한 것이 큰 아쉬움으로 남기는 해도 매우 다양해진 2부를 펴내고자 한다. 하지만 '무'는 앞으로도 계속 자라나서 더 커지지 않을까?

I. 자기 사진을 찍어보자

자서전
— 1번 포즈

'우주' 혹은 '현실'과 나는 1874년 6월 1일에 태어났다. 그리고 간단히 덧붙이자면, 우리 둘의 탄생은 여기서 가까운 곳, 즉 부에노스아이레스에서 발생한 사건이다. 태어나는 모든 것들에게는 세계가 존재한다. 하지만 태어나지 않는 것은 개별적인 것, 혹은 개체적인 것을 전혀 갖지 못한다. 다시 말해, 그것에게는 세계가 존재하지 않을 뿐이다. 따라서 태어났지만 세계를 찾지 못한다는 건 애당초 불가능한 일이다. 태어났는데 자기가 존재할 세계가 없는 경우는 지금까지 단 한 번도 없었다. 결국 '현실'이라는 존재는 우리가 가지고 오는 것이라는 생각이 든다. 따라서 — 몇몇 사람들이 두려워하는 것처럼 — 우리가 실제로 죽고 나면, 이와 함께 '현실'도 감쪽같이 사라질 것이다.

6월 1일 이전에 존재하던 세계의 '역사(Historia)' — 그 권수(卷數)를 다 헤아릴 수 없을 정도로 방대한 '역사' — 에 대해서는 말해봐야 소용도 없을 것이다. 그것에 관해 내가 유일하게 알고 있는 것은 (역사적 사실이 아니라) 그 분량이 터무니없을 정도로 많다는 것이다. 그런데 그마저도 — 다른 것도 마찬가지지만 — 내가 태어난 이후에야 알게 된 것이다. 그중에서 내가 공감할 수 있는 건, 사랑스럽고 유쾌할 뿐 아니라 아무런 꾸밈없이 솔직한

'예술(Arte)'뿐인 듯하다. 가령 라흐마니노프의 '서주(序奏)'나 고야가 창조해낸 독특한 시선 같은 것 말이다. 그러나 일반적인 예술(arte)은 뭐든 쉽사리 믿지 못하는 성향을 가지고 있어서, 장례식에 모인 사람들 앞에서 입도 뻥긋하지 않는다. 그런 예술은 역사(historia)와 다를 바가 없다.

나는 태어났다. 지금까지 수많은 이들이 태어났고, 또 앞으로도 계속 태어나겠지만, 자세히 따져보면 나의 탄생은 정말 대단한 사건이다. 물론 기억에는 전혀 남아 있지 않지만, 나는 앞으로도 이 사건을 자세히 따지지 않는 선에서 계속 활용할 것이다. 왜냐하면 그것이 나이에 대해서보다 더 큰 영향력을 행사하는 경우를 발견하지 못했기 때문이다. 그러나 나 자신의 전기(傳記)를 공개하는 (자서전과 마찬가지로 이 또한 지금까지 알려진 것 중에서 가장 허황된 예술 형식이다. 거짓으로 뒤섞인 걸로 따진다면 '역사'가 단연 으뜸이다) 기회가 있을 때마다, 탄생과 같이 문학적인 사건을 그동안 너무 부당하게 다룬 게 아닌가 하는 생각이 든다. (사실 그동안 출생 일자에 대해 밝혀달라는 요구를 수도 없이 — 때로는 짓궂은 미소와 더불어 — 받았다. 그런데 이러한 요구는 더 좋은 출생일이 있을 수 있으니까, 내 마음대로 하나를 골라서 말해도 된다는, 아니 그래야 된다는 의미로 들렸다. 생각할수록 마음이 설렜던 것은 두말할 나위도 없다. 이와 같이 호의를 베풀어준 데 대해 내가 응분의 보답을 하지 못할 경우를 대비해서, 이왕이면 1900년에 태어난 걸로 하면 좋겠다는 생각을 분명하게 밝혀두고자 한다.)

사실 이 세상에 태어난 것 말고는 내 삶에서 특별히 이야기할 만한 것이 전혀 없다. 하지만 나에게도 바야흐로 중대한 변화가 일어나고 있다. 나도 이제 작가가 되기 시작한 것이다. 나는 여태까지 하던 '변호사직'을 그만두고, 최근 '문학'*에 입문했다. 그런데 내 법률 의뢰인 중 누구도 나를 따라오지 않았기 때문에, 아직은 내 작품을 읽어줄 독자가 아무도 없는 실정이다. 이를 뒤집어 말하면 누구든 [내 작품을 읽는] 행운을 누릴 수 있다는 얘기다. 어떤 작가의 최초의 독자가 되기만 하면, 후세 사람들은 그의 존재를 영원히 인정해줄 것이다. 그래서 내 책 『눈을 뜨고 있다고 다 깨어 있는 것은 아니다』**가 앞으로 맞이하게 될 행운을 떠올려보는 것이 나의 유일한 즐거움이자 낙이다. 그러니 독자들이여, 현존하는 작가들 중에서 그대들이 최초의 독자가 될 수 있는 이는 이 마세도니오밖에 없다는 점을 부디 잊지 마시라. 더군다나 내 책은

---

* "그동안 정말 고마웠어요!" '변호사직'이 먼저 입을 열자, '문학'이 "아이고! 깜짝 놀랐잖아요!"라고 소리를 질렀다. 잠시 후, 매사가 다 똑같다고 입버릇처럼 말하던 '무덤덤함(Impasibilidad)'도 "참으로 감동적인 일이야!"라면서 한마디 거들었다. ─ 원주

** *No toda es viglia la de los ojos abiertos.* 마세도니오 페르난데스가 1928년에 펴낸 작품집으로, 작가가 어린 시절부터 생각해온 형이상학적 사유의 여정을 기록한 글이 담겨 있다. 이 책에서 마세도니오는 '시간(Tiempo)'과 '공간(Espacio)', 그리고 '물질(Materia)'과 '자아-나(Yo)'와 같은 전통적인 범주를 해체하고, 감각의 연속체인 '몽상(Ensueño)'을 통해 세계를 바라봄으로써, 나와 타자가 자유롭게 연대할 수 있는 감응의 세계, 즉 '감각(Sensibilidad)'이라는 내재적 세계를 추구하고 있다.

가장 진귀하고 보기 드문 것일 뿐 아니라, 부에노스아이레스에서 '대통령'이 손수 개막하지 못한 유일한 것이다. 아무래도 이런 기념비적인 작품을 처음 읽을 독자를 그냥 지나칠 수 없어, 지금 그에게 수여할 모든 종류의 증명서를 인쇄하고 있는 중이다. 그리고 — 내 책의 품위를 높여 주는 — 두 번째로 언급한 장점으로부터 이 책을 지키기 위해, '편집자'는 적절치 못한 '대통령의 개막식'이 열릴 가능성이 있는 모든 도로를 철저하게 감시하고 있다.

『가세타 델 수르』,* 1928년

* *Gaceta del Sur*. 1928년 아르헨티나 로사리오에서 발간된 문학예술 비평지. 제도권 밖에 있던 언더그라운드 작가 및 비평가들이 활동하는 대안 공간의 역할을 했다.

미리 쓰는 자서전
— 2번 포즈

나는 오래전부터 아르헨티나 사람이다. 우리 부모와 조부모, 그리고 증조부모들도 모두 아르헨티나 사람들이니까 말이다. 하지만 그 전의 조상들은 모두 스페인 사람들이다. 가장 위대한 혹은 가장 훌륭한 — 이 얼마나 거추장스럽고 억지스러운 표현법이란 말인가* — 스페인 화가들 중 한 명의 피를 물려받기는 했지만,** 난 어릴 때부터 그림 그리는 데 전혀 재주가 없었다. 다만 시력은 아주 좋은 편이고, 눈동자는 또 쓸데없이 파란색이다. 파란 눈동자라고 해봐야 세상이 검은 눈으로 보는 것과 똑같은 색깔로 보이는 데다, 검은 눈에나 내 눈에나 물은 똑같이 무색으로 보이기 때문이다. 전에 내 눈동자를 그리던 이가 나의 둔한 미적 감각을 눈치채지 못했던 것도 바로 그런 이유

* 스페인어에서 '커다란, 훌륭한, 나이가 많은'의 뜻을 가진 'grande'의 비교급 및 최상급은 'mayor'와 'más grande', 두 가지가 있다. 보통 혼용해서 쓰지만, 크기를 나타낼 땐 'más grande'를 더 많이 사용하는 경향이 있다. 마세도니오가 거추장스럽다고 비난한 것은 바로 이를 두고 말한 것이다.
** 마세도니오 페르난데스의 외가족 조상 중에는 J. B. 델 마소(J. B. del Mazo)라는 화가가 있다고 한다. "나는 좋은 시력을 물려받아 안경을 쓰지는 않지만, 미술에 재능도 없고 그림을 잘 볼 줄도 모릅니다." 마세도니오 페르난데스, '라몬 고메스 데 라 세르나에게 보내는 편지', 라몬 고메스 데 라 세르나, 「마세도니오 페르난데스의 초상화(Retrato de Macedonio Fernández)」, 마세도니오 페르난데스, 「방금 도착한 이의 기록 그리고 계속되는 무(Papeles de Recienvenido y Continuación de la Nada)」(세비야, 바라타리아 출판사[Ediciones Barataria], 2010), 8쪽에서 재인용.

때문이리라. 하긴 하느님이 아닌 이상 어떻게 그걸 알아차리겠는가. 아니면 뭔가를 보려면 일단 돋보기안경을 이마 위로 올리는 사람처럼 나도 눈을 내리깔고 보는 버릇이 있는지 모르겠다. 나도 모르는 사이에 그렇게 한다 해도, 그건 전혀 이상한 일이 아니다. 왜냐하면 내가 오른쪽으로 몸을 돌려 잠을 잔다는 사실도 최근에 와서야, 그러니까 마흔 살이 넘어서야 알았으니까 말이다. 그런데 독자여, 당신은 잘 때 어느 쪽으로 몸을 돌리는가? 내가 질문을 던지면 당신은 아마 이렇게 대답할 것이다.

"전에는 똑바로 누워서 잤는데, 지금은 글쎄요……."

"'지금은'이라뇨? 이제 첫 페이지 읽어놓고 벌써 잔단 말입니까? 내 말 끊지 말아요……."

"'말을 끊지 말라'니, 어떻게 그런 말을 할 수 있어요? 명색이 작가가 되겠다는 사람이 말이오!"

솔직히 말하면, 우리 둘은 서로가 맡은 역할, 그러니까 나는 글을 쓰고, 당신은 내 글을 읽는 역할이 그다지 마음에 들지 않는 것 같다. 지금이라도 기꺼이 역할을 바꾸면 좋으련만.

단언컨대, 나는 앞으로 절대 글을 못 쓸 것이다. 거기[글]에는 위대하신 사상가께서 자리를 잡고 있는데, 그가 첫 번째 페이지 12번째 괄호 속에 나를 가둬버리려고 했을 때부터 모든 게 싫어졌다. 그가 몽둥이질을 멈추는 순간, 나는 단숨에 밖으로 뛰쳐나갔다. 그리고 글을 더 이상 읽지 않겠다고 속으로 다짐했다. 하지만 읽지 않는다는 것은 비겁한 침묵이나 다를 바가 없다. 이제 그만 읽고, 그동안 읽었던 수많은 것들에 대해 제대로 복수하려면 글을 쓰는 수밖에 없다.

나는 자유직에 종사하기 때문에 무척이나 가난하다. 내가 "가난하다"고 하면, 독자는 내가 당장이라도 손을 벌릴 걸로 생각할지 모른다. 그러나 나로서는 이러한 궁색한 처지가 부차적인 문제가 결코 아니기 때문에, 내가 한 말은 절대 엄살이 아니다. 이 점에 대해서는 추후에 자세히 설명할 터이니, 아무쪼록 잘 기억해 두시기를.

나는 삐쩍 말라서 영 볼품이 없다. 다행히도 조산부(助産婦)와 결혼한 약사 아들 덕분에 건강 상태가 더 이상 악화되고 있지는 않다. 사실 이런저런 병을 달고 다니는 신세라서, 뭐가 조금만 잘못되어도 곧바로 세상을 하직할지도 모른다. 그렇지만 내게 최후의 일격을 가할 병이 뭔지도 모르는 판에 굳이 병과 싸우고 싶지는 않다. 최후의 날이라…… 어떤 면에서는 기다려지는 순간이기도 하다. 그날 내 죽음을 애도하기 위해서 몰려온 사람들은 여태껏 감춰온 재능을 발휘해서 내가 꽤나 좋은 사람이었다는 사실(물론 오래전부터 내 입으로 밝혔지만 아무도 귀담아듣지 않았다)을 알게 될 테니까 말이다.

이제 나도 오십을 바라보는 나이가 되었다. 내가 세상에 태어났을 때를 생각하면, 그리 많은 시간이 흐른 것은 아니다. 앞으로 몇 살이나 더 살게 될까? 예순 살 정도는 충분히 살 거라고 하는 이도 있다. 그러나 눈뜨고 잠든 시간을 (나는 책을 많이 읽는 편이다. 그리고 우리나라에는 정치가 아주 활발하게 행해지고 있을 뿐 아니라, 수많은 채식주의자들, 도덕군자들과 구원론자들도 있고, 창문의 걸쇠가 망가졌을 때 집주인이나 가게 주인이 그걸 바꿔주어야 하는지에 대해 법원에서 내린 심오하고 예리한 판결문 — 여기에는 "뜻깊은 견해와 해석"이 가득 담겨 있다 — 또한 많다. 그리고 교육 개혁 과정에서 고통을 받은 이들이나, 저명인사들 — 이들은 각자 태어난 날을 가지고 있었다 — 중에서 매년 오는 생일을 맞이하려고 버티다 결국 100세가 넘은 이들도 적지 않다. 또한 우리나라에는 이런저런 회의나 콘서트도 많이 열리지만, 또 "기념비"적인 개막, 혹은 개회 연설도 무척 많은 편이다) 제하고 나면, 다 해서 40년 정도 살지 않을까 싶다.

내 키는 작은 편이지만, 그리 쓸모없지만은 않다. 일단 밑에서는 피르포*와 똑같이 시작하는 데다, 위로는 하늘까지 충분한 공간이 남아 있으니까 말이다. 하지만 덧창문을 닫으려고 안간힘을 쓸 때면 작은 키가 원망스럽기까지 하다. 물론 발목 부츠의 끈을 묶을 때만큼은 작은 키가 아주 유용하다. 그런데 발목 부츠를 신고도 손이 덧문에 닿지 않는다면, 믿기가 어려울 것이다.

독자들이여, 내가 재봉사의 집에서 태어났다고 생각해보라. 또 오늘날과 마찬가지로 당시에도 손님에게 옷을

---

* Luis Ángel Firpo(1894~1960). 아르헨티나의 전설적인 복서. 189센티미터의 거구였던 탓에 '팜파스의 들소'라는 별명으로 불리곤 했다.

입어보게 하고, 가봉하는 일이 — 다는 아닐지라도 — 있었다고 상상해보라. 그리고 그 집의 구석에는 새로 지은 옷을 손님에게 입히고 시침질을 하기 위해 사방이 거울로 둘러싸인 작은 방이 하나 있었다고 생각해보라. (어떤 시대와 사회가 얼마나 행복한지를 알려주는 과학적 지표가 있을까? 만약 있다면, 내 생각으로는 습관에 따라 사람들에게 "사용해보라고" 주는 물건이 많을수록 그 세상은 더 행복한 것 같다. 오늘날 그런 물건들이 내가 어렸을 때 즐겁게 써보던 것보다 더 많아졌는지는 — 그런 것 같기는 하지만 — 잘 모르겠다.)

그 당시에는 옷을 입으면 사람의 모습이 전보다 조금 덜 드러났던 걸로 기억된다. 그런데 그때에 비해 지금은 [사람의 모습에서] 덜 드러나는 부분이 더 늘었다. 원래 옷이라는 게 몸을 가린다든지, 아니면 사람과 옷이 모두 보인다는 엄청난(!) 이점과는 아무런 관련도 없다. (어쩌다 누드가 한 번에 모두, 아니면 가능한 한 수줍음을 잃지 않으면서 조금씩 앞섶을 풀어헤쳐 맨살을 드러낸다는 의미로 변했는지 시간이 나면 연구를 해볼 생각이다.)

여섯 살 무렵, 나는 가봉하는 방을 들락날락하곤 (요즘 같았으면 한번 들어가서 나오지 않았을 텐데) 했지만 손님들은 나를 거들떠보지도 않았다. 다만 내가 자기들을 빤히 쳐다보고 있다는 것 정도는 알고 있었다. 우리 집에 온 손님들은 내가 여섯 살이 넘은지 몰랐기 때문에 (얼굴만 보고 내가 여섯 살인지 안 사람은 없었을 것이다. 하긴 그걸 무슨 수로 알겠는가?) 적당한 핑계만 대면 — 전에는 뭔가를 찾으러 왔다고 했고, 조금 지나면서부터는 그냥 한 번 둘러보기 위해 왔다고 했다 — 못 들어오게 막는 이는 아무도 없었다. 어쨌든 간에 나는 그런 기회를 통해서 수학, 특히 곡선과 각도에 대해 많은 지식을 쌓을 수 있었다.

일곱 살 때, 나는 발코니 아래로 떨어진 적이 있다. 그 사건을 통해 땅에 떨어지면 곧장 울게 된다는 사실을 깨닫게 된 셈이다. 그런데 당시에는 의외로 기분이 담담했다. 혹시라도 다칠까봐 겁이 나거나 두렵지도 않았지만, 땅에 떨어지기 전까지는 울 필요도 없었던 지라 속을 태울 일도 없었다.

일곱 살짜리 꼬마가 10미터 높이에서 수직으로 추락했으니 정말 위험천만한 일이었다. 하지만 정작 떨어지는 중에도 별로 재미있다는 생각은 들지 않았다. 마치 어른들 "심부름" 갈 때나 비슷한 기분이었다고나 할까. 아무런 도움도 받지 않고 나 혼자 해낸 일이니까 말이다. 말이 10미터지 그건 일곱 살짜리 아이가 추락하기에 정말 엄청난 높이다. 어린 꼬마가 10미터 높이에서 혼자 떨어졌다고 해도, 나이와 높이의 불균형 때문에 그 말을 곧이곧대로 믿을 수학자들은 없을 것이다. 사실 그러고도 무사하다는 게 믿어지지 않을 정도로 심각한 사건이었다. 그리고 40년 전에 내가 난간에서 10미터 내내 물구나무선 채 수직으로 떨어졌다는 이야기를 우연히 들은 어떤 기자는 이따금씩 신문에 나의 사망 소식을 내기도 한다.

(누구든 아래로 떨어지면 바닥이 반갑게 맞아주기 —
바닥은 어디든 있으니까 — 때문에 그때만큼은 따로 친구
가 필요 없다. 그러나 나처럼 건물이나 아파트에서 떨어지
는 사람에게, 땅바닥은 결코 무시할 수 없는 높이다. 마치
조금 전에 내뿜은 담배 연기를 다시 마시려고 하는 것처
럼 높은 곳에서 공중을 향해 힘차게 몸을 날리는 이들은
나와 유사한 경험을 하게 될 것이다. 얼마 전, 나는 친구와
이야기를 나누면서 길을 가던 도중에 실수로 발이 걸려
앞으로 고꾸라질 뻔했다. 바로 그 순간 믿을 수 없는 일이
일어났다. 내 머리가 앞으로 급격히 쏠리는 순간, 방금 내
가 입 밖으로 내뱉은 말을 따라잡을 수 있었다. 그러자 귓
전에 내 목소리가 울렸다. 덕분에 나는 이미 입 밖으로 나
온 말 중에서 터무니없는 말을 고칠 수 있었다.)

위험천만한 일이기는 했지만 어쨌건 무사하게 땅
에 떨어진 덕분에, 나의 뛰어난 재주가 만천하에 알려지
게 되었다. 어쩌다 동네 꼬마 녀석이 장난을 치다가 베란
다 난간에 아슬아슬하게 매달려 있기라도 하면, 이를 본
사람들은 아무쪼록 녀석이 무사하게 떨어질 수 있도록 도
와달라고 우리 집으로 우르르 몰려오곤 했다. 또 한 가지.
그때 땅에 부딪히면서 머리에 얼마나 큰 혹이 생겼던지,
동네 사람들의 눈에 쉽게 띌 정도였다. 누구든 머리에 혹
이 생기면 금세 눈에 띄기 마련이지만, 내 혹은 정말이지
유난스러웠다. 그 바람에 나는 졸지에 동네에서 유명인이
되고 말았다.

따라서 그 사건을 통해 내가 얻은 교훈은 다음과 같다. 높은 곳에서 떨어질 때는 승마 — 특히 어린 말을 다룰 때의 — 기술을 활용하라.

오늘따라 글을 쓸수록 존재의 확실성에 대한 회의가 가슴 깊이 파고든다. 그러니 오늘만이라도 내가 죽은 후에 출판될 작품을 쓴다고 생각하자. 나는 분명 문단의 또 다른 기인(奇人), 마크 트웨인보다 더 신중한 편이니까.*

---

* 트웨인이 지닌 탁월한 장점은 아마 그가 여덟 살 때 불행한 사건 — 그때 그는 강에서 멱을 감다가 쌍둥이 형제를 잃었다. 당시만 해도 둘 중 누가 죽었는지도 몰랐을 정도로 닮았다고 한다 — 을 겪었음에도 불구하고 평생 명랑하고 쾌활한 모습을 잃지 않았다는 점이리라. — 원주

『방금 도착한 이의 기록』에 나온 내 초상화에 대한 전기
— 3번 포즈

나는 오랫동안 그 초상화를 바라보았다. 길고 갸름한 얼굴에 이글거리는 눈빛과 단호한 표정. 내 얼굴이 분명했다. 내가 그 주의 복권에 당첨된 사람이 아니라는 점을 분명하게 알려줄 수 있는 소개 기사를 신문에 싣기로 한 것은 매우 적절한 결정이었다. 왜냐하면 나는 신중하게 생각한 끝에,『방금 도착한 이의 기록』에 나오는 내 초상화 — 독자들이 읽은 유일한 초상화 — 가 왠지 "방금 복권에 당첨된 사람의 얼굴"을 하고 있다는 사실을 알아차렸기 때문이다. 그럼에도 불구하고, 언젠가 내가 집을 옮기려고 — 특별한 이유가 없어도 나는 한 달에 한 번꼴로 집을 옮긴다 — 하자, 한 무리의 사람들이 몰려와서는 이왕이면 자선단체에 기부를 하라고 떼를 쓰기도 했다.

이래저래 내 초상화는 기대 이상의 성공을 거두었다. 그 후로 15년 동안 나는 그 초상화의 얼굴을 닮으려고 무진 애를 썼지만, 결코 쉬운 일이 아니다. 당연한 말이지만 내가 하고자 한 일은 실물에 가깝게 나오도록 사람의 얼굴을 촬영하는 사진작가의 노력보다 결과가 만족스럽지 않았다. 그 경험을 제대로 살리기는커녕, 나는 매년 초상화와 점점 달라져만 가는 내 얼굴을 보고서 경악을 금하지 못하고 있다. 이 책의 제목이 일으키는 반향을 따라

71

서, 그리고 독자들이 조금 읽다가 책을 덮어버리는 습관이 들지 않도록 하기 위해서, 한마디 덧붙이고자 한다.

[초상화 속의] 또 다른 얼굴이 워낙 건강하고 활력 넘치는 이미지를 풍기기 때문에 나는 가급적 세상에 모습을 드러내지 않기로 했다. 그 초상화가 앞으로도 계속 바라는 효과를 거두기 위해서는 어쩔 수 없는 일이었다. 그리고 몇 페이지에 걸쳐 이어지던 '최고의 시인(Poeta Máximo)' — 내 판단으로 이분은 내 성품과 지적 능력에 대해 극찬을 아끼지 않은 라몬 고메스 데 라 세르나*다 — 의 말이 끝난 뒤에는 내 성품이 밖으로 드러나지 않도록 아예 모습을 감추어야만 했다.

내가 늘 집에만 처박혀 있는 것도 따지고 보면 모두 그 사진**과 이 전기 때문이다. (내가 다른 바지에도 열쇠를 넣어두는 것은 혹시라도 누군가가 집 밖에 있을 경우를 대비한 것이다.)*** 사진이 다른 얼굴처럼 나왔다고 해서 우리의 얼굴과 전혀 다르지는 않을 것이다.

독자여, 잘 가시오. 사정상 문밖까지 배웅해주지는 못하니 부디 양해하기를. 행여 밖에 나갔다가 누군가 나를 본다면 그 초상화며 내가 쓴 전기가 모두 새빨간 거짓말이라고 떠벌릴 테니까 말이오.

---

* 이 책 21쪽 각주 참조.
** 여기서 "사진"은 라몬 고메스 데 라 세르나의 「마세도니오 페르난데스의 초상화」에 묘사된 작가의 모습을 의미한다.
*** 이쯤에서 독자는 잠깐만이라도 쉬자고 아우성을 친다. 이처럼 '무'는 독자를 숨 막히게 만든다. — 원주

우편으로 받은 전기
— 4번 포즈

내가 보기엔, 전기를 쓰려면 주인공의 삶에서 일어난 어떤 사건, 다시 말해 그에 관해 많은 사실을 알려주는 전기적 사건이 반드시 필요하다. "그가 개인적으로 겪은 일들 중에서 특히 이야기할 만한 것이 있다면, 어느 날 우편으로 한 통의 편지를 받은 사건일 것이다. 10년 전에 마지막으로 만났던 사람이 아무 예고도 없이 보낸 편지였다. 그런데 아무리 생각해도 그에 관해서 특별히 주목할 만한 점도, 기억나는 일도 없었다. 그런데 우표가 붙어 있는 편지에는 유려하면서도 예리한 필치로 따뜻한 감사의 마음이 그대로 전해지는 그의 일대기가 오롯이 담겨 있었다."

내게 또 다른 장점이 있건 없건 나에 관한 이야기가 알려질 수 있도록 그가 쓴 서간 전기를 독자에게 알려드리는 바다. "그는 사건들로 — 전기에서는 행동이나 일로 나타나겠지만 — 이루어진 사람이었다. 예를 들면, 지난 10년 동안 만나지 못했지만 잊고 있었다는 사실을 잊어먹었던 척했거나, 아니면 잊고 있었다는 사실을 떠올렸으면서도 이를 모른 척했던 어떤 사람*이 '우편으로 보낸

---

* 아니면 이렇게 쓸 수도 있을 것 같다. "잊고 있었다는 사실을 잊어먹었으면서도 이를 모른 척했거나, 아니면 잊고 있었다는 사실을 떠올린 척했던 어떤 사람." 독자여, 부디 이 어려운 길을 지혜롭게 헤쳐 나가기를. 우선 제대로 이해하시라. 그러다 보면 살이

전기'가 담겨 있는 편지, 유쾌하기 이를 데 없고, 어디 하나 나무랄 데 없는 편지를 받은 사건 말이다."

1킬로그램 정도 빠지겠지만, 그 정도면 크게 해될 건 없을 것이다. 하지만 독자여, 너무 괴로워하지 말기를. 지금처럼 하다 보면 조만간 우리의 생각이 같아질 테니까 말이다. — 원주

마세도니오 페르난데스에게 보내는 비밀 편지

나는 이 자리를 빌려 마세도니오 페르난데스에게 몇 마디 하고자 한다. 물론 그도 이미 알고 있는 내용이다. 그런데도 내가 굳이 말하고자 하는 건, 그가 그 사실을 알고 있어서가 아니라, 그것이 비밀이기 때문이다. 그건 우리 둘만 알고 있는 비밀이다. 자세히 말하자면, 그가 쓴 작품들에 대한 얘기다. 지금 내가 왜 그것을 밝히려고 하는지, 그 자초지종에 대해 곧 설명할 것이다.

마세도니오 페르난데스는 큰 인물이다. 그에게는 원근법도 무용지물이다. 멀리서 보면 훨씬 더 커 보이니까 말이다. 거기, 기도 가*에 있는 그의 방으로 내가 찾아갔을 때, 내 눈앞에 진풍경이 펼쳐졌다. 그는 두꺼운 외투 아래 서너 벌의 재킷을 껴입은 것도 모자라, 회색 머플러로 머리며 목을 칭칭 감고 있었는데, 하얗게 센 머리카락 한 다발이 그 틈 사이로 삐져나와 있었다. 그런데 신기한 것은 부드러우면서도 열정적이고 뜨거운 열기가 방 안에 감돌고 있었다는 점이다. 그때는 영문도 모르고 그런 분위기를 만끽했지만, 지금은 그 이유를 알고 싶어 미칠 지경이다.

지금까지 내가 아끼고 좋아했던 사람들에 대해서 나

---

* Calle Guido. 부에노스아이레스의 항구 가까운 곳에 위치한 거리.

는 언제나 격렬하다 싶을 정도로 깊은 애정을 느꼈다. 심지어는 몇 달 간격으로, 아니면 몇 년 간격으로 그랬던 것 같다. 그러나 나는 어떤 경우라도 마세도니오 페르난데스를 모욕하고 싶지는 않다. 그도 그런 내 마음을 잘 알고 있다.

사유(思惟)의 탱고. 사유의 담배. 가구 한 점 없이 휑한 사유의 방. 사유의 혼돈. 사유의 기타 연주. 루이스 알베르토 산체스*가 착각한 것이 분명하다. 나는 마세도니오 페르난데스가 기타를 치는 모습을 단 한 번도 본 적이 없다. 그의 기타에서 나던 띵띵 소리가 지금도 가끔 내 기억 속으로 울려 퍼지곤 한다. 마치 그의 방에서 감돌던 뜨거운 열기처럼 말이다.

마세도니오 페르난데스의 기타를 친 것은 바로 나였으니까. 내가 부탁만 하면 마세도니오는 언제나 기타를 빌려주었다. 물론 그가 속으로 내켜했는지는 알 수 없다. 내가 알 수 없다고 한 것은 그것이 중요하지 않다는 말이 아니라, 내가 너무 염치없이 굴었다는 뜻이다. 하지만 그는 언제나 인자한 미소를 지으며 내게 기타를 건네주었다. 애당초 그 기타를 칠 생각이 없었다는 듯이 말이다.

---

* Luis Alberto Sánchez(1900~94). 페루 출신의 작가이자 비평가로, 마세도니오에 관한 글을 많이 남겼다. 대표적인 글로는 마세도니오 페르난데스의 『시작하는 소설(Una novela que comienza)』(산티아고, 에르시야 출판사[Ediciones Ercilla], 1941)의 서문으로 실린 「마세도니오 페르난데스에 관한 서설(Introducción sobre Macedonio Fernández)」과 「마세도니오 페르난데스(Macedonio Fernández)」(『인티: 레비스타 데 리테라투라 이스파니카[Inti: Revista de literatura hispánica]』, No. 5, 1977) 등이 있다.

지금 생각해도 변호사*가 기타를 친다는 게 왠지 어색해 보인다. 그것은 오히려 사유의 기타였다.

벽 안쪽, 그러니까 그의 방은 그가 피우던 수천 종류의 담배 연기로 늘 가득 차 있었다. 아니, 그건 차라리 사유의 연기, 감각의 연기였다. 벽 반대쪽 방에 있던 나는 내 좌절의 순간을 놓치지 않으려고 알게 모르게 안간힘을 쓰고 있었다. 마세도니오 페르난데스는 알몸으로 태어나지 않았다. 내가 보기에 그는 살갗도 없이 태어난 것 같다. 평소에 그가 그토록 많은 옷을 껴입고 있는 것도 다 그런 이유 때문이리라. 반면에 나는 단단한 살갗을 가지고 태어났다. 그러나 시간이 내 영혼의 살갗을 모두 벗겨 버리고 말았다.

지금 생각해보면 다른 사람들이 보는 앞에서 그를 만나지 않았을 때가 가장 좋았던 것 같다. 반면에 사람들이 많이 지나다니는 길거리에서 그를 만나면 괜히 부아가 치밀었다. 집 밖 카페에서라도 좋으니, 지금 그와 단둘이 있고 싶다. 그런 기회가 오기만을 기다리다가 급기야 내 희망에 물집이 잡히고 말았다.

하지만 이제 그의 모습은 더 이상 내 기억에 남아 있지 않다. 다만 그가 제목을 붙인 어떤 탱고 악보에 연필로 쓴 헌사(獻辭)만이 흐릿하게 남아 있을 뿐이다. 물론 제목은 '사유의 탱고'다.**

* 마세도니오 페르난데스는 원래 검사 출신 변호사였다.
** '사유의 탱고(Tango del Pensar)'. 제목: 마세도니오 페르난데스, 음악: 아벨

내가 마세도니오 페르난데스를 만나고 싶을 때, 그 탱고는 절대로 나타나지 않는다. 그러나 아직 내지 못한 청구서를 급하게 찾고 있으면 꼭 그와 마주치게 된다. 방금 나는 마세도니오 페르난데스의 모습이 더 이상 내 기억에 남아 있지 않다고 말했다. 그림(Grimm) 형제의 이야기에 자주 나오는 영혼(Geist)조차 거의 남아 있지 않다. 그래서 오늘 나는 어떤 일이 있어도 그의 책을 구해야겠다고 마음먹고 집을 나섰다. 그런데 『방금 도착한 이의 기록』과 『시작하는 소설』, 이 두 권밖에 찾지 못했다. 나머지는 모두 절판되고 없었다. 그 순간 갑자기 루이스 알베르토 산체스에게 화가 치밀었다. 일이 이렇게 된 건, 그가 글에서 마세도니오 페르난데스가 기타 치는 모습을 언급했기 때문이다. 그리고 그건 마세도니오 페르난데스가 후식을 먹지도 않고 종이로 된 식탁 받침 위에 내버려 두었기 — 방구석에 혼자 남겨진 후식은 무척이나 심심해했다 — 때문이다. 또 어느 날 오후, 그가 발코니로 살짝 모습을 드러낸 아름다운 소녀, 빨간 옷을 입은 그 소녀 — 방 안에서 보이지 않았기 때문에 나는 창문 너머로 그녀를 훔쳐보았다 — 를 잊었기 때문이다. 그 밖에도 그가 많은 것들을 잊었기 때문이다.

이쯤에서 편지를 줄여야 할 것 같다. 사실 더 하고 싶은 말도 없다. 잡다한 생각으로 범벅이 된 글을 그에게

루피노[Abel Rufino]. — 원주 (실제로 그는 아벨 루피노의 『사유의 탱고[피아노를 위한]』(부에노스아이레스, 연도 미상)를 출간한 적이 있다. — 옮긴이)

보내고 싶지는 않지만, 어쨌든 그가 보고 싶다. 그가 아무
쪼록 이 장황하고 지루한 편지를 읽고 답장이라도 해주면
좋으련만. 하지만 내가 무슨 권리로, 또 무슨 자격으로 답
장을 바라겠는가. 더구나 앞으로 나는 그가 작업복을 입
고 있든 평소 바라던 옷을 입고 있든, 아니면 정장을 엉망
으로 입고 있든 절대로 마음에 드는 척하지 않을 것이다.

페드로 데 올라사발

『수르』*에 보내는 5번 포즈

나는 부에노스아이레스 항구 사람으로 태어났다. 그건 1874년의 일이다. 곧바로는 아니지만, 그로부터 얼마 지나지 않아, 나는 호르헤 루이스 보르헤스의 글에 인용되기 시작했다. 그는 나에게 아낌없는 찬사를 보냈다. 그의 거침없고 대담한 행동 덕분에 나는 졸지에 그가 쓴 최고 작품들의 작가가 되기 시작했다. 어쨌든 나는 그의 작품을 부당하게 이용하는 데 있어서 그야말로 천재적인 소질을 가진 인물이 되고 말았다. 「트루코」와 「키로가 장군이 마차를 타고 죽음을 향해 가고 있네」**처럼 탁월한 시를 쓴 시인이자, 당대의 명실상부한 거장인 친애하는 호르헤 루이스 보르헤스 군, 이처럼 옳지 못한 일이 또 어디 있겠나.

'심리학'이 영혼에 대해 우리가 모르는 것을 다루는 학문이듯이, '깨어 있는 것(Vigilia)'과 '몽상(Ensueño)'***

---

* *Sur.* 1931년 아르헨티나의 여성 작가 빅토리아 오캄포(Victoria Ocampo)가 창간한 문학잡지. 호르헤 루이스 보르헤스, 아돌포 비오이 카사레스, 호세 비앙코 등 당대 유명 문인들이 참여하면서 아르헨티나 최고의 문예지로 이름을 높였다

** 카드 게임을 의미하는 「트루코(Truco)」는 보르헤스의 『부에노스아이레스의 열기(Fervor de Buenos Aires)』(1923)에, 그리고 「키로가 장군이 마차를 타고 죽음을 향해 가고 있네(El general Quiroga va en coche al muere)」는 『나와 마주 보고 있는 달(Luna de enfrente)』(1925)에 수록되어 있는 시다.

*** 마세도니오 페르난데스에게 있어서 '몽상'은 다음과 같은 이중적 원리로 기능한다. 1. 현실적인 질서의 정당성을 파괴하는 '카오스적 구조화'의 원리. 2. 자신의 고유한 시학의 생성 원리. 따라서 그는 존재하지 않는 것을 존재하게 만들고, 사라진 것을 다시 현존하게 (자신의 소설 『영원한 여인의 소설 박물관』에서 죽은 '영원한 여인[la

을 주제로 한 나의 첫 번째 책(『눈을 뜨고 있다고 다 깨어 있는 것은 아니다』*)에서 — 아시다시피 — 나는 평소 궁금한 점에 대해 쉴 새 없이 많은 질문을 던졌다. 그래도 그 덕분에 이제는 그 질문들에 대한 답을 모두 찾은 것 같다. 그렇다고 사람들이 질문으로 가득 찬 이 책을 더 많이 찾지는 않을 것이다. 지인들에게 『방금 도착한 이의 기록』의 원고를 보여준 결과, 예상 밖으로 큰 호평을 받았다. 그런 점을 고려한다면, 책으로 묶어 판매할 수도 있었음은 분명하다. 그 책에는 많은 '축배사'**가 담겨 있다. [모든 '축배사'를] 하나로 모아놓은 결과, 몇 년 전에 유행하던 "집중" 복용 치료법 — 이는 우리의 목숨을 앗아갈 수도 있지만, 건강을 되찾을 수 있게도 해준다 — 을 기초로 불필요한 구속에서 벗어날 수 있는, 상상만 해도 즐거운 구상이 머릿속에 떠올랐다.

앞서 말한 것처럼 내 책이 큰 성공을 거두었다 하더라도, 또 다른 책을 쓸 마음이 생길 때까지 30년이라는 침묵의 시간이 필요했다. 칩거의 시간이 끝나고 나온 책이

Eternal]'을 되살려내는 것처럼) 만들기 위해 '몽상'하고, 또 이를 위해 소설을 쓴다. 리카르도 피글리아 편집, 『마세도니오 페르난데스 소설 사전』, 38쪽.
* 이 책 61쪽 각주 참조.
**『방금 도착한 이의 기록』의 II부는 '방금 도착한 이의 축배사(Brindis del Recienvenido)'로 이루어져 있다. 유머러스한 필체로 당시 작가와 문학을 풍자하고 있는 '축배사(Brindis)'는 마세도니오 페르난데스가 만들어낸 새로운 이야기 형식이다. 모두 15편으로 이루어진 '축배사' 중 이탈리아의 미래주의자인 마리네티를 풍자 비판한 「마리네티에게 바치는 축배사(Brindis a Marinetti)」가 가장 잘 알려져 있다. 이 책 37~45쪽에 전문이 실려 있다.

바로 『시작하는 소설』이다. 그리고 큼지막한 글씨로 '종영(終映)'이라고 쓰인 자막을 언제나 쉽게 믿어버리는 대중이 자리를 뜨기도 전에 작품들이 연이어 등장했다. 즉, 『계속되는 무』, 『영원한 여인과 달콤한 이(처음으로 좋은 소설)』,* 그리고 『아드리아나 부에노스아이레스(마지막으로 나쁜 소설)』**이 바로 그것들이다. 특히 마지막 두 작품은 쌍둥이처럼 합쳐서 한 권의 가격으로 판매될 예정이지만,*** 아무래도 '이중 소설(Doble Novela)'이 되지는 못할 것이다. 내 소설 이론에 따르면, '이중 소설'은 소설을 통해 오늘날의 확장된 의식 영역에 적합한 '의식적 벨라르테(Conciencia Belarte)'****를 완전하게 실현할 수 있는 유

* 원제는 "'영원한 여인'과 슬픔에 잠긴 소녀, 전혀 모르는 어느 연인을 흠모하던 "다정한-이"의 소설(Novela de "Eterna" y la Niña del dolor, la "Dulce-persona" de un amor que no fue sabido)'로 1938년에 출판되었다. 마세도니오의 불후의 명작인 『영원한 여인의 소설 박물관』(1967)의 출현을 예고하는 작품이기도 하다.

** *Adriana Buenos Aires*(última novela mala). 원래는 1922년에 완성되었지만 1938년에 수정을 거쳐 1941년에 출판된 소설이다. 당시 유행하던 감상 소설·신문 연재소설을 패러디함으로써, 부르주아 사회의 미적 가치 체계와 제도로서의 예술에 대해 통렬한 비판을 가하고 있다. 아돌포와 아드리아나라는 두 주인공이 등장하는 이 소설에서는 철학, 문학, 글쓰기와 읽기의 문제, 심지어는 욕망의 문제가 마치 퍼즐 조각처럼 파편화되어 나타나고 있다. 그가 이 작품에 '마지막으로 나쁜 소설'이라는 부제를 붙인 것은, 『영원한 여인의 소설 박물관』에 비해 인물이 구체적인 형상으로 그려지고 있는 데다 플롯 등이 어느 정도 사실주의에 기초하고 있어서, 예술의 자율적이고 독립적인 세계를 구축하지 못했기 때문인 것으로 알려져 있다.

*** 이 두 작품은 원래 합본으로 발간될 예정이었다.

**** 어원상 '아름다운(Bella)'과 '예술(Arte)'의 합성어라 할 수 있는 '벨라르테(Belarte)'는 마세도니오 페르난데스 미학 이론의 근간을 이루는 개념이다. 마세도니오는 사실주의 전통의 미메시스 이론을 거부하고, 대신 '발명(Invención)'으로서 '예술'을 제시한다. 여기서 '발명'은 새로운 기법으로 환상을 만들어내는 것이 아니라, 외부의 지시 대상과 아무 관련 없는 절대적이고 자율적인 세계, 즉 내재적 우주를 만들어내는

일한 방법을 구성하거나 포함하고 있다.

　　그럼 우선 '이중 소설'이 무엇인지 독자에게 분명하게 밝혀야 할 것 같다. 뜻대로 될지는 모르겠지만, 지금 나는 소설을 읽기 위해서 매일같이 만나는 두어 명의 사람들에게 일어나는 일을 소설로 써볼 생각이다. 그러면 소설을 읽는 이 인물들은 [독자에 의해] 읽히는 소설의 주인공들과는 반대로 독자의 의식 속에서 생생하게 살아날 것이다. 따라서 단지 "읽히는 소설"의 주인공들이 보여주는 맥 빠진 모습과는 달리, "책 읽는 사람들의 소설"에 나오는 주인공들은 정말로 살아 있는 것처럼 보일 것이다. 책 읽는 사람들의 소설에 나오는 주인공들이 더 두각을 나타낼수록, 단지 읽히는 소설의 주인공들은 점점 더 허깨비 같은 모습으로 전락할 뿐이다. 지금 내가 이 두 가지를 계속 비교하는 것은 당신에게서 살아 있는 독자의 모습을 보고 있기 때문이다. 그러니 살아 있는 독자여, 잠깐 동안만이라도 당신이 정말로 책을 읽고 있는 존재인지 곰곰이 생각해보시라. 그런데 만약 당신이 누군가가 읽고 있는 소설의 인물에 불과할 수도 있다는 생각이 들면 온몸에 싸늘한 전율이 퍼질 것이다. 물론 책 읽는 사람들의 소설에 나오는 인물들은 차분한 분위기 속에서 다른 소설

것을 의미한다. 결국 마세도니오는 '벨라르테'라는 개념을 통해 독자들의 존재론적 지반 ―'나(Yo)'― 을 동요시킴으로써, 이른바 '형이상학적 불안(malestar metafísico)'을 일으키고자 한 것으로 보인다. 리카르도 피글리아 편집, 『마세도니오 페르난데스 소설 사전』, 18쪽.

을 읽는 동안 간간이, 다양한 사건들과 인물들이 등장하는 자기만의 소설을 생각해 내겠지만 말이다.

당신이 공감하지 않을 수도 있겠지만, 적어도 내 생각으로는, 여태까지 나온 소설(물론 나의 "마지막으로 나쁜 소설"인 『아드리아나 부에노스아이레스』도 이와 다를 바 없다), 즉 독자들로 하여금 인물들의 즐거움과 고통을 그대로 받아들이도록 만드는 '환영(alucinación)'*의 소설은 더 이상 손을 쓸 수 없을 정도로 유치하다. 이와는 반대로, [소설을 읽으면서] 최고의 상태, 즉 우리의 의식이 극심한 혼란과 동요를 일으키는 상태가 지속되는 — 가급적 격렬하게 일어날수록 더 좋다 — 작품만이 가장 예술적인 소설이 될 것이다. 그러한 혼란과 동요를 경험하고 나서야 비로소 형이상학적 난제(難題)로 이르는 문이 활짝 열릴 수 있을 테니까 말이다. (나는 이전에 쓴 글에서 이 주제를 잠깐 다룬 적이 있다. 언젠가 기회가 되면 완성된 생각을 발표하고자 한다.)**

물론 나는 펜을 내려놓고 침묵을 지키겠다고 굳게 다짐할 수도 있었다. 모든 속박으로부터 과감하게 벗어나

---

* 일반적으로 '환영'은 현실에서 벗어난 것, 따라서 허구에 가장 가까운 개념으로 받아들이지만, 마세도니오가 보기에 그것은 사실주의의 다른 이름에 불과하다. 왜냐하면 '환영'은 눈에 보이는 것을 그대로 "믿는 것(creer)", 마세도니오의 표현을 빌면 "삶을 보고 있는 것"을 의미하기 때문이다. 결국 '환영'은 이미지나 육체가 '현존'하는 것으로, 즉 마치 그것이 현실적인 것처럼 인식하게 만든다. 따라서 마세도니오에게 있어서 진정한 '예술'은 독자들로 하여금 '환영'에, 다시 말해 현존의 형이상학에 빠지지 못하도록 막는 것이다. 리카르도 피글리아 편집, 『마세도니오 페르난데스 소설 사전』, 12쪽.
** 『영원한 여인의 소설 박물관』을 말하는 것으로 보인다.

84

고자 하는 자신의 노력을 대중이 전적으로 믿어줄 것이라 생각한다면 그것이야말로 작가의 허영심이 아니고 무엇이겠는가?

　　마지막으로, 내 삶에 관해 한 가지 덧붙일 것이 있다. 거의 일흔 살이 다 되어가는 지금까지 나는 누군가와 함께 책을 내거나 아니면 내 글을 출판할 때, 돈을 받은 적이 없다. 일단 계약을 하고 나면 나는 절대 글을 쓰지 못하기 때문이다. 전에 써놓은 것을 출판할 경우에도, 내가 먼저 출판사에 연락한다.* 하여간 나의 독자들이여. 그대들은 이미 버스를 타고, 첫 번째 길모퉁이 쪽으로 내려가고 있다.

---

* 이러한 사실은 보르헤스의 글에서도 확인할 수 있다. "마세도니오에게는 문학이 사유보다 덜 중요했고, 출판이 문학보다 덜 중요했다. 밀턴과 말라르메는 시 한 편, 아니면 한 페이지의 글을 쓰기 위해 자신의 삶을 모두 바쳤다. 반면 마세도니오는 무엇보다 우주-세계를 이해하고 싶어 했고, 자신이 누구인지, 자기가 혹시나 다른 누군가가 아닌지 알기를 원했다. 그에게 있어서 글을 쓰고, 이를 책으로 출간하는 것은 부차적인 일에 불과했다. 물 흐르듯 끊임없이 이어지던 그의 대화를 듣기 위해 그의 주변에는 늘 사람들이 몰려들곤 했다. 그는 우리들에게 지적인 삶의 방식이 무엇인지를 손수 보여주곤 했다. 사실 오늘날 지식인이라고 불리는 사람들은 자신의 지적 능력을 직업으로 삼거나 행동을 위한 도구로 삼고 있기 때문에 진정한 의미에서 지식인이라고 할 수 없다. 이에 반해 마세도니오는 늘 깊은 생각과 사색에 잠겨 있는 사람이다. 따라서 그에게 글을 써달라고 부탁해서 승낙을 받은 경우도 그리 많지는 않지만, 이를 출판하는 경우는 손가락으로 꼽을 정도다." 호르헤 루이스 보르헤스, 「마세도니오 페르난데스」, 「서문들에 대한 서문이 달린 서문들」, 87~88쪽.

II. 계속되는 무

콜럼버스 항해에서 드러난 무(無)

어떤 기록을 뒤져보다가 우연히 콜럼버스가 떠난 두 번째 항해에서 '무'를 발견했다. '계속되는 무'라면 당연히 그에 어울리는 주제를 고르고, 이를 세세하게 설명했어야 했다. 하지만 내가 원래 의도했던 것을 명백히 밝히기 위해 나는 미약하나마 지적인 농담을 반복하는 데 이 책의 짧은 한 장(章)을 할애하고자 한다. 그런데 나는 이 문제를 농담 그 자체로가 아니라, 오히려 농담이 어떻게 자신의 유일한 의미 ─ 순간적으로 믿게 되는 부조리, 즉 주지주의(主知主義)적인 '무'가 되는 것이 바로 농담이다 ─ 를 실현하는지, 농담으로 그 방법을 예증하고자 한다.*

    순수 지성이 판단하는 바에 따라 논리적으로 엄밀

---

* 마세도니오 페르난데스는 「유머 이론을 위하여(Para una teoría de la Humorística)」에서 '농담의 개념화(conceptualización del chiste)'를 통해 자신의 시학을 구체화시킨다. 이 글에서 그는 '농담'을 독자들의 인식 작용의 자동성을 해체시키고, 이에 따라 개별 주체 의식의 명증성이라는 환상을 파괴시키는 기법으로 규정한다. "일시적으로나마 '부조리한 것(el Absurdo)', 혹은 비합리성의 기적을 믿음으로써 (독자는) 순간적으로 인간 일반의 정신으로부터, 그리고 합리성이라는 보편적 법칙의 지배적인 도그마로부터 벗어나게 된다." 이처럼 합리주의적 논리라는 전제주의적인 법칙으로부터 독자를 해방시켜 주는 '유머 이론(Humorística)', 혹은 '비논리의 벨라르테(Belarte de Ilógica)'가 '소설 이론(Novelística)'과 결합됨으로써, 독자에게 진정한 즐거움을 주는 마세도니오의 쾌락주의적 미학, 즉 '벨라르테' 미학을 형성한다. 결론적으로 말해, 인과법칙의 부정, 반(反) 의미 및 역설, 존재하지 않는 것의 언어화, 불가능한 것에 대한 접근 등처럼 부조리에 대한 순간적인 믿음은 마세도니오 페르난데스 형이상학이 낳은 효과/결과 ─ '예술의 비논리성(Ilógica del Arte)' ─ 인 셈이다. 리카르도 피글리아 편집, 「마세도니오 페르난데스 소설 사전」, 52쪽.

하게 따져보면, 이 세상에는 "존재(ser)"도 "비-존재(no-ser)"도 없다는 결론에 이르게 된다. 그러나 조금 더 생각해본다면, 꼭 그렇지만은 않다는 것을 알게 될 것이다. 가령 존재가 있다면 비-존재도 있기 마련이니까 말이다. 이와 마찬가지로, 존재의 종류가 무궁무진하게 다양하다면, '무'의 종류 또한 무궁무진하게 다양해야 마땅하다. 이 책이 가진 장점이 있다면, 그건 무한하리만큼 다양한 '무'를 보여주는 것이리라.

콜럼버스는 태어났을 때, 이탈리아에 있었다. 물론 콜럼버스도 다른 사람들과 마찬가지로 어느 해, 어느 날에 태어났겠지만, 그가 정확히 언제 태어났는지 아는 사람은 아무도 없다. 서늘하고 건조한 장소에 보관하지 않았기 때문에 출생 기록이 죄다 소실된 모양이다. 어쨌거나 한 가지 확실한 점은 오늘날 제아무리 권력이나 돈이 많고 유명한 사람이라고 해도, 당시 제노바의 낮은 신분의 사람들조차 훤히 꿰고 있던 그 날짜를 아무도 모른다는 사실이다. 분명한 사실은, 콜럼버스가 한 살 때였던 바로 그해 어떤 날, 그것도 그해 중 가장 좋은 날에 태어났다는 것뿐이다. 따라서 그가 정확하지 않은 날짜에 태어났다고 한다면, 그건 터무니없는 망상일 뿐 아니라 어리석기 짝이 없는 주장에 불과하다. 그건 마치 그가 여러 곳에서 태어났다고 — 그가 정말로 태어난 곳 외에도, 스페인의 두세 곳, 그리고 이탈리아의 두 곳, 이런 식으로 — 주장하는 것이나 다름이 없다. 그처럼 뛰어난 재능을 가지고 세상에 방금 도착한 이들의 출생 날짜와 장소를 찾기 위해 안개 속을 헤매고 다니느라 분별력 따윈 깡그리 잊어먹은 모양이다.

정말로 분명한 사실은 [그가] 제노바에서 태어나 크리스토퍼 콜럼버스(Christopher Columbus)라는 이름을 갖게 된 놀라운 순간이 채 3분도 가지 않았다는 점이다. 그는 침실에 놓인 침대에 누운 채 이미 여러 가지 그릇을 보았고, 좀 자란 뒤에는 부엌에 있는 좀 더 큰 그릇들을 하나씩 확인하기 시작했다. 하지만 세 살이 되던 무렵에는 거무스름한 빛깔로 반들거리던 여러 종류의 그릇들을 뒤져보는 일도 서서히 싫증이 나기 시작했다.* 하여간 어린 콜럼버스는 그런 기회를 통해 맛있는 것도 먹고, 심심하지 않게 시간을 보낼 수도 있었을 것이다. 나중에 콜럼버스가 아메리카 대륙을 발견할 수 있었던 것도 따지고 보면 그릇 속에 있던 음식들 때문이 아니었을까 싶다.

콜럼버스가 했던 항해의 횟수를 다 합치면 다음과 같다. 그가 실제로 한 항해는 두 번이고, 이루지는 못했지만 두 번째가 될 [수도 있는] 항해는 한 번이다. 반면 콜럼버스가 네 번째 항해를 했다는 기록은 그 어디에서도 발견되지 않았다. 이 세상에서 가장 돈이 많은 이라도 네 번

* 원문에 나온 "descubrió continentes"를 번역하면 '대륙을 발견했다'는 뜻이 된다. 그러나 스페인어에서 'continente'는 '대륙' 외에 '용기(그릇)'라는 뜻도 있다. 나중에 콜럼버스가 신대륙을 발견한 사실을 빗대 표현한 언어유희이다.

째 항해가 실제로 있었다는 기록을 찾지는 못할 것이다. 두 번째 여행에서 일어난 드라마틱한 사건들은 역사학자인 새뮤얼*이 어느 정도 수집해서 정리해놓은 바 있다. 글의 결론 부분에서 새뮤얼은 그 항해가 어떻게 실패했는지, 그 과정을 설명하고 있다. 아마 오늘날의 신문이라면 단 두 줄로 요약했을 것이다. 우선 지진의 참상을 알리고, 다음 줄에는 더 이상 항해하기가 불가능해져서 거기서 중단되었거나, 소방관들이 진입을 막았다는 사실을 알려주었을 것이다. 그리고 다음과 같은 내용을 덧붙일 수도 있을 것 같다. 즉, 희생자들은 자신의 시신을 치웠고, 무너진 건물의 잔해는 깃발을 모아둔 시청 지하 창고에 보관되었다. 게다가 '국가'는 그다지 떳떳치 못한 거래를 통해 아무 쓸모도 없을 이 잔해들을 손에 넣었던 것으로 보인다. 그리고 전국 규모로 열리는 추도식이 점점 다가오고 있는 터라, '국가'는 희생자들과 계약을 맺었다. 이런 식으로 말이다.

결국 두 번째 항해가 실제로 존재했다면, 아마 [그 항해가] 끝나기가 무섭게 첫 번째 항해에 포함시켜 버렸을 가능성이 높다. 어쨌든 간에 역사학자들의 주장을 너무 진지하게 받아들여서는 안 된다. 역사학자들은 아주

---

* 새뮤얼 엘리엇 모리슨(Samuel Eliot Morison, 1887~1976)은 해군 소장 출신으로, 항해 및 해전사 분야의 권위자이다. 그는 『대양의 제독: 크리스토퍼 콜럼버스의 생애(Admiral of the Ocean Sea: A Life of Christopher Columbus)』(1942)로 퓰리처상을 받기도 했다.

조심스럽게 세 번째 여행에 관해 이야기를 꺼낼 것이다. 마치 그것이 예정된 여행(누구나 쉽게 확인할 수 있는 항해 시간표도 갖춘 그런 여행)이라도 되는 듯이 말이다. [그들의 말을 사실로 받아들인다면] 여러분들은 가족과 편하게 즐길 수 있도록 배에서 어떤 편의를 제공하는지 물어보지 않고는 못 배겼을 것이다. 이와 마찬가지로 천문학자에게 태양이 대략 어디서 뜨는지 물어본다면, 그는 미터 단위까지 동원해 정확한 방위와 거리를 알려줄 것이다. 마치 여러분들이 내일 거기로 떠나야 하기 때문에 급하게 자기에게 물어볼 것이라는 걸 훤히 내다보고 있었던 것처럼 말이다. 하지만 우린 그의 해박한 지식이 영 마땅치 않다. 사실 그동안 천문학은 태양에게 있어서 그림자로 가려진 길이 어떤 것인지, 즉 언제나 방금 삭발한 것처럼 보이는 거대한 인광체(燐光體) 덩어리에게 있어 "급히 가야 할 길"이 무엇인지, 애써 외면해오지 않았던가?

그러나 근대의 많은 탐험가들과 마찬가지로 콜럼버스가 수많은 고난과 역경을 이겨내고 중요한 발견을 이루고 나서 두 번째 항해를 구상하고 실행에 옮겼으리라는 주장은 상당히 설득력이 있다. 따라서 어디선가 항해의 기록이나 흔적을 찾을 수 있을 거라고 기대하는 것도 전혀 무리는 아니다. 이미 알려진 바와 같이 첫 번째와 세 번째 항해는 분명히 존재했다. 반면 두 번째 항해는 눈 깜짝할 사이에 쥐도 새도 모르게 이루어진 탓인지, 실제로 있지도 않은 일처럼 여겨진다. 만약 이 두 번째 항해가 흔적도 없이 감쪽같이 사라졌다면, 배가 도중에 난파했을 가능성도 고려해볼 수 있을 것이다. 그런데 만일 콜럼버스가 정말로 두 번째 항해를 하지 않았다면, 역사학자들은 신중하게 판단해서 다음과 같이 기술하는 데 그쳐야 할 것이다. 즉, 콜럼버스가 첫 번째, 세 번째 항해를 한 것은 분명한 사실이지만, 그사이에는 일체 항해를 떠나지 않은 채, 당시 아메리카 대륙에서 돌아온 사람들과 마찬가지로 학교를 세우거나 교량을 짓는 일에 전념했다, 등등.

도둑놈 보따리

낮에는 양품점 쇼윈도에서 멋진 옷을 입고 서 있다가, 밤마다 같은 건물의 꼭대기 층에서 어느 불량배에 의해 살해되던 ─ 그는 사람 죽이는 연습을 하려고 밤마다 양품점에서 몰래 마네킹을 훔친 다음 다시 갖다 놓곤 했다 ─ 마네킹이 그렇게 수도 없이 죽은 끝에 마침내 생명을 얻게 되었다. 그러던 어느 날 아침 마네킹의 얼굴에 수심이 가득해 보였다. 내 판단으로는, 어둠에 잠긴 가게 안으로 살인자가 들어와 자기의 허리춤을 잡고, 얼굴에 입김을 내뿜는 순간마다 간지럼을 느끼지 않았을까 싶다.

간지럼은 ─ 구체적으로 말해서 그 작용과 느낌은 ─ 살아 있는 존재의 가장 오래되고도, 가장 종잡기 어려운 미스터리라고 할 수 있다. 그렇다면 혹시 간지럼이 마네킹에게 생명을 불어넣어준 것은 아닐까? 잠시 후, 어떤 여자 손님이 가게 안으로 들어오더니 마네킹의 목에 걸려 있던 넥타이를, 왠지 조바심을 내던 (손님은 그렇게 느꼈다) 넥타이를 고운 손으로 만지작거리면서 값을 깎아달라고 했다. 바로 그 순간, 마네킹이 몸을 천천히 움직이기 시작하더니 가게 문을 열고 곧장 '시내'의 인파 속으로 사라져버렸다. 그러자 양품점 주인은 물론 예민한 손님도 너무 놀란 나머지 한동안 입을 다물지 못했다. (차라리 그 부인의 손길에 순순히 몸을 맡기고 있는 편이 더 낫지 않았을까? 아니면 생명을 얻지 않고, 예전처럼 마네킹으로 사는 게 더 좋지 않았을까? 글쎄…… 두고 보면 알게 될 것이다.) 하여간 그는 양품점을 나서자마자 곧장 코난 도일의 집으로 향했다. 마네킹은 뛰어난 탐정의 재능을 타고난 이였다. 그는 우선 엉터리 탐정소설을 썼다는 이유로 코난 도일의 목을 졸라 죽였다. 그러고는 곧장 에드거 앨런 포(Edgar Allan Poe)의 무덤으로 가서, 묘비에 이런 글을 남기고 떠났다. "에드거 포, 지난날의 죄과를 달게 받게나."

사태가 다급해졌다. 그럼 그 부인은 어떻게 됐을까? 그건 독자 여러분들이 알아서 판단하시길. 여기는 이야기의 진실을 계속 밝히는 자리가 아니니 말이다. 어떤 이야기든 계속하지 않는 좋은 방법과 나쁜 방법이 있기 마련이다.

『부에노스아이레스의 기록』,* 1943년

---

* *Papeles de Buenos Aires.* 마세도니오 페르난데스의 두 아들인 아돌포 데 오비에타(Adolfo de Obieta)와 호르헤 데 오비에타(Jorge de Obieta)가 창간한 문예지로, 1943년 9월부터 1945년 5월까지 모두 5호가 간행되었다. 그런데 이 글이 쓰인 시기가 1920년대인 점을 감안하면, '부에노스아이레스의 기록'이라는 잡지는 마세도니오가 만들어낸 허구일 가능성이 높다. 만일 그렇다면 마세도니오가 꾸며낸 허구를 두 아들이 현실로 만들어낸 셈이 된다.

놓친 기차를 타고 여행하면서 글을 쓰는 이의 상황을 다룬 문학의 한 예

만약 이 소식을 듣고 깜짝 놀란 모론*의 일간지들이 무슨 일인지 알기 위해 잠이 든 모든 이들에게 거듭 보도한 것이 분명하다면 어떨까. [보도에 따르면] 마세도니오, 아니면 마르셀리노 로드리게스인가, 아니면 페르난데스인가 하는 현대문학에서 평판이 아주 자자한 유명 구술 (口述) 작가가 — 아직은 잘 알려져 있지 않지만 그의 명성이 날로 치솟고 있는 추세라, 이제 머지않아 대중의 마음을 사로잡을 것이다 — 여름휴가인 줄 착각하는 바람에 모론의 빛나는 바다뿐 아니라, 6월 한여름을 즐기기 위해** 6월에 모론으로 거처를 옮기기로 마음먹었다. 그런데 마지막 순간에 기차를 놓쳐 숨을 헐떡이며 투덜거리는 이들처럼, 휴가 첫날부터 김새게 기차를 놓치고 싶지 않던 그는 5월 어느 날, 두꺼운 슈트 수영복 차림에 우산을 들고 도착했다. 이왕 말이 나왔으니 말인데 기차를 놓치고 허둥댄다고 해서 고상하지 못하다거나 경박하다고 할 수는 없다. 마음먹는다고 누구나 기차를 놓치는 것은 아니니까 말이다. 기차를 놓쳤다는 것은 그만큼 시간을 철

---

* Morón. 부에노스아이레스의 서쪽에 위치한 도시.
** 모론은 바다에 인접해 있지도 않을뿐더러, 아르헨티나의 6월은 여름이 아니라 초겨울이다. 마세도니오 특유의 아이러니.

저히 따진다는 뜻이기 때문에, 오히려 으스댈 만한 일이다. 놓친 기차를 두고 아쉬운 마음을 토로하는 이들로서는, '역'에 도착했을 때 이미 떠난 기차는 어쩔 수 없다 해도, 그곳에 커다란 '열차 시간표'를 설치해서 출발한 열차와 다음에 올 열차가 헷갈리지 않도록 해준다면 더 바랄나위가 없을 것이다. 열차가 역에서 출발한 지 얼마나 됐는지 네모난 모양의 커다란 '열차 시간표'를 통해 분 단위로 상세히 알려준다면, 품위 있는 여행객은 체면을 구기지 않고도 놓친 열차에 대해 편안하게 말할 수 있을 것이다. 그러면 발을 동동 구르다가도 그 기차가 아직 역에 있을지 모른다는 생각에, 서둘러 열차를 타기 위해 사람들을 밀치고 지나가는 볼썽사나운 모습도 깨끗이 사라질 것이다.

마침내 그는 낭패감을 말끔히 잊어버리고 여유로운 마음으로 역을 떠나게 될 것이다. 그리고 부에노스아이레스에서는 버스조차 자신의 문학적 위상과 인기에 탄복한 나머지 알아서 자기 앞에 멈춰 서는 장면을 상상하면서 버스 정거장으로 걸음을 옮겼을 것이다. 그가 전혀 알려지지 않은 낯선 사람이라는 사실조차 모르는 곳으로 말이다.

다시 말하거니와, 만약 분명하다면…….

(이 이야기는 후일 더 발전시켜서 쓸 예정인 고로일단 여기서 마무리하고자 한다.)

몸이 점점 줄어드는 환자

가(Ga) 씨는 오랜 시간 동안 '테라페우티카(Terapéutica)'* 박사로부터 치료를 받아오면서, 의사의 말이라면 무엇이든 군말 없이 따르는 착실한 환자였다. 그런데 어찌하다 보니 이제는 발 하나만 남았다. 처음엔 이를 뽑더니, 그다음에 편도선, 위, 신장, 허파, 비장, 그리고 결장을 차례대로 덜어낸 결과, 이젠 발 하나만 달랑 남았다. 그러던 어느 날 가 씨는 하인을 병원에 보내 의사를 불러오도록 했다. 집으로 와서 자기 발을 살펴봐달라는 부탁이었다.

　그의 발을 자세히 살펴본 '테라페우티카' 박사는 "심각한 표정으로 고개를 가로저으면서" 마음속으로 결심했다. "발이 너무 많이 남았어. 그러니 상태가 안 좋을 수밖에. 집도(執刀)할 의사에게 어디를 잘라내야 할지 자세히 그려줘야겠군."

* "Terapéutica"는 스페인어로 '치료(법)'이란 의미로, 이는 마세도니오 페르난데스가 즐겨 사용하는 알레고리 기법이다.

아직 도착하지 않은 것을
"길모퉁이에서 기다리는" 상태
이에 해당하는 것을 말로 대략 옮긴 글

언젠가 '악마'는 사물들의 면과 방향을 하나씩 뒤집어놓기 시작했다. 가령 이런 식이었다. 셔츠 앞 단춧구멍과 소매 단춧구멍의 위치를 서로 뒤바꿔놓거나, 천장이 비를 맞도록 밖으로 뒤집어놓고, 또 갈아입은 바지 속에 열쇠 꾸러미가 그대로 남아 있도록 만들기도 했다. 그것도 모자라, 사위도 없는 장모들이 서로 헐뜯고 싸우게 만드는가 하면, 목욕탕에 언제나 빗물이 새도록 만들어 우리가 손을 씻으려고 세면대로 몸을 숙일 때마다 목덜미로 차가운 물방울이 떨어지게 하기도 했다. 또 팽이가 우리 앞에서만 돌아가도록 만드는 바람에, 팽이를 돌리기만 하면 실이 심과 엉켜 우리 이마로 튀어 올랐다. 어디 그뿐인가. 실패에 감겨 있던 연실이나 낚싯줄, 그리고 뜨개질하려고 감아놓은 털실도 도저히 풀 수 없을 정도로 헝클어놓기 일쑤였다. 또 중천에 떠 있던 해를 끌어내려 낚시에 여념이 없던 사람들 코앞에 갖다대는가 하면, 제멋대로 80페이지짜리 신문을 만들어가지고 와서는 마구 휘두르고, 아무 데나 내던지면서 소란을 피워댔다. 그 바람에 신문지를 차례대로 맞추기도 불가능했을 뿐만 아니라, 식구들 중 누군가가 아침 먹으라고 부르러 와도 [신문지에 뒤

100

덮인 탓에] 우리를 찾을 수가 없었다. 또 그 '악마'는 손과 침대의 옆면만 덮는 기발한 장갑과 장식용 레이스를 만들어내기도 했다. 그리고 '악마'가 무슨 수를 썼는지 몰라도, 밤마다 방 안에 뛰어 들어오는 귀뚜라미의 울음소리가 물 떨어지는 소리와 너무 흡사해서 수도꼭지를 잠그는 것도 잊은 채 잠자리에 들기 십상이다. 밤 내내 수도꼭지를 열어둔 탓에, 조만간 수돗물이 집 안 전체로 퍼져나갈 기세다. 그것으로도 모자라, 손톱과 손가락 끝 사이에 끼어 있던 성냥 머리에 불이 붙지 않나, 넥타이는 와이셔츠 옷깃에 끼어 옴짝달싹도 하지 않는다. 반면에 사랑하는 여자 친구가 집에 도착하긴 했는데, 우리 사촌과 단둘이 복도에 있다. 한 무리의 고양이들이 지붕 위에서 시끄럽게 울어대는 통에 거리에서 개들이 사납게 싸우는 소리조차 들리지 않는다. 그리고 열쇠를 문에 그대로 꽂아둔 채 까맣게 잊어버리는가 하면, 우리 대자(代子)는 집에 청소하는 여자와 단둘이 남게 되자 겁이 났는지 우리 집으로 오고 있다. 두 통의 똑똑한 편지 봉투가 우리가 존재하지 않는 봉투 속에 넣어두었던 편지 쪽으로 향해 가고 있다.

'악마'가 식탁보에 난 구멍을 반대쪽으로 옮겼을 때……, 그리고 '악마'가…….

101

누구의 것인지 알려지지 않은 자서전
— M. F.*
혹은: 그가 확실히 맞는지도 모를 만큼
'알려지지 않은 이'의 자서전**

그는 어떤 경우에도 자신을 드러내지 않는 신중함과 섬세함, 그리고 최상의 감수성을 지닌 유일한 사람이었다. 심지어 가장 큰 명성을 누릴 때조차, 그는 오히려 그 기회를 이용해 자신의 존재를 숨기려 했다. 세상에 전혀 알려지지 않은 존재로 살아가기 위해 자신의 몸을 숨긴 이 자서전***에서도 그의 태도—명성을 이용해 자신을 숨기는 것—는 절대 변치 않을 것이다. 그의 경우처럼 세상에 자신의 모습을 일체 드러내지 않음으로써 지켜온 명성은 오히려 자기들을 모르는 것이 가장 기쁜 일이라고 여기는

* 마세도니오 페르난데스의 머리글자.

** '알려지지 않은 이'에 관한 새로운 소식—이전 책에서 우리는 그가 어떤 사람인지조차 전혀 알 수 없게 만들어놓았다—은 미지(未知)에 싸여 있는 그의 무한한 세계를 밝히기에는 턱없이 부족하다. 기껏해야 기존의 사실을 부분적으로 보완하는 정도에 불과할 것이다. 어쨌건 그를 둘러싸고 있는 미지의 세계는 워낙 기품이 넘치는지라 보통의 '전기'처럼 자료를 이리저리 모아서 무작정 쓴다고 해서 쉽게 드러나지는 않을 것이다.—원주

*** 마세도니오는 자서전을 "지금까지 알려진 것 중에서 가장 허풍이 심한 예술 형식"으로 간주한다. 거기서는 "모든 이야기/역사(Historias)가 그 어떤 글에서보다 더 많이 변조되어 있을 뿐"이기 때문이다. 그가 이처럼 자서전을 다시 규정하는 이유는 독자들이 하나의 문학 형식이 아니라 사실주의적인 증언을 읽고 있다고 믿지 못하도록 만들기 위해서이다. 따라서 그는 자서전 형식을 자기 이야기를 하고 엉뚱한 농담과 공상을 하기 위한 도구로, 그리고—무엇보다 중요한 것은—픽션을 다루는 형식으로 이용한다.

이들을 가려내주는 특징이자 기준이다.

그리고 그는 자기 세계가 얼마나 뚜렷한지, 이 세상에서 그와 조금이라도 닮은 데가 있는 사람을 찾기가 불가능할 정도다. 만약 세상에 전혀 알려지지 않은 사람의 명단을 작성해본다 해도, 그 수는 기껏해야 여덟에서 열 명을 넘지 않는다. 그런데 — 이런 사람들에 대해 많은 것을 알려주고 알아볼 수 있게 해주는 — "알려지지 않은 자만의 독특한 분위기"를 지니고 있는 사람들의 명단에도 그의 이름은 보이지 않는다.

이제 "다른 사람이 쓴 자서전"이라는 장르를 내가 어떻게 만들게 됐는지 독자들에게 설명해야 할 때가 된 것 같다. 언젠가 나는 이처럼 생동감이 넘치는 문학 장르를 시험 삼아 종이에 써보기 시작했다. 그때 쓴 작품들 중에는 술 솔라르*의 전기와 의뢰를 받고 쓴 「인간의 자서전(Autobiografía del Hombre)」도 있다. 특히 이 두 번째 작품은 과거에도 그랬지만, 앞으로도 영원히 의뢰받은 전기의 완벽한 전형이 될 것으로 믿는다.

앞서 말한 작품들은 미처 출판하지 못했는데, 그렇다면 이제라도……. 이왕 말이 나온 김에, 독자들에게 「술 솔라르의 전기(Biografía de Xul Solar)」를 소개한다.

---

* Xul Solar(1887~1963). 아르헨티나 출신의 전위주의 화가, 조각가이자 작가로, 호르헤 루이스 보르헤스와 마세도니오 페르난데스의 절친한 친구이자 예술적 동지였다.

"아, '방금 도착한 이'께서 여기 계셨구먼. 늘 그렇듯이 괴로워하면서 말이야. 하여간 만나서 반갑군요!" 언제 봐도 놀라울 만큼 차분한 술이 다른 일행과 들어오면서 소리쳤다. 그와 함께 온 일행은 언제나 '성자(聖者)'를 만나고 싶어 한다는 어떤 여인이었다. (술 솔라르의 말에 따르면, 그 '성자'는 바로 나였다. 그는 늘 변치 않고, 한결같은 사람 — 사람을 죽이든, 아니면 구원하든 간에 — 을 보면 언제나 '성자'라고 부르곤 했다.)

그리고 무색, 무취, 무의미한 삶의 전기, 혹은 전기문학의 정수라 할 수 있는 「인간의 전기(Biografía del Hombre)」도 여기에 짤막하게 소개한다.

그는 서 있기가 지겨워졌다. 그는 앉아 있기도 지겨워졌다. 그는 누워 있기도 지겨워졌다. 그래서 그는 삶이 끝장난 걸로 생각했다.

이러한 "삶들"이 간결하면서도 상당히 깊은 수준에 도달하기는 했지만, 나는 이 장르, 특히 전기문학 장르를 완숙의 경지에 올려놓기 위해 관찰과 노력을 계속해왔다.

그럼 한 가지 예를 들어보자. 이미 말했다시피, 세상에 전혀 알려지지 않은 채 그림자처럼 살아가는 사람이 없도록 하기 위해 거리에서 사소한 일로 실랑이를 벌인 사람도 곧장 전기의 모델로 삼을 수 있다. 물론 그런 사람일수록 상대편을 비난하고 헐뜯는 데 별 재주가 없기 마련이지만, 그래도 마음만 먹으면 이삼 분 내로 우리의 결점이나 문제점들을 조목조목 짚어낼 수 있을 것이다. 이와 동시에 자기처럼 품위 있는 사람이 되려면 그런 결점을 과감하게 버리고 장점을 길러내야 한다는 등의 어울리지도 않는 훈계를 늘어놓을 것이다. 그러곤 둘 중에서 치료받아야 할 이가 있다면 바로 우리라는 점을 부각시키기 위해 갖은 수단을 다 쓸 것이다. 이 세상에서 그 사람만큼 뛰어나고, 군더더기 하나 없는 정확한 문체로, 더구나 한 순간에 그토록 신속하고 열정적으로 전기를 쓸 수 있는 작가가 어디 있겠는가? 그리고 우리의 육체를 그토록 급하게 그려내면서 동시에 우리의 몸을 무차별적으로 때릴 수 있는 작가가 그런 이 말고 또 누가 있겠는가? 막상 이런 일을 당하고 나면, 우리 중 가장 겸손하고 조심성이 많은 이는 여태까지 전혀 알려지지 않은 채 무시당하고 살아온 이 도시에서 드디어 자신의 존재가 알려지게 된 점에 대해 크나큰 기쁨을 느낄지도 모른다.

하여간 요즘 표지에 초상화가 실린 책들이 우후죽순으로 등장하고 있다. 그렇다면 이 책들은 모두 작가가 있다는 걸까? 얼마 전까지만 하더라도 나는 이렇게 생각했다. 자서전이라면 무릇 작가가 있는 책일 뿐 아니라, 누구든 자서전을 쓰려면 그 사람 자체에 대해 가장 잘 알고 있기 때문에, 작가가 처음부터 끝까지 그 글을 쓰는 그런 작품이라고 말이다. 특히 자기 자신에 대해 말을 하려는 사람의 경우, 이 두 가지 조건은 그다지 내키지 않을 것이다. 처음부터 끝까지 오로지 자기 자신에 대해 말하고자 하는 이는 자서전을 쓴답시고 뻔뻔스럽기 이를 데 없는 짓을 하기 마련이다. 이런 이들에게는 별로 끌리지 않는 조건이겠지만 내 자서전에서는 완벽하게 드러난다. 그렇다고 내게 남다른 비결이 있다고 믿지는 마시라. 나는 단지 [내가 아닌] 다른 사람의 자서전을 써왔기 때문이다.

이상이 ("다른 사람이 쓴 자서전"에 관해서) 내가 밝히고자 했던 바다.

그렇다고 이 자서전의 주인공에 관해 제일 모르는 사람이 [이 자서전을 쓰는 데] 가장 적격이라고 주장하는 것은 아니다. (우리가 만약 그런 사람을 알고 있다면, 당장이라도 그에게 펜을 넘길 것이다. 그런 이야말로 이 자서전을 쓸 적임자일 테니까 말이다.) 그래도 우리가 이 자서전에 서명하는 이유는 주인공에 대해 잘 모르기 때문에 그 사람의 모든 면이 자서전의 내용이 될 수 있을 뿐만 아니라, 뜻밖에 그렇게 되지 않을 수도 있다는 타당한 불확실성을 가지고 있기 때문이다. 우리가 그 사람에 대해 모른다는 점에 가장 정통해 있다고 말할 수는 없기 때문에, 우리는 그에 관한 무지를 가급적 잘 지켜내면서, 이를 책을 통해 자주 언급함으로써 널리 알려야 한다.

우리가 그를, 그리고 그에 관해서 제대로 몰랐던 탓

에 그가 남몰래 입 밖에 냈지만 우리가 모르고 지나쳐버린 말들 중에서 매우 훌륭한 말들도 있음을 명심하자. 우리가 주목해야 할 것은 이런 말이다. "어떤 사람에 대해 잘 알려지지 않은 부분이 그를 알려지게 만드는 것"이 되고, 또한 "명성과 자서전, 혹은 전기를 통한 고백은 자신의 존재를 숨김과 동시에 '실물에 가까운' 사진을 찍을 수 있는 가장 확실한 두 가지 기회"이다.

역시 우리가 모르고 지나쳐 버렸지만, 그는 유명인들의 전기나 자서전, 그리고 인터뷰는 최고의 통속소설이라서, 든 것 없이 콧대만 센 사람들과 마찬가지로 반대로 다루어야 한다고 입버릇처럼 말하곤 했다. 다시 말해서 우리가 바라지 않는 것만 골라서 하도록 시켜야 한다는 것이다. 왜냐하면 자서전의 주인공이 자기 자신에 대해 확신하는 것은 대부분 그의 실제 모습이 아니라 그가 되고 싶어 하는 모습이기 때문이다. 이러한 방식으로 위대한 인물들의 회고록과 고백록, 증언과 일기, 그리고 자신의 삶에 얽힌 다양한 진술을 읽고 나면 [모든 것이] 명백하게 드러날 것이다. 이처럼 약간의 노력을 기울여 재치 있고 교묘하게 자서전을 읽고 나면 독자 여러분들 또한 전혀 알려지지 않은 존재임과 동시에 유명한 존재가 될 것이다. 그렇게 보면 정말 알려지지 않은 사람은 자서전의 주인공밖에 없다. 오늘날 널리 알려지고 명성을 얻는 것이 매사에 워낙 중요해진 터라, 가만히 있는 것만으로는 절대로 미지의 인물이라는 경지에 도달할 수 없다.

다소 번거롭고 힘들기는 하겠지만 한 번쯤은 자서전의 주인공이 되어봄 직하다.

이와 같은 기준을 따른다면, 언젠가 이렇게 말할 수도 있으리라.

전에 나는 어떤 이의 자서전을 쓴 적이 있다. 그런데 그 사람은 내가 아는 한 가장 능숙하고 확실하게, 그리고 가장 완벽하다 할 정도로 알려지지 않은 사람으로, 미지(未知)의 인물이 되기에 더할 나위 없이 완벽한 조건을 갖추고 있었다. 덕분에 나는 그의 면모로부터 어떤 사람에 관해 얻을 수 있는 가장 절대적인, 말하자면 과학적인 미지 상태이면서, 이와 동시에 그토록 다양하고 풍부한 속성을 지닌 유일한 사례를 얻을 수 있었다. 따라서 그에 관해 부족한 정보가 너무 많아 자루에 넣으면 터질 정도라 해도 그를 모른다고 결론 내릴 수가 없었다.

그의 명예나 명성은 전혀 알려져 있지 않았기 때문에, 이 세상에서 그를 아는 이는 아무도 없었다. 그러나 우리가 그를 아는지, 모르는지 우리 자신조차 판단이 서지 않는다. 이는 아마도 우리가 그에 관해 이미 너무 많은 것을 알고 있기 때문인지도 모른다. 하여간 세상에 알려지지 않은 정도나 상태가 워낙 특이한 탓에 그의 면모에 관한 어떤 착오나 오류도 일절 허용되지 않았다.

(내가 [그를] 선택한 것은 의도적이었다. 앞서 상세히 밝힌 바와 같이 그에 대해 아는 사람이 이 세상에서 아무도 없었던 터라, 그에 관련된 모든 점을 알지 못하도록 하기 위해서 나는 나이도 어느 정도 들고, 능력이 있을 뿐 아니라, 이미 널리 알려진 모든 이들에게 꼬치꼬치 캐묻고 다녔다.)

결론적으로 말해, 몇 페이지씩 건너뛰고 읽은 이들, 아니면 대충 읽다가 아예 다 내팽개쳐버린 이들을 제외한 나머지 사람들이 끝까지 읽었다는 사실만으로도 나는 충분히 만족스럽다. 단 한 명의 작가가 다른 사람에 대해 그토록 무지할 수도 있다는 사실을 알고 놀랐을 테니까 말이다. 하여간 예상 밖의 큰 성공을 거둔 후, 수많은 이들이 자기 자서전도 좀 써줄 수 없겠냐고 내게 몰려왔다.

혹시나 전기 작가들이 글을 쓰는 데 도움이 될까 해서 그들은 그동안 모아놓은 자료들을 들고 와서는 이것저것 설명하려 했지만, 나는 전혀 관심을 보이지 않았다. 물론 그들도 쉽사리 물러서지 않았다. 그러나 내가 원하는 대로 엄격한 전기 장르를 쓰려면, 제일 먼저 그런 자료들을 버려야 한다. 자기에 관한 자료들을 설명할 기회 — 사실 그런 이들은 자기의 삶에 얽힌 이야기를 떠벌리면서 큰 즐거움을 느낀다 — 조차 없다 보니 그들도 어쩔 수 없이 고개를 떨군 채 발길을 돌려야만 했다.

또 이런 일도 있었다. 나의 책을 한 번도 읽지 않은 사람처럼 행세하면서 살고 싶어 하던 사람들이 있었다. 그런데 이를 믿지 못한 어떤 이와 대화를 나누던 중, 그들은 자기도 모르는 사이에 나의 절대적인 미지 상태에 대한 전적인 무지를 드러내고 말았다. 그들이 그 점을 제대로 깨달을 수 있었던 건 결국 내 책을 읽었기 때문에 가능했다는 사실이 이 사건을 통해 만천하에 알려지게 되었다.

내게 축하를 보낸 사람은 속이 뒤틀린 어느 비평가 뿐이다. 그자는 내가 자기 책에서 다룬 주제를 이용해 비슷한 글을 썼다면서 비아냥거렸다. 그러나 부인들의 사진을 찍는 사진작가들과 알려지지 않은 이들의 전기를 쓰는 작가들은 이런 식의 축하를 단호하게 거부한다. 대신 우리는 서로에게 신뢰를 보내지 않음으로써 서로를 칭찬할 뿐이다.

멋진 우편배달부

만일 내가 독재자라면, 두 가지 [법률] 집행 방식을 만들 것이다. 하나는 불명예 집행이고, 다른 하나는 명예 집행이다. 우선 불명예 집행은 '50주년'을 발명한 자(이자는 도저히 용서할 수 없는 관리로 기억되리라)에게 해당된다. 광장과 대로, 동상과 여관 같은 곳에 이름을 붙인다는 핑계로 한 세기 동안의 어떤 순간도 놓치지 않으려고 했던 이런 꼴사나운 인간은 사람들을 짜증스럽게 만드는 데 있어서 타고난 귀재라고 할 수 있다.

그래서 말인데 나라면 인간들(이 경우는 영리하고 현명한 인간, 즉 편지를 받아도 답장을 일절 하지 않는 인간을 말한다)의 부담을 놀라울 정도로 덜어주는 그 사람을 위해 동상을 세우라고 명령할 것이다. [50주년을 발명한] 그자와는 반대로, 이 우편배달부는 꾀를 내 자기 손에 들어온 편지를 모두 불태워 자기 집 안마당에 묻어버리기로 했다. 그 우편배달부 덕분에 당시 사람들은 삶의 부담을 한층 줄일 수 있었다. 그래서 그들은 그 후로 20년 동안 늘 입버릇처럼 말하곤 했다. "오래전 일이라 기억이 가물가물하지만, 알바레스라는 우편배달부가 수만 통의 편지를 자기 마음대로 태워버린 죄로 유죄판결을 받은 해에 말일세, 나는 분명히 답장을 보냈다네."

그의 동상을 제막하는 데 필요한 자금을 모을 방법

이 있기는 한데, (안타깝게도 내 생각을 듣고 나서 얼씨
구나 좋다고 할 사람은 빈자리와 먼지 쌓아두기를 좋아
하고, 눈을 못 쓰게 만드는 사람들, 흔히 우표 수집가라고
불리는 이들밖에 없을 것이다) 말해봐야 욕만 먹을 것 같
다. 하여간 내가 생각한 방법은 우정청(郵政廳)장이 훌륭
한 업적을 세운 우편배달부 알바레스의 초상화가 그려진
우표를 발행하는 것이다. 물론 그 우표는 그의 숭고한 뜻
을 받드는 의미에서 보내지 않을 편지에만 붙여야 한다.

그렇게 된다면, 일반 편지는 물론이고, 의회와 외교
문서, 그리고 각종 회의록과 일지도 온통 그 우표로 도배
가 되다시피 할 것이다.

(미리 밝히거니와, 나는 나 자신이 아니라 다른 사람
의 동상을 세우는 데만 신경을 쓴다. 그런데 혹시 이 세상
에서 아무것도 쓰이지 않은 백지들이 발견되는 유일한 장
소가 내 책상이라고 생각하는 사람은 없었을까? 훌륭하기
이를 데 없는 이 한 가지 사실만으로도 나를 위해 첫 번째
동상을 세우기로 정하는 게 마땅하지 않겠는가. 안타깝지
만 비어 있는 동상 받침대가 생길 때까지 오래 기다려야
할 듯하다.)

본의 아니게 쓴 글

세상의 이치를 분명하게 깨닫고 있어서 어떤 경우에도 혼란을 겪거나 갈팡질팡하지 않는 두 사람이 있다. 그런 이유로 말미암아 이 두 사람은 누가 누군지 쉽게 분간이 되지 않는다. 그 두 사람은 바로 아인슈타인과 나다. 이 모든 일은 내가 빗살이 하나밖에 없는 빗을 발명해서 사용하기 시작한 바로 그때부터 시작되었다. 그런데 정작 그 빗을 써보려는 사람은 아무도 없었다. 원래 그 빗은 대머리들이 가르마를 타서 얼마 남지 않은 머리를 정성스럽게 정돈하는 데 안성맞춤인지라, 사실 나같이 머리숱이 많은 사람에게는 아무런 쓸모도 없는 물건이다. 그러나 사용이 간편하고 크지도 않기 때문에, 밖에서 그 빗으로 머리를 빗는다고 해도 남의 눈에 쉽게 띄지 않는다는 장점이 있다. 누구든 일단 그 빗을 사용하고 나면, 제대로 머리를 빗었다는 만족감을 느끼게 된다. 더구나 머리숱이 적은 사람도 가르마의 이쪽저쪽에 머리카락이 있는지 없는지 일일이 신경 쓰지 않아도 되니까 일석이조의 효과를 누릴 수 있다. 아인슈타인은 머리를 잘 빗지 않는 반면, 빗살이 하나밖에 없는 빗을 사용하면 머릿속에 든 모든 것들이 원래 상태대로 남아 있기 때문에 (그런 점에서 그 빗은 존중과 배려의 상징일 뿐 아니라, 모든 것을 예전 상태대로 유지하려는 '공공 기관'의 시스템과 판박이인 셈이다) 나는 내 빗으로만 머리를 빗었다. 결과적으로 나와 아인슈타인은 머리 스타일이 흡사했다. 차이가 있다면, 아인슈타인은 빗을 일절 사용하지 않고 오로지 머리만 썼던 반면, 나는 빗살이 하나 달린 빗만 이용하고 머리는 일절 이용하지 않았다는 점이다.

다행히도 세상의 이치를 분명하게 알고 있는 사람들이 내켜하지 않는— 물론 내게는 아주 훌륭하고 고상한 것이긴 하지만— 혼란도 곧 사라질 것 같다. 최근에 아인슈타인을 만난 미국인 갑부들이 그 천재 과학자에게 빗살이 모두 달린 빗을 사주려고 돈을 나눠 냈다고 한다. 갑부들이 자기 돈을 들여 그에게 빗을 사준 이유는 간단했다. 만약 아인슈타인이 머리를 단정하게 빗고 강연을 하면, 이해하기 훨씬 더 쉬울 것이라고 생각했기 때문이다. 사실 지금까지 그들이 한 것이라고는 강연이 끝나고 박수 친 것 밖에 없으니 그럴 만도 했다.

전보다 더 명석하고 유명해진 아인슈타인은 앞으로도 자신의 연구를 계속할 것이다. 물론 많은 사람들을 혼란스럽고 당황스럽게* 만드는 연구를 말이다.

* 스페인어로 "confundir"라는 단어는 '혼란스럽게 하다, 당황하게 만들다'란 뜻이지만, '부끄럽게 하다, 창피를 주다'라는 의미도 가지고 있다.

심리 미학에서 얻은 작은 교훈

어젯밤 나는, (사람들이 잠자리에 들) 새벽녘, 뜬금없는 시각에, 늘 그랬듯이 제일 먼저 품행을 바르게 하고, 집에서 덕행을 실천하면서 하루를 시작했다. 모든 도시의 광장을 고통스럽게 만들고 있는 추악한 인간들의 추한 동상들이 세워진 이유를 차분하게 설명하고 정당화할 수 있을 만큼 선하고 너른 마음으로 말이다. (물론 어떤 이는 담담한 표정을 지으며 이렇게 말할지도 모른다. 무덤을 파헤치는 것도 모자라 인간의 탄생마저 더럽히는 '역사[Historia]'를 무척이나 혐오하는 사람이 그게 대체 무슨 말이냐고 말이다. 따지고 보면 일리가 있는 말이다. '역사'는 인간의 운명을, 다시 말해 죽음에 의해 아름답게 끊어지고, 또 분명히 개인의 시작을 알리는 아름다울 정도로 맑고 순수한 순간, 즉 탄생이라는 해맑은 순간에 의해 끊어지는 운명을 샅샅이 뒤져 어지럽게 만들어버리니 말이다. 사실 죽음과 탄생은 우리 인간의 아름다움[beldad]을 구현할 뿐 아니라, 개인의 시작과 끝의 가장 완벽한 '모습[Apariencias]'을 보여주는 두 순간이기도 하다. 이처럼 용렬한 '역사'는 누구나 할 것 없이 다 가지고 있는 훌륭한 미적 역량을 빼앗아버린다. 때때로 많은 이들에게 있어서, 미적인 역량은 과거만 해도 누구나 발휘하고 실현할 수 있던 아름다움의 유일한 힘인지도 모른다. '역사'

는 침묵하던 운명을 들쑤셔 인간들이 대대손손 이어 살아가는 생의 "원인"을 운명들에게 밝혀줌과 동시에 되돌릴 수 없는 개인의 사라짐과 순수한 탄생이라는 엄숙한 아름다움에 저주를 퍼붓는다.)

앞서 말했듯이, 어젯밤 나는…….

이 이야기는 이쯤에서 끝내도록 하자. 나 자신도 마찬가지지만, 독자는 다음과 같은 사실을 스스로의 힘으로 깨달아야 한다. 즉 어느 작가나 친구, 혹은 우리의 이야기에 관심을 가지고 있는 어떤 이가 처음에, 아니면 자기 글 중간쯤에서 갑자기 "어젯밤 나는"이라는 말을 꺼낸다면, 그는 그와 같은 단 두 마디의 말로 일련의 단어들을 계속 연결시킴으로써 "어젯밤 나는"이라는 말이 울려 퍼지는 시나 소설을 쓰는 사람보다 훨씬 더 풍부한 예술을 행한 것이라는 사실을 말이다. 그런 식으로 쓴 글이나 이야기로는 절대 정신적 동요나 충격*을 주지 못할 것이다. 독자에게 한 발짝 더 가까이 다가서야 한다. 마치 '어젯밤-나'가 개인적으로 경험한 것을 독자와 얼굴을 마주하고 이야기하듯이 말이다.

(솔직히 말해 독자에게 이 한 가지만큼은 분명하게

---

* Conmoción conciencial. 이는 존재의 자기동일성이 붕괴될 때 나타나는 심리적인 현상으로, 자기 존재에 대한 현기증이나 불안증 등을 말한다. 마세도니오에 따르면, 독자들로 하여금 자기 존재에 대한 현기증과 불확실성을 느끼도록 만드는 힘이야말로 오늘날 소설(혹은 소설 기법)이 가지고 있는 진정으로 새로운 가치이다. 리카르도 피글리아 편집, 『마세도니오 페르난데스 소설 사전』, 26쪽.

말할 수 있다. 미래 세계의 작가와 [이야기를] 듣는 사람들은 훨씬 더 세련된 예술적 의식을 지니고 있어서 지금처럼 [현실을 모방하듯이] 만든 이야기를 절대 용납하지 않을 것이다. 그리고 그들은 문맥과 상관없이 불쑥 튀어나오는 '익살맞은 재담이나 농담[Chiste]',* 그리고 전후 상황과 아무 연관도 없는 '은유[Metáfora]'와 '열정[Pasión]'**의 표현 외에는 일절 사용하지 않을 것이다. 그렇게 되면 '산문[Prosa]' 작품은 음반 한 면에 광범위한 시적 세계를 담고 있는 '음악[Música]'*** 곡만큼이나 짧아지게 될

---

* 마세도니오 페르난데스의 「유머 이론을 위하여」에 따르면 "말을 통한 농담(chiste verbal)"은 순수하게 예술적인 것이기 때문에, 다음과 같은 요소들이 담겨 있어야 한다. "1. (독자가) 믿는 절대적인 부조리. 2. 타인에게 상처나 해를 주지 않는다. 3. 독자에게 중요하고 합리적인 것을 전달한다는 암묵적인 약속으로부터 비롯된다. 4. 논리로부터 해방됨으로써 미소가 떠오르지는 않아도 기쁨이 담긴 쾌락을 경험한다. 즉, 작가에게 유쾌하게 속았다는 사실로 인해 미소를 지으며 즐거움을 느끼게 된다." 결국 "말로 하는 농담은 잠시 동안이라도 불합리하고 부조리한 것을 믿게 만드는 기술이다. (…) 이러한 부조리는 지적 작용에 의한 기대와 예상이 사라진 후에야 제 기능을 발휘한다. 다시 말해, 부조리는 기다리는 동안 감정으로 가득 찬 모든 이미지, 개념, 그리고 사고가 붕괴됨으로써 지적 작용의 자물쇠가 풀리는 과정이다." 같은 책, 23~24쪽.
** 마세도니오에게 있어서 '영혼의 열정(Pasión del alma)'은 정신의 움직임에 의해 유발되고 유지 및 강화되는 감정, 혹은 각각의 상태를 의미한다. '열정'은 "존재의 놀라운 상태(asombro de ser)"에 접근할 수 있는 가능성을 내포하고 있기 때문에, '현실적인 것(lo Real)'을 넘어서서 우리 존재의 지평을 확대시키고, 따라서 새로운 세계를 꿈꿀 수 있는 지반이 된다. 한마디로 '열정'은 마세도니오 형이상학의 주된 방법일 뿐만 아니라, 그의 문학 세계의 원동력으로 작용하고 있다. 같은 책, 78쪽.
*** '음악'은 '벨라르테'의 모델일 뿐만 아니라, 마세도니오 시학의 보이지 않는 중심이기도 하다. 마세도니오는 음악의 자율성을 강조함으로써 음악 외적인 요소에 대한 지시 대상성 자체를 거부한다. 그는 여기서 한 걸음 더 나아가 유럽의 국민주의 음악가들과는 반대로, 평생 동안 리듬이 없는 음악의 가능성을 모색하기도 했다. 결국 마세도니오에게 있어서 이처럼 순수한 음악의 세계를 넘어설 수 있는 것은 '그 어떤

것이다. 사실 '소나타' 전곡을 다 듣는 데 15분도 채 걸리지 않지만 300페이지짜리 장편소설 분량만큼의 이야기를 전할 뿐 아니라, 또한 우리 의식 속에서 그 정도의 감각[감수성]을 일으킨다.)

속성도 없는 문학(una literatura sin atributo)'밖에 없다.

무위(無爲)

단순히 부작위(不作爲), 즉 마땅히 해야 할 일을 행하지 않는 것만으로는 '무위(No-Hacer)'라고 하기에 충분치 않다. 무위란 새로운 존엄성을 만들어내는 것으로, '행동(Acto)'에 의한 부작위라고 할 수 있다.

'아무것도-하지-않는 것(No-Hacer-Nada)', 좀 더 간단히 말해 '무위'는 이미 모든 발전이 이루어진 장르를 말하는 것이 아니다. 아래 글을 통해 고상한 장르가 어떻게 더 풍요로워질 수 있는지 직접 확인해 보시기를. 훌륭한 이 단편의 제목은 '부작위 여신(La Diosa Omisión)' 혹은 '무위도식의 작업실(El Taller del Ocio)'이다.

사람들이 아무 일도 하지 않고 빈둥거리기만 하는 어느 '농장'.* 어느 날, 생면부지의 낯선 사람이 한가롭고 느긋

---

* Estancia. 원래는 아르헨티나에서 농업과 목축이 이루어지는 대규모의 농장을 뜻하지만, 마세도니오 페르난데스에게 있어서 '농장'은 이와 정반대의 의미로 드러난다. 마세도니오의 '농장'은 (아르헨티나의 전통적인 풍속소설에서처럼) 가우초들이 남자다움과 용맹함을 과시하는 곳이 아니라, 아무 사건도 일어나지 않고(무사: No-Suceder), 아무 일도 하지 않는(무위: No-Hacer) 것처럼 보이는 절대적 공간이다. 마세도니오는 '농장'으로부터 현실 세계를 바라보면서 이를 해체-전복시킴과 동시에

하게 마을로 걸어오는 모습을 보자 사람들은 신기해하면서도 매우 기뻐했다. 그런데 얼마 지나지 않아 농장 사람들—편의상 이렇게 부르기로 하자—은 갑자기 불안한 기분에 휩싸이기 시작했다. 혹시 자기들이 하지 말아야 할 것이 아직 남아 있는지, 그사이 방심해서 하지 말아야 할 것을 하지나 않았는지 의구심이 들었기 때문이다. 그들의 이런 기분을 아는지 모르는지 수려한 외모에 몸가짐이 단정한 그 이방인은 다소 언짢으면서도 태연한 표정을 지으며 한가롭게 걸어오고 있었다. 농장 사람들의 눈에, 그는 '무위'와 '무사(無事)'에 도가 튼 사람처럼 보였다. 혼자 잘났다고 허세를 부리거나 마찰을 일으키지 않고 농장 사람들과 어울려 일하려면 이 두 가지만큼은 꼭 필요한 조건이었다. 왜냐하면 농장 사람들이 내심 불만이 없지 않았던 데다, 자기도 모르는 사이에 하지 않아야 할 것을 아직 하고 있지나 않은지 늘 미심쩍게 생각하고 있었기 때문이다.

'처음으로 좋은 소설(Primer Novela Buena)'이라는 '형이상학적 소설'의 공간으로 변화시킨다. 따라서 기존의 질서를 전복하고 끊임없이 새로운 의미/세계를 생성시킨다는 의미에서 '농장'은 모든 것에 대해 열려진, 모든 것이 가능한 절대적 긍정의 존재 형식이다. 이처럼 '농장'은 "허구(픽션)의 생성 공간-집"이라는 존재론적 구조로 드러난다. '농장'의 기능과 의미가 가장 분명하게 드러나는 작품은 바로 그의 대표작인 『영원한 여인의 소설 박물관』이다. (이 작품에서 드러나는 '농장'의 의미를 정리하면 다음과 같다. 1. 인물들과 독자가 만나는 장소. 2. 비-존재와 영원한 것, 즉 예술을 만드는 장소. 3. 인간을 짓누르는 과거가 사라지거나 다른 모습으로 변하는 장소. 4. 현실에 균열을 내고, 그 틈으로 [세계를] 조명함으로써 그것을 낯설게 만들면서, 결국 기존의 현실을 새로운 모습으로 변모시키는 장소.) 리카르도 피글리아 편집, 『마세도니오 페르난데스 소설 사전』, 40쪽.

그렇다. 느긋하고 차분한 모습으로 봐서 그 미지의 이방인은 하지 않아도 될, 그러니까 무위할 수 있는 무언가를 가지고 온 것이 분명했다. 그게 사실이라면 '무위'의 목록도 그만큼 더 늘어나게 될 터였다. 그런데 그것은 사실이면서 동시에 사실이 아니었다. 다시 말해, 그 이방인은 농장 사람들이 예상한 것처럼 '무위'의 귀재가 아니라, 그야말로 우연히 도시에 살다가 운 좋게도 폼 나는 관료주의적 생활 방식에 물든— 사실 그는 연구나 기타 업무를 하면서 아무것도 발견하지 못했을 뿐더러, 무언가를 찾으려 하지도 않았다 — 사람에 불과했다.

농장 사람들과 친해지게 되자 그는 그들에게 자초지종을 낱낱이 털어놓았다. 그들은 그에게 '농장'에서 영원히 머물면서 (이는 그가 그곳에 머물지-않는 일을 할 필요가 없다는 뜻일 뿐이었다) 서로 힘을 모아 '무위'의 생활을 온전히 받아들이고, 더 나아가 순수한 '무위'의 삶을 더 발전시키자고 권하기까지 했다. 당시만 해도 '농장'에서의 '무위'는 여전히 불완전한 상태여서, '부작위'의 본질적인 미라고 할 수 있던 우아함이나 아름다움이 결여되어 있었다. 왜냐하면 '농장'에는 그가 '국가(Estado)'*의 사무

* 마세도니오 페르난데스의 작품에서 '국가'는 특별한 의미를 가지고 있다. 평소 권력 자체가 아니라 권력의 작용 원리, 즉 권력의 '메커니즘'에 관심을 가지고 있던 마세도니오는 '소설'이 '국가'와 동일한 지반 위에 만들어진다는 점에 주목했다. 다시 말해서, '소설'이나 '국가' 모두 사람들로 하여금 "말을 믿게 하는(hacer creer)" 힘에 기초하고 있다는 것이다. (따라서 마세도니오의 생각으로는, '소설'이 없다면, '국가'도 존재하지 않는다. 이와 마찬가지로 '국가'가 없다면 '소설' 또한 존재할 수 없다.) 우선

121

실에서 흔히 발견할 수 있던 게으름과 무위도식이라는 핵심적인 요소가 빠져 있었기 때문이다. '국가'의 사무실에 신입 사무원이 들어오는 날이면, [그에게] 곧장 업무 금지령이 내려질 뿐만 아니라, 출근부에 서명을 하게 한 다음에, 빈둥거리는 모습이 최대한 눈에 잘 띄게 하려고 보고서와 소견서 등을 작성하도록 만든다. 그런데 단지 소설책에서 몇 장을 찢어내 거기에 서명만 하면 되니까 결코 힘든 일이 아니다. 게다가, 방금 도착한 이, 그러니까 거기에 머물기 시작한 이는 특별한 정보, 즉 '푸에르토 누에보(Puerto Nuevo)'*의 빈둥대는 이들/실업자들 사이에서 이런저런 이유로 근무시간이 너무 많다는 불만이 팽배해 있다는 정보를 덧붙이면서, 모순의 정신**을 가진 정부가 서둘러 이들의 근무시간을 연장시킬 것이라고 예측했다.

그렇게 해서 '농장'의 모든 이들은 소설책에서 몇

거짓말-허구 위에 세워진 현실 정치로서의 국가가 존재한다면, 마세도니오는 국가의 내부에서 또 다른 허구(문학적 허구-픽션)를 통해 그 기초를 철저하게 해체하고 전복시키면서 새로운 '국가'를 건설해 나간다. 허구에 기초한 새로운 '국가'에서는 "모순의 정신"에 따라 사람들의 의식과 욕망을 억압하는 기존의 질서—즉 도덕뿐 아니라 물질 및 의미 생산양식 모두—를 완전히 붕괴시키고, 새로운 의미와 삶의 형식을 끊임없이 실험하고 생성해나간다. 따라서 마세도니오의 '국가'에서 모든 것은 단 한 순간이라도 고정되어 있지 않다. 결국 마세도니오의 작품에서 현실 정치로서의 국가와 문학적 허구-픽션으로서의 '국가'는 동일한 공간에서 서로 대립하고 투쟁하는 모순된 힘이다. 「무위」와 「영원한 여인의 소설 박물관」의 주요 공간인 '농장'은 문학적 허구-픽션에 기초한 '국가'를 상징한다. (다만, 위의 본문에서 이방인이 일했던 '국가'는 관료주의 기계, 즉 현실 정치의 조직체를 말한다.) 이런 점에서 「무위」는 「영원한 여인의 소설 박물관」의 바탕을 이루는 작품이라 할 만하다.
* '새로운 항구'라는 뜻의 가상의 공간. 항구도시인 부에노스아이레스를 허구화시킨 것으로, 즉 또 다른 현실을 창조해낸 것으로 볼 수도 있다.
** espíritu de contradicción. 의역하면 '청개구리 심보를 가진'이라고 할 수 있다.

장씩을 찢어내 — 이렇게 찢어낸 책장들을 제대로 모아 한 권의 책으로 엮는다면 아마 새로운 연재소설 모델을 만들어낼 수도 있을 것이다 — 농장 관리인과 조달업자, 그리고 요리사에 대한 보고서와 소견서를 열심히 작성하기 시작했다.

여태껏 그들에게 부족했던 부분이 이렇게 채워짐으로써, 이제 명실상부한 '무위'로 발전할 수 있었다.

게으름의 보따리

나는 어려운 것이 좋다. 사실 게으름*을 피우는 것보다 더 어려운 게 없기는 하지만, 그래도 나는 여유로운 게 더 좋다. 하지만 내가 뭔가 하려고 하는 건 아닌지, 아니면 여태껏 꾸물거리면서 연습한 게으름을 부리려고 애쓰는 건 아닌지, 가끔 미심쩍은 생각이 들기도 한다. 어쨌든 게으른 인간이 되어야 한다. 그게 안 되면 적어도 그런 사람으로 보여야 한다. 게으름과 무위도식이라고 하면 사람들은 보통 부자들만 떠올린다. 하긴 그들은 보통 사람들이 꿈도 못 꾸는 어마어마한 물건을 가지고 있을뿐더러, 미로처럼 얽히고설킨 복잡한 저택에서 사니 그도 그럴 만하다. 이런 대궐 같은 집에서 물 한 잔이라도 마시려면 총총걸음으로 네 계단을 내려간 다음, 엘리베이터를 두 번 갈아타고, 벨을 세 번씩 세 차례나 흔들어야 한다. 그게 다가 아니다. 화가 머리끝까지 난 집사는 하인들을 불러놓고 호되게 닦아세우고, 또 부인은 부인대로 화가 나서 집

---

* 마세도니오 페르난데스에게 있어서 "게으름"은 행복한 형이상학적 사유가 전개되기 위한 필수 조건이다. 그는 "게으름"을 통해 '무위'와 형이상학적 성찰과 관조에 빠져들고, 이로써 "또 다른" 세계를 사유하고 그려낼 수 있었다. 반면 행위-행동은 우리에게 "쉴 새 없이 힘들고 성가신 일, 그리고 억지로 할 일"을 안겨다주는 것으로도 모자라, "'의식(Conciencia)'을 질식시키고, 마비시키는 '삶'의 맹목적인 명령"일 뿐이다. 결론적으로 마세도니오에게 있어서 "게으름"은 자유의 형식일 뿐만 아니라, 사회적으로 강요되는 생산 활동에 대한 개인의 저항 방식이라는 의미를 지니고 있다. 리카르도 피글리아 편집, 『마세도니오 페르난데스 소설 사전』, 79~80쪽.

사를 나무란다.

한가하게 빈둥거리는 이는 근무시간이 너무 빡빡하다고 투덜거렸다. 그러나 전에는 부자들이 그랬다. 그들은 어쩔 수 없이 살고 있던 마르 델 플라타*와 유럽 여행, 그리고 회의에 참석할 사람들, 지루할 정도로 오래 기다려야 하는 콜론 극장** 입장권과 농장 정기 전시회를 위해 가우초 복장을 만드는 일, 또 행정 관료들이 끊임없이 날조해대는 각종 "회계와 통계" 따위로 내내 골머리를 앓으니까 말이다.

부자들처럼 사서 고생하지 않으면서도 내 나름대로 여유와 게으름을 즐기고 있다는 사실을 사람들에게 알리기 위해 — 왜냐하면 가난한 사람이 제아무리 한가롭게 게으름을 부린다고 해도 이를 믿어줄 사람이 없기 때문이다 —, 나는 조만간 이미 '제목(Título)'(가장 좋은 제목은 '기다리는[예고된] 책[el esperado]'이다. 다시 말해, '[출판하기로] 약속한/예고한 책'***이다)과 본문 일부가 담긴 위

* Mar del Plata. 부에노스아이레스 남쪽으로 400킬로미터 떨어진 곳에 위치한 도시로, 부에노스아이레스 주에서 두 번째로 큰 도시다.

** Teatro Colón. 부에노스아이레스에서 1857년 개관한 오페라 전용 극장으로, 세계 5대 극장에 포함될 정도로 권위와 전통을 자랑한다.

*** 마세도니오 페르난데스의 작품 세계는 모두 '약속/예고(promesa)'로 이루어져 있다고 해도 과언이 아니다. 가령 「영원한 여인의 소설 박물관」만 해도 대부분이 앞으로 쓸 소설에 대한 '약속/예고'로 구성되어 있다. '약속/예고'는 앞으로 발생할 "사건"을 미리 '말'로 알리고 약속한다는 점에서 '부재(Ausencia)'와 '무(Nada)' — 즉, 가능 세계, 혹은 허구의 세계 — 에 실존의 자리를 부여하는 것이나 마찬가지다. (현실로 침투하는 소설, 그리고 "거리로 뛰쳐나온 소설"!) '비-존재(No-Existir)'와 '존재 가능성(Posibilidad de Ser)'을 중심으로 이루어진 마세도니오의 소설은 따라서 아직은-존재하지-않지만-곧-

대한 책 한 권을 펴낼 예정이다. 더구나 나는 내가 약속/예고한 작품들을 사서 읽기로 한 독자들을 이미 확보해 둔 상태다. [그들이 내 작품을 읽기로 한 것은] 내가 이렇게 작품을 내겠다고 재차 다짐함으로써 그 약속을 지켜나가고 있기 때문이기도 하지만, 다른 한편으로는 그 약속을 지키지 않기 때문이다. [그럼에도] 느긋한 독자들은 오직 나에게서만 위안과 편안함을 얻기 때문에, 내 곁을 절대 떠나지 않을 것이다. 앞으로 내 책에서 다루어질 내용은 다음과 같다. "한가하게 빈둥거리는 사람의 물건", "도둑놈 보따리", "게으름이 있는 곳은 어디이고, 게으름이 없는 곳은 어디인가", "사람들이 애를 쓰는 모습이 보이지 않는 곳은 어디인가", "살인 연습용 마네킹", 그리고 "교수형에 처해진 자의 넥타이" 등.

이상의 자료를 살펴본 사람이라면, 그 책을 통해 내가 연구하려는 것이 무엇인지 확실히 밝혀질 수 있다는 점을 알게 될 것이다. 그리고 내가 약속을 지키지 않으리라는 점도 모르지 않으리라.

도래할 존재가 현실로 드러날 자리가 된다. 이처럼 끊임없이 연기되는 '약속'으로서의 소설은 현재-과거-미래를 뒤섞어 버림으로써 모든 것에 대해 무한히 열려 있는 영원한 존재의 가능성을 모색하는 것이다.

한 문장짜리 상상

이 모든 것이 여러 명의 대수학과 문헌학 교수들이 헌신적으로 협조한 덕분이었다. 그들은 매일 아침 나의 수학 및 스페인어 능력을 향상시키기 위해 터키나 칼라브리아,* 혹은 알바니아의 구석에서 급하게 구한 야채와 과일, 그리고 각종 물건 및 비누, 또 빗 등을 두 개의 광주리-도서관에 담아 우리 집에 찾아와서는, 길이가 2미터나 되는 데다 바삭거리는 소리와 더불어 독특한 냄새를 풍기는 면포 두 폭의—그들은 이를 반 폭짜리 천으로 바꾸려고 했다—크기가 지닌 끝없는 복수성(複數性)에 관해 우리 부모님들과 멋진 논쟁을 펼치곤 했다. 그들은 수년간의 교수 생활을 통해 얻은 지식과 경험을 바탕으로 한 다스의 수를 줄이거나 폭이나 넓이를 사라지게 할 수도 있었고, 또한 몇 리터의 액체를 순식간에 마르게 할 수도 있었다. 더구나 물건을 손에 들고서 그 가격을 알아내면서도 거스름돈은 깜박 잊을 수도 있었다. 하지만 그들이 우리말도 제대로 모르는 우리들 앞에서 다시 그 모든 것을 행했기 때문에, 듣고 있던 우리로서는 정말 난감하기 짝이 없는 상황이었다. 어쨌든 간에 그들이 성심껏 도와준 덕분에 나는 학교에서 선생님들이 달콤한 말로 우리를 속였던

* Calabria. 이탈리아 남부에 위치한 주.

여러 가지 거짓 언어와 사물의 규칙성, 그리고 어떤 경우에도 절대 변하지 않는다던 길이, 부피, 질량, 무게 단위와 같은 거짓과 기만에서 완전히 벗어날 수 있었다. 이와 더불어, 나는 순수한 올리브기름이 물, 땅콩, 면, 그리고 해바라기, 리넨 등과 함께 섞이면 진정한 스튜가 된다는 화학적 원리를, 그리고 빗물과 지하수 등이 모여 포도주가 만들어진다는 화학적 원리를 깨닫게 되었다.

그래서 나는 그때 배운 확고한 지식 덕분에 오늘날 삶을 위한 투쟁에서 큰 힘을 얻고 있다고 거듭 밝힌 바 있다. 그러한 떠돌이 지식인들 중에서 강단에 선 사람이 아무도 없다면 그건 [그들이 새로이 만들어] 더 짧아진 미터, 더 줄고 좁아든 리터, 그리고 땅에 거의 붙을 정도로 납작해진 부피에 대해 일반 대중이 크게 호응했기 때문이 분명하다. 사실 그들 덕분에 나도 머릿속으로 집과 땅, 그리고 점수와 예금 등에 대한 진실을 되찾을 수 있었으니까 말이다.

정직한 태도

으슥한 밤만 되면 남다른 재주를 발휘하던 일명 '닭과 어둠만 보면 직업 본능이 발동하는 늙은 도둑'이 있었다. 그는 세상에 알려지는 것을 극도로 기피한 나머지 어둠 속에서 세상을 떴다. 그사이 [그만큼] 재주가 뛰어나지 못한 우리들은 그가 어떤 사람인지 상상하느라 애를 써봤지만, 별성과를 거두지 못했다. 따라서 나는 그의 삶에서 가장 뜻깊고 감동적인 최고의 순간만을 골라 이야기하고자 한다.

언젠가 '그란 방코(Gran Banco)'*의 '중앙, 혹은 주금고' 앞에 있던—사실 이런 일은 누구에게나 일어날 수 있다—그는 그 안에 있는 남의 돈이, 결국은 자기 것이나 다름없는 돈이 산더미처럼 쌓여 있다는 것을 알고 있었다. 그는 마치 프루스트 작품의 주인공에나 어울릴 (법한) 심리에 이끌린 나머지, 그런 상황에 딱 맞는 심리 상태를 그 상황에서 느꼈다. 그는 어떤 사람이었고, 또 어떤 사람이 되어야 했던 걸까? 그는 자기가 (남의 물건을) 도둑질하는 데 전문가였다는 사실을, 그리고 남의 것은 곧 자기 세상이고, 자기 물건이나 마찬가지라는 사실을 희미하게나마 기억하지도 못하는 사람이었다. 그는 자신이 기르던 닭 앞에 있을 때와 마찬가지로, 엄청나게 커다란 금

* '대(大) 은행'.

고 앞에 섰을 때도 별다른 감정을 느끼지 못했다. 무엇보다 그는 앞에 빤히 "보이는" 닭에 대해서 아무것도, 심지어는 [자기] 닭을 가까이 하려는 분명하면서도 신성한 충동조차 느끼지 못했다. 이처럼 그는 닭과 어둠만 있으면 직업적인 본능이 발동해서 남의 눈에 띄지 않도록 조심스럽게 물건을 훔쳤다. 그래서 낮 시간 동안만큼은 이 세상에서 가장 정직하고 성실한 인간으로 살아갔지만, 혹시라도 그가 어두운 밤에 손으로 더듬다가 우연히 커다란 '금고'를 찾아냈다면 닭을 제외한 모든 것에 대해 지니고 있던 선량한 마음마저 송두리째 흔들리고 말았을 것이다. 물론 그에게 이런 실험을 해본 적은 없다. 어둠이 짙게 내린 밤에는 모든 걸 다 잊어버려도(물론 그가 허세를 부리고자 했던 것은 결코 아니다), 낮 시간 동안만큼은 닭을 제외한 모든 것에 대해 유별날 정도로 양심을 지키던 이 사람에게는 정직과 양심의 명확한 원칙을 모범적으로 따르고자 하는 의지가 확고하게 자리 잡고 있었다. 반면에 '정직한 품성'을 기르고자 애쓰는 이들은 늘 생각만 할 뿐이지 도통 실천을 하지 않는다. 말하자면, '어둠'은 언제나 그의 일을 환하게 밝혀주는 반면, '낮'은 평온하면서도 순박한 그의 꿈을 밝혀준다.

결론적으로, '잠든 닭'과 '남의 눈에 띄지 않는 것'은 그의 '열정'이자, 자신의 일과 '형이상학'에 대한 그의 뜨거운 사랑이다.

이전에 늙어버린 자의 근황
— 세계 최초의 1943년형 포드 유머 승용차*

자연사는 (화학적이거나 기술적인 힘에 의해서 발생하는 것도, 그렇다고 전염병이나 피로, 온도, 혹은 배고픔이나 갈증 등에 의해서 발생하는 것도 아니기 때문에) 피할 수 없는 운명이 아니다. 그렇기 때문에 그 누구로부터 전혀 도움을 받지 못한 노인도 멀쩡하게 살아 있는 것이다.

단 하루 동안에도 "또 하루를 더 벌기" 위한 충분한 시간이 있다. 주변에서 충분한 도움을 받는다면 노인은 언제나 다음 날을 맞이할 수 있기 때문에 그보다 더 긴 영원의 시간을 달라고 청하지는 않을 것이다.

여기서 꼭 짚고 넘어가야 할 문제가 있다. 영원 속에서 생물학적으로 계속 존재하는 대신, '죽음'으로 인해 사라졌다가 '부활'을 통해 다시 나타나는 '존재'는 현실적으로 별 의미가 없지 않을까? 그럴 바에는 '절약'의 원칙이

---

* 마세도니오 페르난데스는 유머를 사유의 형식으로 규정한다. 따라서 마세도니오에게 있어서 유머는 기존의 모든 사회적 제도 및 믿음을 붕괴시키기 위해 고안한 기본 전략이다. 그의 「유머 이론을 위하여」에 따르면, 유머의 기초를 이루는 부조리와 비일관성 속에서 존재하는 모든 것은 비현실화되고, 인간 의식의 명증성이 심각하게 흔들리게 된다. 보통 마세도니오의 유머는 독자와의 대화라는 언어적 장치를 통해 이루어진다. 먼저 작가가 진지한 어조로 말을 함으로써 독자의 신뢰를 얻어낸 다음, 곧바로 그것의 허구성을 드러내는 식이다. 따라서 마세도니오의 텍스트를 읽은 독자는 두 번의 웃음 ─ 즉, 그러한 거짓(허구)을 액면 그대로 믿은 자신에 대한 웃음과 거짓을 통한 유머를 발휘함으로써 삶의 고통에서 일시적으로나마 벗어나게 해준 작가에 대한 우정과 연대의 웃음 ─ 을 짓게 된다.

적용되는 죽음이 차라리 더 낫지 않을까? 살다가 간혹, 아니 자주 느끼는 바지만, 무엇이든 망가지고 찢어진 곳을 여러 번 고쳐서 결국 누더기로 만드는 것보다는 아예 새로 만드는 것이 훨씬 더 경제적이고 돈도 절약되니까 말이다. 위의 질문에 대한 답은 다음과 같다. 경제적으로는 맞는 말이지만, 감정적인 측면에서 볼 땐 옳지 않다.

만약 주변에 있는 사람들이 필요한 모든 것들을 도와준다면, 그 노인은 "또 하루"를 확실하게 벌기 위한 실제적이고 이론적인 해결 방법뿐만 아니라 소박한 진실도 매일 발견하게 될 것이다.

'또 하루'의 정복.

'감정'의 동물인 '인간'이 지상에 등장한 순간부터, 생물학적 '절약' 수단으로서의 죽음은 인간에게 아예 적용될 수가 없었다. 죽음은 '감정'을 지극히 고통스럽게 만들기 때문이다. 하긴 비싼 돈을 들여가면서 지루하게 고치는 대신 아예 새로 만드는 편이 훨씬 더 낫겠지만 말이다.

생물학적인 에너지를 얻으려면, 못 쓰게 된 것은 과감히 버리고 새것을 만드는 편이 비용도 훨씬 덜 들고, 용이하다. 따라서 나는 막대한 비용까지 들여가면서 개인의 죽음을 탄생으로 바꾸는 것이 얼마나 터무니없는 짓인지 충분히 밝혀냈다고 생각한다. '인간'이 지상에 나타나기 전까지만 해도 '생명'은 이러한 원칙을 충실히 따랐다. 그런데 이러한 '생명'의 원리를 인간에게 적용하는 건 아무래도 현명치 못한 처사인 듯하다. 그건 마치 화려한 의술을 뽐내기라도 하듯 과도하게 이루어진 치료가 본래 자연사라는 게 없는 생물체들에게 ─ 더군다나 본래의 영원한 삶이라는 것에 대해 조금씩 의심을 품고 있던 생물체들에게 ─ 죽음을 안겨다줄 정도로 심한 폭력을 가하는 거라고 믿는 것이나 다름없다.

만일 '생명'이 현명하게 판단해서, 부인들이 그토록 소중히 여기는 '고치는 것'을 포기하는 대신 낡은 것을 버리고 '새것'을 만들었다면, 복잡한 '감정'을 가진 인간이 지상에 출현할 무렵 고치는 것에 대한 습관을 바꿈으로써 자연사가 오로지 동물들의 전유물이 되기를 기대할 수 있었을 것이다.

독자 여러분은 그저 그런 또 다른 하루를 얻기 위해 단순하면서도 적당한 방법을 통해 매일 일정 시간을 바침으로써, 앞으로 인간 세상에 자연사는 없다는 확신에 따라 우리 모두가 행동하게 될 것이라는 소식에 기뻐하기는커녕, 지금까지 내가 한 말이 유머*라고 생각할 것이다.

* 지금까지 말한 것을 그저 재미있고 익살맞은 이야기로만 받아들인다면 참으로 유감스러운 일이 아닐 수 없다. 따라서 나는 자연적인 불멸성의 근거에 대한 예비 작업, 혹은 기초 작업을 강화시켜 나갈 것이다. 물론 익살을 떨던 자[유머 작가]가 갑자기 과학적으로 나온다고 해도 별로 진지하게 받아들이지는 않겠지만 말이다.
감정을 가진 존재 ─ 존재하는 것이 좋든 나쁘든 간에 ─ 로 살아가는 경우, 죽음이 없다면 그만큼 고통도 (자신의 감정은 물론이고 자기 자신에 대해서도) 줄어들기 마련이다. 왜냐하면 [인간은] 영원 속에서 사는 존재인 터라, 죽음을 경험할 수 있는 기회를 주는 우주와의 관계를 완전히 지배할 수 있을 테니까 말이다. 이는 마치 움직이는 물체가 그것 외에 아무것도 없다 해도 물리적 실재(현실)에 의해 결코 움직임을 멈추지 않는 것과 같은 원리다.
자연사의 부정은 '감정'을 지닌 존재들에게 매우 유리한 점으로 작용한다. 그렇다고 그것이 생명(삶)의 모든 단점과 결점에 비해 훨씬 더 우월하다는 말은 아니다. 오히려 몇 안 되는 이점 중의 한 가지 — 즉, 세계를 지배하게 되리라는 것 — 일 뿐이라는 뜻이다. 이처럼 지고한 과학적 깨달음이 필요한 이유는 우리의 영혼을 미소 짓게 할 뿐만 아니라, 이와 동시에 희망을 품게 만드는 것이 유머 작가가 할 일이기 때문이다. 따지고 보면 즐거움도 이 두 가지 마음의 자세에서 비롯되는 것일 테니까 말이다. — 원주

(팁으로 주는 농담)

그는 만드는 과정을 자기 눈으로 보지 못하는 한 어떤 "골동품"도 사지 않았다. 물론 그들이 그런 그의 요구를 들어줄 리 만무했다. 그런 점에서 그는 싼값으로, 당연히 아무런 의심도 하지 않고 골동품을 손에 넣은 페니키아와 이집트의 부호들을 무척이나 부러워했다.* 페니키아와 이집트의 부자들과는 반대로, 그는 시대를 앞서 가던 골동품 가게를 나올 때마다 온갖 의심에 휩싸이곤 했다. 그런데 그 가게 정문에 달린 간판에는 과시라도 하듯 이런 글귀가 적혀 있었다. "현대적인 골동품 상점 — 가장 현대적이고, 시대를 가장 앞서 가는 골동품만 취급합니다."**

* 고대 페니키아와 이집트 부호들이 싼값에 사들인 미술품은 당시에 골동품이 아니기 때문에 조금도 의심할 필요가 없었다. 따라서 이 대목은 마세도니오의 "말로 하는 농담"의 전형적인 예로 볼 수 있다.

** '(팁으로 주는 농담)'이라는 제목이 붙기는 했지만, 이 글이 순전히 농담만은 아니다. 마세도니오 페르난데스가 남긴 노트에 이와 견줄 만한 글이 있어 여기에 옮겨 적는다. "고미술품이나 고문서를 위조하는 것은 가장 순진한 속임수에 속한다. 사실 정말 가치 있는 건 거들떠보지도 않고 오로지 비싸고 오래된 것만 찾는 갑부들이 가짜와 위조품을 사 모은다고 한들 누가 신경이나 쓰겠는가? 최근에 일어난 전쟁으로 모든 게 쑥대밭으로 변하는 바람에 가장 현대적이고 시대를 앞선 골동품 제조 [산업]의 위대한 시대가 도래하고 있다. 금세기[20세기] 후반에는 그와 같은 산업을 통해 떼돈을 벌게 될 것이다. 골동품 제조 산업은 진품과 그것을 위조한다는 것이 얼마나 선량한 행동인지, 그것으로 돈을 번다는 것 또한 얼마나 무후(無辜)한 행동인지 강변하고 있다."(편집자 주, 「방금 도착한 이의 기록 그리고 계속되는 무」[부에노스아이레스, 코레히도르, 2007])

III. 부에노스아이레스의 '바보'에 관해

'바보'

오래전부터 부에노스아이레스에 '바보'가 최소한 한 명이라도 있어야 마땅했다. 앞으로 또 다른 바보를 찾게 된다면, ─ 두 번째 바보와 전혀 닮지 않았더라도 ─ 무슨 수를 써서라도 그를 꾀어서 달아나지 못하도록 단단히 붙잡아 두어야 한다. 그리고 부에노스아이레스에 대해 조금이라도 관심을 갖도록 만들어야 할 것이다.

지금부터 나는 바보가 되려고 한다. 지금까지는 나 자신을 위해 바보 노릇을 했지만, 앞으로는 부에노스아이레스를 위해 기꺼이 바보가 될 것이다. 그럴 경우 내게 한 가지 위험이 닥치리라는 것, 그러니까 한 가지 성가신 일이 자주 일어나리라는 것쯤은 나도 잘 알고 있다. 어느 대도시에서나 길 가는 여자들을 이유 없이 훔쳐보면 경찰들이 달려와 잡아가는 것처럼, 나도 그런 꼴로 잡혀갈 것이 뻔하다. 경찰들이 어깨에 손을 얹을 때의 불쾌한 느낌, 그리고 말도 안 되는 이유로 난데없이 손에 수갑을 채울 때의 혐오감과 치욕. 그런데 한 가지 분명한 것은, 부에노스아이레스를 둘러보면서 그것이 지닌 우아함과 기품에 대해 다시 한 번 생각하기 위해서, 그리고 앞으로 더 많은 매력을 갖도록 만듦과 동시에 지금 가지고 있는 가치들을 잃지 않도록 잘 지키기 위해서, 또한 부에노스아이레스가 꿈꾸고 준비할 수 있는 최상의 모습에 대해 가끔이라도 생각하기 위해서, '문법학자들'— 이들은 무*를 널리 퍼뜨릴 뿐 아니라, '미(Beldad)'를 파괴시키는 이들이다 — 은 누군가가 아름다움을 찾으러 가는 낌새만 보여도 어디든 따라갈 뿐 아니라, 'b'와 'v' 음,** 그리고 드문 유성음을 살리고, 단어의 반복이라든지 의심스러운 언어학적 순수성을 살려내기 위해서라면 그동안 해온 명상이든 창작이든 모두 내팽개쳐 버린다는 사실이다. 이 '문법학자들'은 — 일반 대중은 이들에게 완벽한 문법보다 더 훌륭한 표현에 가까운 관용어와 구문을 알려주었다 — 결국 내가 체포당하도록 할 것이고, 이로 인해 느끼게 될 극도의 거북함과 불쾌감을 두려워하도록 만들 것이다. 그것도 내가 좋은 생각을 떠올리고 말하려 할 때나, 우리 모두가 고결한 노력을 기울여 진전시키던 생각이나 방법 등을 내놓으려고 할 때만 골라서 말이다. 다시 말해서, 내가 앞으로 저들에게 체포당한다면, 그건 내가 대중에게 자유연애 사상, 유산상속 제도의 폐지, 그리고 무신론과 같은 사상을 부르짖거나, 내가 진정한 예술가여서가 아니라, 단지 그놈의 'b'나 'v' 음 때문일 것이다.

부에노스아이레스의 '바보'는 사람들이 "진심 어린 호의"를 베풀 때마다 그 사례들을 하나도 빠짐없이 모두 수집할 것이다. 간단한 예를 들면, "선생님, 보세요. 우산

---

* 여기서 무는 생산적이고 창조적인 '무(Nada)'가 아니라, '허무'에 가까운 개념으로 사용된 것으로 보인다.
** 스페인어에서는 'b'와 'v'가 구분 없이 모두 양순음(兩脣音)으로 발음된다.

이 비에 젖었어요"라고 한다든지, 아니면 "이번에 시 문학상과 전국 문학상 공모전에 응모하려고 하는데, 당선작을 결정하는 모든 심사 위원이 내 친구가 아니기를 바랍니다"와 같이 손쉬운 선행을 베푸는 경우도 있을 것이다.

아니면 다음과 같이 새로운 방식으로 친절한 행동을 베풀기도 할 것이다. "선생님. 전에 선생님께서 성공을 거두신 탱고 곡, 「앞으로도 영원히 더」를 만들 때, 그 멋진 악상이 어떻게 떠올랐는지 잘 기억나지 않는다고 말씀하신 걸로 알고 있습니다. 오늘 제가 이렇게 찾아오게 된 이유도 바로 그 문제 때문입니다. 전 선생님이 어떻게 그 곡을 만드셨는지 알고 있거든요. 그래서 그걸 선생님께 알려 드리려고요. 그동안 선생님의 애를 태우던 궁금증이 시원하게 풀린다면 저로서도 커다란 즐거움이 될 테니까요. 그 작품의 아이디어를 어디서, 그리고 어떤 계기로 얻었는지, 또 당시 어떤 예술적인 생각을 가지고 있었는지 기억나지 않는다면 사실 작곡자의 입장에서는 참으로 답답한 노릇이지요. 선생님. 선생님은 그 탱고 곡을 만들 때, 미국의 유성영화인 「막이 내린 뒤」에서 나오는 음악에서 아이디어를 얻은 겁니다."

결국 골프장에서 일어나는 일도 부에노스아이레스의 '바보'의 시선을 피하지는 못할 것이다. 최근 미니 골프의 관람객으로 데뷔한 어떤 이의 말: "참으로 놀라운 일이야. 저토록 오래 일을 하다니 말이지. 더군다나 갖은 애를 써서 저 작은 구멍 속에 공을 집어넣었는데 땅이 기름지게 변하지도 않잖아. 물론 옆에서 지켜보기도 안쓰럽지만, 너무 어처구니없는 일이 아닌가. 최소한 말라붙은 저 밭고랑에 희망과 활력을 주는 씨앗이라도 되어야 할 게 아닌가 이 말일세." 경기를 지켜보던 또 다른 사람의 말: "골프장에서 구부러진 망치로 울퉁불퉁한 공을 쳐서 저 멀리 있는 작은 구멍에 넣으려고 고생을 하는 저 사람들을 조금이라도 편하게 해주려면, 그들에게 단 한 가지 사실만 가르쳐주면 됩니다. 우선 작은 구멍까지 내리막 도랑을 판 다음, 시작 지점에서 만질만질한 공을 살짝 치기만 하면 되죠. 그러면 공이 알아서 그 구멍을 찾아갈 테니까요."

'바보'가 보낸 편지

　저명 일간지 편집국장님께,

편집국장님의 눈에 띄려고 애를 쓰느라 이제야 처음으로 편지를 보냅니다. 그뿐만 아니라 그동안 이런저런 일 때문에 몹시 바쁘기도 했습니다. 첫 번째로, 거리를 걷다가 사람들이 입에 물고 있는 담배가 끝까지 타들어가는 바람에 연기가 얼굴을 뿌옇게 뒤덮은 모습만 보면 걱정이 돼서 견딜 수가 없습니다. 그럴 때마다 나는 쏜살같이 그들에게 달려가 알려주곤 했습니다. 그러면 그들은 대개 기분이 상한 듯 얼굴을 찌푸렸지만, 전 아랑곳하지 않고 제가 왜 굳이 남의 일에 끼어들었는지 자세히 설명을 해주었습니다. 가령 이런 식으로 말입니다. "선생님! 전 이웃을 가족처럼 사랑하는 모든 사회의 상징이자 '이웃 사랑 종교'의 신자로서 선생님의 담배가 거의 끝까지 다 타들어가고 있다는 사실을 알려드리는 겁니다." 그제야 그들은 내게 감사를 표하면서, 내가 그런 바보짓을 하지 않았더라면 아마 계속 길을 갔을 거라고 (따라서 제시간에 약속 장소에 도착했을 거라고) 털어놓습니다. 물론 화를 삭이지 못하고 목소리를 높이는 이들도 있었죠. 그런 분들은 자기도 그런 줄 알고 있었다고 소리를 질러대면서 역정을 내기 일쑤예요. 심지어는 내가 어디서부터 따라왔는지도 알고 있었다고 하면서 말이죠.

최근에 나를 지적 능력 담당 비서로 고용한 사람이 항구 사람들*이라면 누구나 존중하는 최소한의 유예 시간도 주지 않고 밖으로 같이 나가자고 한 적이 있습니다. 최소한의 유예 시간이란 새로운 탱고가 나올 때까지의 시간—내가 여러 차례에 걸쳐 말씀드린 바와 같이 항구 사람들이 뭔가를 잃어버릴 수도 있는 위험에 처했을 때, 그들이 그것을 잃지 않기를 간절히 바라는 이가 있다면 [어떤 일이든] 관대한 마음으로 미루어주는 관행이 있기 때문에 그런 명칭이 붙은 겁니다—을 말합니다. 하여간 고마운 줄도 모르는 그의 태도도 나에게 별 영향을 미치지는 못했습니다. 만일 내게 다른 일이 생기지 않았더라면, 그는 나를 집요하게 쫓아왔을 거예요. 어쨌든 자기가 할일을 게을리해서는 안 된다는 게 내 입장이니까요. 자세한 사정을 말씀드리자면 이렇습니다. 전차에 탔는데 어떤 승객이—참고로 말씀드리면 아주 교양 있는 분이었어요—곤경에 빠져 있었어요. 글쎄 차장이 그 손님을 붙들더니, 기계에 10센타보** 동전을 넣고 뽑거나 가게에서 10센타보에 파는 문학 서적 쪼가리를 자기한테서 사라고 으박지르지 뭡니까. 결국 보다 못해 내가 그를 도우러 나섰죠. 그런데 가서 보니까 그 차장은 작품이 너무 안 팔린다고 투덜대는 우리 작가들도 미처 생각하지 못한 꾀를 짜

---

* porteño. 원래는 '항구 사람'이라는 의미지만, 부에노스아이레스가 항구이기 때문에 아르헨티나에서는 그곳 사람들을 흔히 '포르테뇨'라고 부른다.
** 아르헨티나의 단위 화폐인 페소(peso)의 100분의 1의 가치를 지니고 있다.

낸 거예요. 그는 어디선가 경찰을 데리고 와서 어찌어찌 하더니만—분명히 뇌물을 준 것도 아닌데—경찰이 대뜸 대중 교양 교육*의 의무화를 지지하는 발언을 하는 겁니다. 그래서 나는 경찰에게 이렇게 말했죠. "근데 경찰관 나리. 대체 나리의 시계는 어떻게 가는 거죠? 나를 만난 지 1분도 채 지나지 않았는데, 나를 마음대로 연행할 정도로 가까운 사이가 됐으니 말이에요. 일단 저기 앉아서 차분하게 얘기를 나눠보도록 하죠. 솔직히 급한 일도 없을 테니까 말입니다. 그리고 즐거운 마음으로 지금까지 있었던 일을 하나하나 따져보도록 하죠. 그러면 모든 게 분명하게 밝혀질 테니 말이오. 만약 당신의 말을 들어보고 납득이 가면, 내가 나서서 당신의 손을 들어주도록 하겠소. 나는 독재를 반대합니다—물론 독재자가 되기 전까지는 다들 이런 말을 하죠—그래서 지금까지 해온 어떤 논쟁에서도 상대가 나의 잘못된 견해를 밝혀내고 이를 설득력 있게 주장하면, 나는 한 치의 망설임도 없이 이를 받아들였죠."

　　그런데 정작 전차에 타고 있던 승객들은 우리들이 나누던 얘기에 대해 진지하게 생각해 보기는커녕 목적지—그들로서는 당연히 거기보다 더 좋은 곳이겠지만—에 도착할 때까지 심심치 않을 요량으로 듣고 있는 것 같

* 원문에 나온 "instrucción pública"는 원래 '공교육'을 의미하지만 여기서는 "대중 교양 교육"이 더 적절할 듯하다.

았습니다. 사실 그들로서는 그처럼 아름다운 문제에 대해 궁리하면서 논의할 목적으로 차를 계속 세워둔다는 건 도저히 용납할 수 없는 일이었으니까요. 승객들 중에서 나를 지지하던 이들은 고함을 지르면서 나를 당장 끌어내리지 않으면 전차의 유리창을 죄다 깨버리겠다고 (물론 그들은 나보다는 전차 '회사'에 항의하는 듯했어요) 위협하기도 했습니다. 하는 수 없이 나는 차에서 내려 또다시 걸어가야 했죠. 그런 경우는 거의 없다시피 했지만, 지금 생각해도 그때 내가 바보짓을 한 것 같진 않습니다. (그러고 보니 '레비스타 오랄'*을 할 적에도 종종 이와 비슷한 소란이 있었던 것으로 기억됩니다. 시작이 늦어진다고 조바심을 내던 어떤 이가 우리의 모임 장소였던 지하실**을 멈춰 선 전차로[마치 차를 출발시키기 위해 차장들이 자기를 끌어올리기라도 — 내 말은 그를 '레비스타 오랄'의 지적 수준으로 끌어올린다는 뜻입니다 — 한 것처럼 말이에요], 그것도 우리 잘못 때문에 못 가고 있는 거라고 착각했는지 고함을 질러대는 사건 — 물론 승객은 이런 상황에서 항의를 할 권리가 있지요 — 이 일어나곤 했죠. 이왕 말이 나온 김에 깔끔하게 마무리를 짓는 편이 좋을 듯합니다. 전차에서 얼마간 대화를 나눈 뒤 나는 경찰관에게 '레비스타 오랄'에 와서 내 말을 한번 들어보라고 했어

* 이 책 41쪽 각주 참조.
** '레비스타 오랄'은 주로 부에노스아이레스 시내에 있는 지하 카페에서 열린 것으로 알려져 있다.

요. 그러자 그는 내 말이 사실인지 아닌지 자기 눈으로 직접 확인하러 가겠다고 분명히 다짐을 하는 겁니다. 그와 같은 경우에서 볼 수 있듯이, 논쟁이 일어났을 때 적절한 입장을 선택하는 능력*에 있어서만큼은 이 세상에서 나를 따를 자가 없을 겁니다.)

하여간 피치 못할 사정이 생겨 이제야 소식을 드리게 된 것이니 너그럽게 용서해주시기 바랍니다. 사실대로 말씀드리자면, 강도 사건을 막기 위한 목적으로 문패를 구입한 모든 이들에게 우편으로 일일이 축하 인사를 건네다 보니 이렇게 편지가 늦어지고 말았습니다. 아시다시피, 대문이나 정문 벽에 붙여놓은 문패에는 보통 이런 글귀가 적혀 있죠. "여기 루이스 앙헬 피르포**와 둘도 없는 형제 사이인 로베르토 세사르가 사는 곳", "피르포의 삼촌이 사는 집", "피르포가 약간 늦게 태어나는 바람에 그의 자리를 차지해버린 이가 밤낮으로 사는 곳", 대개 이런 식입니다. [부에노스아이레스의] 모든 사람들은 이런 문패를 달고 살죠. 단 한 사람, 즉 바보, 아니 다른 이들의 말에 따르면 똑똑한 이가 살던 집만 제외하고 말입니다. 거기에 나는 이렇게 써놓았죠. "피르포네 옆에 사는 사람의 집". 결국 내가 살던 집은 강도에게 털리고 말았죠. 차라리 "백만장자 옆에 사는 사람의 집"이라고 써두는 게 좋

---

* 문맥상으로는 "논쟁이 일어났을 때 상대를 설득하는 능력"이란 의미가 더 적절할 것으로 보인다.
** 이 책 66쪽 각주 참조.

을 뻔했습니다.

부에노스아이레스의 '바보' 올림

　　아무개님께,

오늘 『시에스타』지가 보도한 어느 주택 화재 사건이 단순한 경보에 그친 점에 대해, 게다가 그 집이 다행스럽게도 선생 댁이 아닌 점에 대해 축하드리는 바입니다. 우리는 이처럼 큰 도시에서 화재가 일어날 집 한 채도 없는 유일한 사람이 아니라는 점에 대해 커다란 위안을 느끼게 됩니다. 그리고 이런 생각도 하게 되는군요. 그러니까 오늘 일어난 화재가 당신이 사는 곳에서 시작되었다고 하더라도, 그러한 피해를 입지 않은 사람들이나 가구의 수가 예전과 마찬가지로 상당히 많으리라는 사실에서 느끼는 내 즐거움을 없애지는 못할 거라고 말입니다.

　　이 편지를 수취하는 즉시 내게 알려주시기 바랍니다. 오늘 오전 내내 부에노스아이레스에 있는 집집마다 이와 같은 축하 편지를 쓰느라 무척 바빴습니다. 만에 하나 부러울 정도로 널리 알려진 불운으로 인해 어제 화재가 일어날 뻔했던 집에 사는 분이 당신이라면, 내 마음속에서 끓어오르는 부러움과 질투심을 감추고 쓴 위로의 편지를 보내드릴 테니, 이 축하 편지를 받는 즉시 반송해주시기 바랍니다.

부에노스아이레스의 '바보' 올림

저명 일간지 편집국장님께,
얼마 전 두 열차가 서로 충돌했다는 소식을 듣고 우린 모두 커다란 충격에 빠져 있습니다. 지금 나는 떨리는 가슴을 간신히 억누르면서 서둘러 편지를 쓰고 있습니다. 내가 보기에 이번 충돌 사고의 과실은 더 빠른 속도로 달린 탓에 당연히 먼저 부딪힌 열차에게 있다고 판단됩니다. 하지만 두 열차의 속도가 달랐기 때문에, 다시 말해서 두 열차가 같은 시간 동안 같은 거리를 이동하지 않았기 때문에 충돌의 충격은 그렇게 크지는 않았던 셈이죠. 그래서 빠르게 달려오던 기차가 충돌한 순간, 느린 속도로 움직이던 열차의 승객들이 밖으로 뛰어내릴 수 있었던 겁니다.

이번 사건으로 인한 충격 때문에 한동안 잊고 있었던 기억이 새로이 떠올랐습니다. 전에 말씀드린 바 있던 '필수/의무 문학'에 관한 문제 말입니다. 남의 말을 곧이 곧대로 믿어버리던 어린 시절, 나는 처음으로 『오디세이아』, 혹은 『일리아드』를 접하게 되었죠. 처음 몇 페이지를 넘기다가 나는 그만 무서워서 벌벌 떨고 말았습니다. 매 장(章)마다 분노에 눈이 멀어 때리고, 쇠로 내리치는 무시무시한 장면이 나왔으니까요. 주변에 있는 언덕도 두려움에 부들부들 떨 정도였습니다. 하여간 나는 율리시스의 용기만큼이나 엄청난 두려움에 짓눌린 나머지 고개를 푹 숙인 채 꼼짝도 하지 않았습니다. 하여간 나를 통째로 집어삼킬 것만 같은 어떤 거대한 충격으로부터 한시라도 빨리 벗어나고 싶은데 달리 방법이 없어서 고개만 푹 파묻고 있었죠. 그때 마침 방에 들어온 이는 내가 잠든 줄 알았대요. 잠들기는커녕 혹시라도 아킬레우스의 분노를 사지나 않을까 신경을 잔뜩 곤두세우고 있었는데 말입니다. 그리고 끓어오르는 분노에 눈이 먼 영웅으로부터 달아날 방도만 궁리하고 있었죠. 그 때문인지 나중에는 아킬레우스의 분노와 아킬레우스의 뒤꿈치가 헷갈리기도 했습니다.

  나는 지금까지 매력적인 첫인상을 깨뜨리지 않도록 하는 데 있어서 [분노보다] 더 대단한 효력을 지닌 말을 본 적이 단 한 번도 없습니다. 그 당시 난 워낙 신중하고 조심스러워서 1장(章)도 채 넘기지 못하고 있었어요. 그런데 내가 보기에 아무래도 비예가스*는 두 장(章)을 통째로

* Villegas. 호메로스의 『오디세이아』와 『일리아드』를 스페인어로 옮긴 번역자로 보이지만, 스페인 황금시대 작가인 프란시스코 데 케베도 이 비예가스(Francisco Gómez de Quevedo y Villegas: 1580~1645)일 가능성이 높다. 그는 그리스 고전, 특히 호메로스의 작품을 언급한 시나 산문, 그리고 비평문을 많이 남겼을 뿐만 아니라, 흔히 '기지주의(conceptismo)'라고 불리는 극도로 복잡한 그의 바로크 문체가 마세도니오 페르난데스의 미학에 결정적인 영향을 끼쳤기 때문이다. 특히 고대 스페인어가 아니라 "미래의 스페인어"에 익숙했다는 구절을 보면 비예가스는 케베도를 가리키는 것으로 보인다. 케베도가 "미래의 스페인어"로 글을 썼듯이, 마세도니오 페르난데스 또한 자신의 작품을 아직-오지-않은-그러나-도래할 "미래의 언어"로 규정했다.

읽은 다음, 단번에 작품 전체를 번역한 것 같습니다. 그렇지만 쇠몽둥이로 사람을 내리치고, 또 귀가 찢어질 듯한 소리를 내며 칼과 칼이 부딪히는 장면을 하나도 빠뜨리지 않고 아주 훌륭하게 옮겨놓았죠. 그래서 이 작품을 다 읽고 나니까 이런 생각이 들더군요. 이 작품은 원래 그리스어나 고대 스페인어가 아니라, 비예가스에게 매우 친숙했던 미래의 스페인어로 쓰인 거라고 말입니다.

그래서 나는 프랑스의 어떤 몰상식한 자—아마 19세기쯤일 겁니다—가 현대 예술의 온갖 기교를 동원해서 3000년 전 어떤 그리스인의 소박한 이야기를 지어냈다는 사실을 액면 그대로 믿을 수가 없습니다. 어림잡아도 비예가스가 지어낸 것처럼 널리 알려진 『일리아드』에서 레미 드 구르몽*의 피아니시모** 문체로 변화하는 데 최소한 300년—30세기가 아니라—의 시간은 흘렀을 테니까 말입니다.***

부에노스아이레스의 '바보' 올림

---

* Rémy de Gourmont(1858~1915). 프랑스의 상징주의 시인, 소설가이자 문학비평가로, 상징주의 잡지 『메르키르 드 프랑스(Mercure de France)』를 창간하는 등 비평과 미학에 커다란 공적을 남겼다.
** pianissimo. '아주 여리게'를 의미하는 음악 용어.
*** 보르헤스의 「피에르 메나르, 「돈키호테」의 작가」를 연상시키는 대목이다.

저명 일간지 편집국장님께,

분명하지도 않고 무언가 미심쩍은 데가 있는 농담(그런 농담이 과연 농담일까요 아닐까요?)이 분명한 농담보다 한 단계 수준이 높은 장르라고 여기고 있는 데다, 그런 농담을 모아보려고 마음먹은 사람들이라면 곧장 알게 되듯이 그런 사례가 무척 드물기 때문에, 나는 이런 종류, 즉 분명치도 않고 의심스러운 농담만 모아놓은 섹션을 만들어볼까 합니다.

그리고 앞으로 '당장-웃기지는-않는-농담(no-en-seguida-chiste)'의 대표적인 예 — 물론 그런 경우는 그다지 많지 않을 겁니다 — 를 그 섹션에 신도록 하겠습니다. 그런데 그런 농담을 접한 사람이라면 누구나 잠시 의심을 품게 될 터인데, 이는 [그런 농담이 지닌] 참된 가치가 빛을 발하고 있다는 영광스러운 증거입니다. 의심을 유발하는 유머와는 어울리지 않는 경우 — 예를 들면 개회사나 기념사 같은 것 — 를 제외하고 나면, 이처럼 수준 높은 농담 중에서 모을 만한 것이 얼마나 적은지 금방 알 수 있습니다. 기껏해야 이 정도밖에는 안 될 겁니다.

— 전에 엄청나게 못생긴 사람이 있었는데, 그보다 더 못난 사람들도 그보다는 나을 정도였다.

— 어떤 이는 쇠고집에다 또 얼마나 독하던지 죽기 바로 직전까지 살았다.

— 어느 날 도둑이 들자 무서워서 침대 아래 숨어 있던 사람이 기어들어가는 목소리로 말했다. "이보시오!

152

침대를 뒤집으면 어떡합니까!"

— 조금 전에 소개한 못생긴 남자가 어떤 부인에게 말을 건넨다. "부인. 제가 못생겼다는 것은 두말할 나위도 없습니다. 하지만 그건 제 잘못이 아닙니다. 선견지명으로 이 세계를 관장하시는 분이 이 모양으로 만드셨는데 전들 어떡하겠습니까? 제 앞날을 위해서는 아무것도 남겨주시지 않으셨어요. 하여간 그 덕분에 전 이 지긋지긋한 인습에서 옴짝달싹도 못하는 신세가 되고 말았죠. 제가 못생겼다는 건 분명한 사실입니다. 그래서 뭘 어쩌라고요? 이 흉한 몰골을 내일로 미뤄놓을 수도 없는데 말입니다!"

— 어떤 이가 [뭔가를] 가볍게 툭 쳤다. 그러자 혹시 세상이 뒤집어져서 자기 등을 덮치지나 않을지 몹시 걱정했다.

— 사람들이 너무 많이 빠지는 바람에 앞으로 한 명만 더 빠져도 들어갈 자리가 없다.

— 그는 머리가 너무 뛰어나서 손으로 말발굽을 구부릴 수 있다.

— 그는 살이 너무 쪄서 마치 한 사람이 더 되고 싶어 하는 것처럼 보였다.

— 흔히 '우리는 죽는다'라고 한다. 그러나 그건 사실이 아니다. 이 세상도 얼마 가지 못할 테니까 말이다.

— 아버지가 자기 소유의 호텔에 '그란 호텔'이라는 이름을 붙이자, 시인이던 아들은 자기가 쓴 시에 '그란 포

에마*라는 부제를 붙였다. 그러나 아버지와 아들이 붙인 이름을 읽은 이가 아무도 없었기 때문에 모두들 '그란 호텔'이 형편없는 시골 여관이나 다름없다고 생각했다.

마지막으로 한 가지 밝히고 싶은 이야기가 있습니다. 공동 작업을 하겠다는 약속을 결국 못 지켰다면, 그건 내가 얼마 전부터 '현실'을 분류하는 (혹은 규명하는) 작업에, 혹은 어떤 범주들을 정리하는 일에 몰두하고 있기 때문입니다.**

　내가 지금까지 발견한 것 중 '무'에 가장 가까운 장르는 "절대로-불가능한-것(a-que-no)",*** 혹은 간단히 "절대 불가능(aquenó)"**** 장르라고 할 수 있죠. 지금은 그런 대상이나 글, 존재나 사물 등을 하나씩 모아 그 장르를 만들어가고 있는 중입니다. 그런데 그런 것들이 존재하거나 제대로 기능하려면 그에 앞서 믿기 어려울 것이라는 예상이나 충분히 예상 가능한 의구심이 나타나기 마련입니다. 그런데 이런 의심의 80퍼센트 정도는 자극적인 "실패의 욕망"이 차지하고 있습니다. 이미 목록에 포함되어 있

---

* 스페인어에서 'gran(de)'은 '훌륭한' 혹은 '화려한'이라는 의미를 가지고 있다. 따라서 "Gran Hotel"은 "화려한 호텔", "gran poema"는 "훌륭한 시"라고 해석할 수 있다.
** 이 대목을 보면, 보르헤스의 「존 윌킨스의 분석적 언어(El idioma analítico de John Wilkins)」에 나오는 중국 백과사전의 기상천외한 사물 분류 방식도 마세도니오의 글에서 아이디어를 얻지 않았을까 하는 생각이 든다.
*** 스페인어로 'a que no…'라는 표현은 '(상대방이) 절대 ……하지 못할 거야(혹은 절대 ……가 아닐 거야)'라는 부정의 확신 혹은 장담의 뜻으로 사용된다.
**** "aquenó"는 마세도니오가 'a que no'를 붙여서 만든 합성어다.

는 항목들은 다음과 같습니다. 깨지지 않는 물건, 나프타 향이 나는 라이터, 자동 만년필, 14개의 공구를 담을 수 있는 케이스, 잉크가 나오는 연필, 못-잊는 것을 잊지 못하게 하는 잊지-않는 매듭, 고통이 전혀 없는 발치(拔齒), 100퍼센트 신뢰할 수 있는 치료법, 천의 얼룩을 빼는 약, 낙하산, 지팡이 겸용 우산, 권총, 호주머니 칼, 그리고 엘리베이터 보험, 구멍이 송송 난 우유 주전자 뚜껑, 병이나 찻주전자로 따를 때 포도주나 차가 바닥에 떨어지지 않도록 해주는 물방울 조절기, 기억술, 시간을 잘 지키고, 책임감이 투철해질 뿐 아니라, 대머리에 머리카락이 나게 하고, 또한 참을성을 잃지 않고, 자제력을 기르기 위해 필요한 모든 종류의 보증서, 해당 약이 인체에 무해함을 보장하는 보험과 그 약으로 인한 부작용 치료제, 생존 기간, 상호 관리 및 감독 시스템, "세력 균형" 및 "견제와 균형"의 원리, 모든 계통의 "방법"(예를 들어, 반드시 아무런 방법도 사용하지 않고 발명할 수 있는 발명 방법 같은 것), 가령 "모든 것은 변한다"(따라서 '모든 것은 변한다'는 견해)나 "예외 없는 규칙은 없다"('예외 없는 규칙은 없다'만 제외하고)와 같이 널리 알려져 있고, 누구에게도 부담을 주지 않는 법칙, 기타 등등.

정확히 무엇인지는 모르겠지만, 이 목록에 집어넣고 싶은 것들이 아직 많이 남아 있습니다. 가령 분류되지 않은 5가지 종류의 사물들이 있죠.

— A 종: 보편적으로 인정되는 사실이지만, 실제로

는 아무도 믿지 않는 것들. 예를 들면, 일본인들은 톱니가 달린 젓가락으로 밥을 먹는 반면, 중국인들은 제비집을 먹는다는 사실. 그리고 로마인들은 머리카락을 이용해 이 발을 하고, 비스듬히 누워 밥을 먹었다는 사실.

　　— B 종: 잘 알려져 있지는 않지만 모든 사람들이 충분히 알 수 있는 것들. 추뇨는 옥수수로 만들어지는 걸까, 아니면 감자나 만디오카, 혹은 다른 페루 식물로 만들어지는 걸까?* 위스키의 재료는 카나리아 갈풀인가?** 젤리는 무엇인가? 코감기는 기관지가 막힌 걸까, 아니면 다른 부분이 막힌 걸까?*** 호밀 빵은 무엇으로 만들어지는가? 겨울철 신문의 사건·사고란에 자주 나오는 페놀****의 주성분은 이산화탄소인가? 레몬 염*****은 또 무엇으로 만들어지고, 어디에 쓰는가? 어교(魚膠)******의 재료는 무엇인가?

---

* 추뇨(chuño)는 볼리비아와 페루에서 주로 먹는 전통적인 감자 식품이다. 우선 서리에 잘 견디는 종의 감자를 안데스산맥의 차가운 밤 동안 밖에 둠으로써 얼린 다음, 다음 날 다시 강한 햇빛으로 말려서 만든다. 아르헨티나와 칠레에서도 널리 알려진 음식이다. 만디오카(mandioca)는 주로 아메리카 열대지방에서 자라는 2~3미터 정도의 대극과 식물로, 뿌리가 매우 크고 살이 많아서 식용으로 사용된다.

** 본문에 나온 "alpiste"는 '카나리아 갈풀' 외에 '알코올'이란 뜻도 담고 있다. 결국 이 두 가지 의미를 이용한 언어유희인 셈이다.

*** constipación. 본래는 '변비'라는 뜻이지만, 여기서는 문맥에 맞게 '막힘'이라고 옮겼다.

**** ácido carbónico. 페놀, 또는 석탄산(石炭酸)이라고도 하며 페닐기에 하이드록시기가 결합한 방향족 화합물이다. 무색의 결정으로 향긋한 냄새가 나는 페놀은 수술용 살균제나 마취제, 공업용 소독제, 혹은 진균제나 제초제, 플라스틱의 재료로 사용되기도 한다.

***** sal de limón. 강한 산(酸)으로, 나무 벽이나 목재에 난 얼룩이나 낙서를 제거하는 데 사용한다.

****** cola de pescado. 철갑상어, 대구, 뱅어, 잉어 등의 부레를 물에 끓여서 젤라틴의 재료로 만들거나 천연 접착제로 사용한다. 부레풀이라고도 한다.

온스, 야드, 바라,* 마일은 어디에서 비롯된 것인가?

　　— C 종: "그것들 없이는"** 무미건조할 뿐만 아니라 아무짝에도 쓸모없는 물건들. 가령 발효된 포도즙, 다시 말해 알코올 없는 와인, 카페인 없는 커피, 니코틴 없는 담배, 무로 만든 프렌치프라이, 타라고나***의 별미인 보이토,**** 파나마모자,***** 마르 델 플라타에 깃든 "추억",****** 그리고 볼리비아의 은.*******

　　— D 종: 이 세상에 많이 있다고 하는데, 실제로는 없는 것. 예를 들면, 뼈 없는 고등어, 대체 불가능 품목들, 씨 없는 오렌지, 거절할 수 없는 사표, 미룰 수 없는 추첨, 인터뷰 대상에 대한 보도, 아무 준비도 없이 느닷없이 이루어지는 즉흥연주, 목숨을 건 싸움, 법 앞에서의 평등, 공

---

* vara. 과거 스페인의 여러 지방에서 사용되던 길이의 단위로, 대략 768밀리미터에서 912밀리미터 사이에 해당한다.
** 정확하게 말하자면 "그 사물의 핵심이나 중요한 재료가 없이는"이라는 뜻이다.
*** Tarragona. 스페인 동북부 카탈루냐 주에 있는 도시.
**** bollitos. 계란, 우유 등을 넣어 만든 부드러운 빵.
***** sombreros de Panamá. 야자나무 잎을 잘게 찢어서 만든 여름용 모자로, 원산지는 에콰도르이다.
****** 마세도니오에게 있어 '추억'이란 사랑하는 것의 부재(ausencia)나 상실, 혹은 결여와 연관되어 있다. 이 세상에 존재하지 않는 것, 다시 말해 사랑하지만 사라진 것만을 기억할 수 있기 때문이다. 마세도니오에게 부재는 그의 글쓰기의 출발점이자 동력인 죽음 — 유일하게 존재하는 죽음은 망각(olvido)이다 — 과 같은 의미를 지니고 있다. 따라서 글을 쓴다는 것은 죽음/망각을 부정하는 형식인 동시에 영원성(eternidad)에 도달하는 방식, 즉 부재와 사라진 것을 기억하는 방법이다. 결국 글쓰기를 통한 기억은 부재하는 것, 사라진 것, 죽은 것에게 존재를 부여하는 역설적인 행위다. 존재하지 않는 것의 존재!
******* plata boliviana. 19세기 말, 아르헨티나에서는 동전을 주조할 금속이 없었던 관계로 내륙 지방마다 서로 다른 지폐를 발행하고 있었다. 따라서 볼리비아 은을 본위로 교환을 했다.

개된 비관주의, 무알코올성 음료.

— 분류되지 않은 다섯 번째 종 E: "존재하지-않는-것"*의 경우. 그저 조용히 숨겨져 있는** 상태를 가리킨다. 그러다 보니 호박은 호박이 아니고, 진주는 진주가 아니라고 확신하는 이도 있다. 어떤 사물에 없는 것을 [그 사물의] 이름에 붙인다면, 그것이 훨씬 더 가치 있고, 고결한 행동이다. 가령 "소금이 들어가지 않은 비계 연고"***가 그런 경우에 해당한다. [어떤 것이든] 항상 무엇인가가 없거나 빠져 있기 마련이다. 어떤 연고라도 소금뿐만 아니라, 다른 사물들 모두가 빠져 있을 수도 있다. 왜냐하면 어떤 사물이라도 [그 안에] 자기 자신을 제외한 다른 물질이 있을 리가 없기 때문이다. 따라서 거기에 "소금이 들어가지 않은"이라는 이름을 붙이는 것이 훨씬 적절해 보인다. 여

* no es. '아직 존재하지 않는 것'은 마세도니오 페르난데스 미학의 핵심이다. 마세도니오에게 있어서 예술은 존재하는 것(리얼리즘)이 아니라 존재하지 않는 것, 즉 도래할 것을 포착하는 것이다. (따라서 그는 사유를 문학의 대상으로 삼는다.) 이는 그의 독특한 '존재' 개념에서 비롯된다. 그에게 있어 '존재'란 외부적인 조건과 관계없는, 순수한 '감각'의 한 상태일 뿐이다. 존재는 어떤 외재성도 요구하지 않기 때문에, 인간의 이성으로는 인식할 수 없다. 또한 존재는 자아에 있는 것이 아니라, 매 순간의 (감각의) 충만한 상태이기 때문에 신비롭다. 존재는 어떤 외관이나 표상도, 정신적·신체적 외재성도, 그리고 어떤 의식이나 물질도 없는, 그야말로 순수하게 '감각된 것(lo sentido)'일 뿐이다.
** 본문에 나온 "se descansa"는 '쉬다, 잠들어 있다, 묻혀 있다'라는 뜻이지만, 여기서는 '현실로 드러나지는 않지만 잠재되어 있는 상태, 즉 언제든지 외부적 조건이 갖추어지면 현재화될 수 있는 상태'를 의미하는 것으로 보인다.
*** unto sin sal. 오래전 라틴아메리카 가정에서 흔히 사용하던 민간요법으로, 주로 화농성 염증이나 종기, 혹은 소화불량 시 배에 바르던 일종의 고약. 흰 돼지 배에서 얻은 비계를 공기 중에 말린 다음 빨아서 반죽으로 만들어 환부에 붙였다. 현재는 거의 사용하지 않는다.

기서 한 발짝 더 나아가, '소금이 없는', '구두가 없는', '콧수염이 없는', '두통이 없는', '정부가 없는', '자식이 없는', '별이 없는', '장석(長石)*이 없는', '망가니즈**가 없는'이라고 붙일 수도 있다. (특히 마지막 두 가지는 그 자체로 말장난이다. "장석"이나 "망가니즈", "왜곡시킬 수 없는"이나 "명명백백하게", 또는 "종아리뼈"와 같은 말을 듣고 웃지 않을 사람이 누가 있을까? — 그런데 독자께서는 웃기 전에 늑골 하부가 어디 있는지, 그리고 그것이 건강염려증과 무슨 관련이 있는지 내게 말해주기를 간절히 바란다*** — 또한 "말로 표현할 수 없는", "카예타노",**** "환칭[換稱]"***** — 그리고 깨지기 쉬운 강장제 약병은? —, 그리고 "판독 불가능한"이란 말을 듣고 웃지 않을 사람이 누가 있을까?)

하여간 이 세상에는 너무나 많은 것들이 있습니다. 나야 물론 그것들이 뭔지 다 알기도 전에 세상을 뜨겠지

---

* 규산, 알루미늄 등으로 구성된 화성암의 주성분으로, 도자기의 원료나 비료, 화학, 유리, 성냥 따위를 만드는 데 쓰인다.

** manganese. 은백색 광택이 나는 중금속 원소. 화학적으로 철과 비슷하지만 그보다 단단하고 부스러지기 쉽다. 합금 재료, 건전지, 화학약품 등에 쓰인다.

*** 늑골 하부(hipocondrios)는 좌우 늑골 위에 있는 부위를, 건강염려증(hipocondría)은 사실은 그렇지 아니한데도 몸에 병이 있으리라고 착각하여 고통스러워하는 증상을 말한다. 마세도니오는 서로 관련이 없는 두 단어의 형태와 발음의 유사성을 통해 언어유희, 즉 말을 통한 농담을 던지고 있다.

**** Cayetano. 부에노스아이레스 주에 속한 도시, 혹은 남자 이름을 가리키는 것으로 보인다.

***** 형용사나 보통명사 등을 고유명사로 대용하거나, 어떤 특정으로 유명한 고유명사를 보통명사로 대용하는 수사법.

만, 여러분들이라도 그것들을 다 알아내기를 바라는 마음
이 간절합니다.

부에노스아이레스의 '바보' 올림

똑똑한 '바보'

'바보'라고 해서 항상 바보는 아니다. 다음에
이어지는 글은 바보의 생각을 옮겨 적은 것이
다. 독자 여러분은 한번 곰곰이 생각해보시라.
지금으로부터 4000년, 아니면 6000년 전으로
거슬러 올라가는 것만이 현 인류가 구원받을
수 있는 유일한 방법이라는 것을.

나는 앞으로 발견할 나라로 가기 위해 길을 떠났다. 그런
데 그 나라에는 매우 유용한 특징이 딱 하나 있는데, 그건
그곳의 주민들이 모든 발명품을 하나씩 거꾸로 거슬러 올
라가고 있다는 사실이다. 한 가지 분명한 것은, 그들의 퇴
행 충동이 최초의 발명품 바로 전 단계로 곧장 거슬러 올
라갈 정도로 심하지는 않다는 점이다. 그러나 이렇듯 점
진적으로 뒷걸음치는 동안에도 그들은 더할 나위 없이 커
다란 즐거움, 즉 느림과 지체의 즐거움을 만끽한다. 따라
서 그 나라에서는 전기에서 가스로, 또 얼마 후에는 석유
로, 그리고 한참 뒤에는 수동식 난로로, 그러다가 횃불로
모든 것이 바뀌게 된다. 그리고 시간을 지키는 문제는 모
든 이들이 [삶의] 속도를 점진적으로 늦춤으로써 해결하
려고 한다. 그래서 이따금씩 서두르는 사람이 눈에 띄면
경찰관은 약속 시간보다 먼저 도착하지 못하도록 그를 한

동안 붙잡아두기도 한다. 또 좀 더 천천히 가기 위해 혹은 너무 빨리 도착하지 않기 위해 일부러 등에 무거운 물건을 지고 가는 행인들도 있다. 이들이 지금까지 간소화시키지 못한 것은 호적 체계뿐이다. 반면에 이들은 응급치료를 요하는 병을 없애기 위한 대책의 일환으로 결혼식절차를 바꾸어봤는데, 기대 이상의 성과를 거두었다고 한다. 새롭게 시행된 결혼식은 보통 두 번에 걸쳐 거행된다. 첫 번째로, 그녀가 그와 결혼식을 한다. 그러고 나서는 그가 그녀와 결혼식을 올린다. 그런데 이 두 번의 결혼식은 거의 동시에 서둘러 거행되기 때문에, 똑같은 것이라고 할 수 없다.

이 나라에서는 눈에 보이지도 않을뿐더러, 뇌전증*에 걸린 시계를 사용한다. 그래서 그 시계는 시간을 제 마음대로 건너뛸 때도 있지만, 제대로 간다고 해도 사람들 눈에는 전혀 보이지 않는다. 눈에 보이는 시간 측정 시스템을 이런 방식으로 변화시킴으로써 기상천외한 사건이 일어나기도 한다. 가령 사전에 모의한 암살 사건이 가장 적당한 예가 될 듯하다. 암살 대상으로 지목된 사람이 몇 시에 어디로 나오라는 연락을 받았는데, 예정된 시간보다 너무 빨리 현장에 도착하는 바람에 아무 일도 없자 지루해진 나머지 그냥 가버리는 경우도 있다. 또한 정해진 시간과 장소에서 암살당하기로 동의한 어떤 사람이 잠시 착

---

* 갑자기 온몸에 경련이나 의식장애 등의 발작이 되풀이되는 질병으로, 과거에는 간질병이라고 했다.

각해서 훨씬 이른 시간에 나가는 탓에 공치고 돌아오는 일이 일어나는 것도 결코 우연은 아니다. 시간도 제대로 지키지 않는 암살범의 무례한 행동에 분을 삭이지 못한 그 사람은 앞으로는 절대 암살당하는 역할을 맡지 않겠노라고 속으로 다짐을 할 것이다.

이 나라에는 충수 절제 수술을 하기 위해 복부를 절개한 사람들에게 다시 충수를 달아주는 곳도 있다. 그리고 원래의 충수를 가지고 있는 이들에게는 동물로부터 얻은 충수—동물의 충수는 인간에게 매우 유용하다는 연구 결과가 있었다—를 붙여준다고 한다. 반면 한여름에 두꺼운 외투를 입는 곳도 있었다. (실제로 나는 미시오네스 지방*에서 이런 폴란드인들을 만난 적이 있다. 그들은 외투 때문에 땀이 나는 것보다 강한 햇살을 더 두려워했다.)

얼마 전, 이 나라 여기저기에 흩어져 있던 기상청 산하 조직이 모두 폐쇄되고, 대신 나이 든 선원과 농부들이 풍부한 경험을 토대로 매일 하늘을 보고 일기예보를 하게 되었다. 또한 이 나라는 의약품이 귀한 실정이라서, 어디가 아프면 대부분 젖은찜질이나 찜질 혹은 사혈(瀉血) 등으로 치료하는 수밖에 없다. 민간요법이라고 해야 표주박으로 떠낸 우물물을 이용하는 것이 고작이다. 가령 코나 귀, 눈에 문제가 있거나 소화가 안 될 때는 아픈 부위에

---

* Misiones. 아르헨티나 북동부 끝에 위치한 지방. 파라과이 및 브라질과 국경을 이루고 있다. 한때 마세도니오 페르난데스는 이곳에서 검사로 일한 적이 있지만, 부패한 사법 당국과의 마찰로 사임하고 말았다.

우물물을 부어주는 식이다. 더구나 그곳 사람들이 사는 방식 또한 무지막지하기 이를 데 없다. 예를 들어 썩은 어금니를 뽑을 때만 해도 그렇다. 우선 어금니를 묶은 실을 문고리에 연결해놓고, 다른 사람이 문을 세게 잡아당기는 식이다. 하지만 조금이라도 고통을 줄이려면 낚아채듯이 한번에 잡아당겨야 한다.

그들은 다시 석탄 난로를 쓴다. 따지고 보면 전기난로에 비해 석탄 난로가 좋은 점이 월등히 많다. 그리고 그들은 전기초인종 대신 다시 줄 달린 종과 대문의 노커를, 또 트랙터 대신 쟁기를 사용한다. 보온병은 결국 헝겊으로 둘러싸인 점토 항아리에 자리를 물려주고 말았다. 경찰은 제비뽑기로 10명의 죄수를 뽑고는 그해 자신의 임무를 완수한 것으로 여긴다. 어떤 미용실에는 이런 글귀가 적혀 있다. "어금니 뽑기, 사혈, 면도, 모두 해서 단돈 80센타보." 또 어떤 가족은 1년 동안 밭에서 일하는 시간이 사흘에 불과하다. 씨(각종 곡식과 야채) 뿌리는 데 하루, 밭가는 데 하루, 그리고 추수하는 데 하루, 이렇게 해서 모두 사흘이다.

독자여! 만약 배 타고 여기 올 생각이 있거든, 절대 왕복권은 끊지 마시라. 여기로 오는 배표만 있으면 될 터이니.

부에노스아이레스의 '바보'가 부르는
유일한 비가(悲歌)

석탄을 팔러 다니기도 하고, 나머지 시간에는 주로 집 근처 밭에서 감자를 캐는 사람이 어느 날 부엌에서 새로 산 저울을 발견한다면 놀라 자빠지고 말 것이다. 워낙 오랜 세월 동안 장사를 한 덕분에 그는 매주 감자와 석탄을 [전에 쓰던] 저울에 올려놓기만 해도 몇 킬로그램 정도 되는지 눈 감고도 알 수 있었다. 그러곤 곧바로 자루에 쑤셔넣고 팔러 나가곤 했는데, 그게 사라졌다니 얼마나 마음이 쓰라리겠는가. 이와 마찬가지로, 그리고 대략 그런 이유로, 네가 배은망덕하게도 나를 잊었다는 것을 알고 지금 나는 깊은 슬픔에 빠져 있다.

당신에게

우리는 강아지가 물 수 있는 높이에 정강이뼈를 달고 다닙니다. 따라서 사나운 강아지가 많은 곳에서는 받침대 위로 걸어 다니도록 하세요. 동상들도 이미 그런 사실을 잘 알고 있기 때문에 그 위로 올라가 있는 거니까요. 허세가 심한 정강이뼈들이 자기들을 보고 비겁하다고 비웃든지 말든지 간에 말입니다. 그리고 길을 걸어갈 때 껑충껑충 뛰어가면 강아지들의 눈에 잘 띄지 않습니다. 자세히 말하자면, 인도를 다닐 땐 한 발로, 그리고 찻길을 다닐 땐 다른 발로 걷는 거죠. 그러면 아이들이 놀이를 배울 때처럼 절룩거리듯이 걷게 됩니다. 좀 답답해 보이기는 해도 안전하면 그만이니까요.

모든 것에 이유가 있기 마련이듯이, 동상이 존재하는 것 또한 받침돌이 있기 때문입니다. 그래서 동상이 제자리에 가만히 서 있게 하려면 (흉측스러운 모습의 애국지사나 영웅들이 아니라) 주변에 나무들만 몇 그루 있어도 충분했던 거죠. 그렇다고 동상들이 나무들을 상대로 연설을 하기 위해 거기 서 있는 건 아닙니다. 그랬다가는 나무들이 당장 시들어 죽고 말 테니까요. 동상들은 연설이 끝날 때까지 그냥 그 자리에서 가만히 있을 뿐입니다. 동상들은 장관들을 기다리고 있습니다. 이들도 언젠가는 동상이 되기를 간절히 바라고 있을 테니까 말입니다. 따라서 어떤 장관이 동상을 보면서 이야기를 건넨다면, 그건 미래의 거울에 비친 자신의 모습을 보고 이야기하는 것이나 마찬가지인 셈이죠. 이는 쓸모없고 헛된 것의 대표적인 사례입니다. 단지 "올바르지 못하게 사용된 것"이 아니라. 텅 빈 것 속에 알맹이가 없는, 공허한 것을 집어넣은 격이니까요.

그럼 다음에 또 놀랄 만한 발견을 해서 재채기를 할 때까지 안녕히 계시기를.

오늘은 무엇 때문에 몸이 으슬으슬 추운 걸까?

(가 서명함)

'바보'의 메모장에서 옮겨 적은 글

— 죽음이 언제나 오늘처럼 가장 최근의 사건이었던 것은 아니다. 과거 시대에는 부활이 이용되기도 했다.

— 일요일인데 화요일 날에 왔어야 할 비가 내렸다. (이틀 이상, 심지어는 7일 정도의 착오가 일어날 때가 가끔 있다. 그런데 그 당시에는 그것이 실수라는 것을 알아차리기가 어렵다. 비가 착각을 일으켜서 똑같은 다른 날, 즉 다른 요일에 내리는 것이니 말이다. 따라서 우리는 이 비가 오늘-목요일에 내리는 비인지, 아니면 저번 주 목요일에 내렸어야 할 비가 착각하는 바람에 지금 내리는 건지 정확히 알 도리가 없다. 기상 현상에 따라 내리는 비는 7일 정도 착각하는 것이 가장 바람직해 보인다. 어쨌거나 괜히 비 때문에 큰 소동이 일어나지 않는 것이 가장 좋을 테니까 말이다.)

— 달베리 박사가 병으로 몸져누웠다. 그런데 그 병을 치료한 결과, 그는 더 이상 다리를 절지 않게 되었다. 그가 건강을 되찾고 법학 대학 학장직을 다시 맡으려고 하자, 학교 측은 이를 허용하지 않았다. 이제 그는 다리를 절지 않았기 때문이다. 한번 곰곰이 따져볼 문제다.

— 만약 공기가 연기라면
이 세상은 보이지 않을 테고, 또 얼마나 보기 싫을까.
하지만 공기는 공기인 고로,
세상이여, 그대를 이토록 아름답게 꾸몄나 보네.

— 한 소년이 이야기를 한다.
"수송아지 톤이 죽었어. 검은 수송아지도 죽었어. 거무스름한 수송아지도 죽었어."
"이봐! 이왕이면 즐거운 이야기 좀 할 수 없니?"
"알았어. 아주 좋은 이야기가 하나 있는데, 한번 들어봐. 거무스름한 수송아지가 다시 살아났어. 검은 수송아지도 살아났고, 이어서 수송아지 톤도 되살아났어."

— 나는 이 세상에 있는 모든 것을 보았다. 심지어는 지렁이 한 마리가 바닥에 떨어지는 것까지도.

— 예전에 어떤 사람이 있었는데, 어찌나 신망이 두텁던지 사람들은 그가 어떤 말을 해도 철석같이 믿었다. 가령 자고 있는지 물어봤는데, 그가 그렇다고 대답해도 사람들은 전혀 의심하지 않고 그대로 믿을 정도였다.

— 전에 지독히도 운이 없던 어떤 신사가 있었다. 어느 정도로 운이 없었는지 알고 싶다면 그가 어떤 일을 당했는지 한번 들어보시라. 그는 길을 가다가 희한한 색깔의

벌레에 발이 걸려 넘어지는 바람에 발목이 삐고 말았다.

> — 늘 바보짓만 하고
> 살 수는 없는 법.
> 제아무리 똑똑하고 명석하다 해도
> 여러 작가들의 글을 인용할 줄 알아야 한다.

　— 아, 루이스 파스투시. 그는 언제나 바보짓을 해서 친구들을 즐겁게 해주던 착한 녀석이었다. 녀석에게는 대모였던 비센타 아주머니가 그 누구보다 소중한 존재였다. 그 정도로 둘은 서로를 진정으로 아끼고 사랑하는 사이였다. 녀석은 비센타 아주머니가 행복해하는 모습만 볼 수 있다면 더 이상 바랄 것이 없다고 입버릇처럼 말하곤 했으니까. 그러던 어느 날 비센타 아주머니가 돌아가시자, 아, 루이시토,* 녀석은 그 충격을 이기지 못하고 결국 총을 자기 머리에 대고 방아쇠를 당기고 말았다.

　반면, 에르네스토 포케스라는 사람은 세 번째 권총 자살 시도에서 기적적으로 목숨을 건졌다. 물론 세 번에 걸친 총상으로 인해 관자놀이가 너덜너덜해지긴 했지만 말이다. 거의 다 나았을 무렵, 병상에서 일어나던 그는 마음속으로 굳게 다짐했다. '이제 더 이상 자살을 하지는 않을 거야.' 또다시 자살을 시도하는 것은 생명을 지나치게

---

* Luisito. 루이스의 애칭으로, 친구나 가족들 사이에서 흔히 그렇게 부른다.

중시하도록 만들 뿐이니까.

— 모든 것이 말한 대로 이루어진 경우.

1) 파티가 열리던 어떤 집의 문 앞에서, 세바스티안이 프란시스코에게 말한다.

"아이쿠, 이걸 어쩌지! 여자들과 춤을 추려면 깨끗하게 면도를 하고 왔어야 하는데, 너무 서두르는 바람에 깜박 잊었지 뭔가. 이 날이 오기만을 얼마나 기다렸는데."

"이 사람아, 너무 괴로워하지 말게! 사실 난 별로 내키지 않았지만 초대를 받아서 어쩔 수 없이 왔다네. 그래서 면도만 하고 왔지. 자네가 정히 원한다면 '방금 면도한' 내 얼굴을 빌려주겠네. 그럼 난 집에 가서 잘 수 있을 테니까 말일세. 누이 좋고 매부 좋다는 것이 바로 이런 경우를 두고 하는 말이 아니겠나." 정말이지 모두 그가 말한 대로 이루어졌다.

2) 자기가 원하는 건 모두 이루어질 수 있고, 또 그래야 된다고 믿는 여자가 있었다.

"그런데 파코. 당신 꼴이 그게 뭐예요. 어쩌자고 머리를 그렇게 짧게 잘랐죠? 너무 촌스럽다고요. 지금 당장 이발소에 가서 좀 더 길게 잘라달라고 하세요." 이번에도 그녀가 말한 대로 이루어졌다.

— 친구들의 모임에서: 다음은 어린이들을 위한 동화입니다. 신사 숙녀 여러분, 이 자리를 빌려 그 이야기를

171

들려드릴까 합니다.

　"이봐! 아무래도 호랑이 아저씨가 죽은 것 같은데!" 누군가 여우에게 나직한 목소리로 입을 모아 말했어요. 그럼 우리랑 함께 보러 가자. 미리 호랑이로부터 부탁을 받은 재규어들이 말했어요. 그런데 호랑이는 정말로 죽은 게 아니었어요. 죽은 척하고 있다가, 여우가 다가오면 덥석 잡아먹으려고 했던 거죠.

　뭔가 수상쩍은 낌새를 느낀 여우는 조심스럽게 다가갔습니다. 그런데 어리석은 호랑이는 여우가 다가오는 모습을 보자마자 귀신에 홀리기라도 한 듯, 고통스럽게 울부짖기 시작했어요. 왜냐고요? 그렇게 하는 것이 죽은 자의 고통을 가장 잘 나타낸다고 생각했기 때문이에요."

　— 난 당신이 하는 말이 역사적으로 중요한 말이 될지 어떨지 잘 모른다. 그건 그렇고 내가 알고 지내던 삼촌의 조카가 있었다. 그런데 그 삼촌이 평소에 어찌나 불평불만이 많던지, 돌아가신 다음에 어린 조카를 데리고 갔는데, 삼촌이 돌아가셨다고 몇 번이나 말을 해줘도 이 녀석은 도통 믿지를 않았다. 삼촌이 평소처럼 투덜거리지 않는다는 사실을 녀석은 도무지 받아들일 수가 없었기 때문이다.

　— 평일은 6가지 핑계로 일요일이 될 수 없다. 그 핑계는 바로 월요일, 화요일, 수요일, 목요일, 금요일, 그리고

토요일이다.

— 사람들은 광기의 증가량에 대해서 지나치게 과장하는 경향이 있다. 가령 방 안에 두 사람이 있다면, 정신 나간 이는 단 두 명뿐이다.

— '행복'과 '고독'이 눈에 보이지 않는다면, 우리 마음속에 그 두 가지가 없는 것이다.

— 한 마디도 하지 못하고 세상을 떠날 수도 있다는 두려움이 밀려오기 시작한다. 그래서 다음 글을 발표해주기를 간절히 바라는 바이다.
　나는 세상이 둥글게 보이지 않는다는 사실을 깨달은 사람은 아니다. 다만 "굵은 수염을 남기는 면도법"*을 발명했다는 사실만큼은 분명하다. 전에 면도를 하다가 급한 일이 생겨서 그 상태로 내버려둔 적이 있는데, 바로 그때 이 발명이 이루어진 것이다. 좀 더 자세히 설명하자면, 내가 발명한 것은 면도를 하다 일단 중단한 다음, 계속하지 않고 그 상태로 내버려두는 것이다. 아마 조금 있으면 이런 스타일이 유행할지도 모른다. 그렇게 된다면 다른 사람들이 [우리를 보고] 놀라서 가슴을 쓸어내릴 일도 없을 것이다. 나에게 장점이 하나 있다면, 남들이 전혀 신경

* el "afeitado hirsuto". 풀어서 설명하자면 '면도는 했지만 굵은 수염이 거의 그대로 남은'이라는 뜻이 된다.

173

쓰지 않는 것만 골라서 연구한다는 것이다. 그중에서 가장 대표적인 예를 꼽자면, 면도를 하다가도 이런저런 일로 인해 자주 방해를 받는다는 사실이다. 이를 좀 더 그럴싸하게 말하자면, "면도를 할 때 빈번히 중단이 발생한다"는 사실이다. 그래서 나는 우리를 영원히 '귀찮게 하는 것' 중에서 내가 가장 좋아하는 '중단(Interrupción)'*으로부터 모든 자만심을 없애고자 한다. 그렇게 함으로써 그것[중단]이 미치는 영향을 '끝맺음'의 영향으로 변화시키고, 또한 '중단된 면도'의 등가형태 — 그것이 수학적인 등가인지 사회학적인 등가인지는 모르겠다 — 인 '끝마친 면도'를 만들어내고자 한다. 이야말로 '귀찮음과 불편함'에 대한 평화적인 승리가 아니고 무엇이겠는가. 그리고 '계속되지 않는 세계(Mundo Inseguido)'에서의 일대 사건이 아니고 무엇이겠는가.

* '중단' 외에 '방해', '끊김'이라는 뜻도 된다.

IV. 작별을 고하는 책의 테마

남의 간섭을 안 받고 사는 방법

"신사 여러분." 잘 모르는 이가 갑자기 끼어들었다. "나 또한 여기에 존재하고 있습니다. 이렇게 불쑥 끼어든 점에 대해 깊이 사과드리는 바이지만, 아무쪼록 여러분들의 눈에 제가 터무니없고, 무분별한 인간으로 비쳐지지 않기를 바랍니다."

"물론 그 점에 대해선 우리도 인정합니다." 무분별하게 자신의 존재를 알리려 하던 사람에게 누군가 대답했다. "그런데 당신이 존재한다는 사실을 굳이 알리고 싶다니까, 당신을 여기 계신 모든 분들 한 명 한 명에게 소개해 드리도록 하겠습니다."

"좋습니다. 그럼 이왕이면 이분들의 이름이 아니라, 나이만 알려주시기 바랍니다."

"참 까다로운 분이군요."

그러자 다른 이가 말했다.

"저토록 간절히 원하는데, 요구하는 대로 해줍시다."

"내가 먼저 나이를 밝히겠소. 나는 77세요."

"난 58세고 이분은 49세, 그리고 또 저분은 31세……."

자신의 존재를 격렬하게 주장하던 이는 자기를 소개하는 사람들을 한 명씩 주의 깊게 관찰했다. 거기 모여 있던 이들이 모두 소개를 마치자, 그는 한동안 무언가를 골똘히 생각하기 시작했다. 그사이 주변의 모든 시선이 그에게 집중되고 있었다.

"자," 자신의 존재를 주장하던 이가 결론지었다. "여기 계신 분이 모두 다섯인데, 두 분에게만 사과하면 되겠군요."

"대체 그게 뭔 소리요?" 사람들이 소리쳤다.

"나는 세상에서 가장 엄밀한 사교적 기술의 포로가 된 사람입니다. 숙녀들의 경우, 가장 세련된 사교 관계는 자신의 아름다움이 돋보이게끔 치장을 한다거나 우아한 사교적 "매너"를 갖출 때 이루어질 수 있습니다. 반면 신사들의 경우에는 남성으로서 인식해야 하는 두 가지 덕목, 즉 진심에서 우러나온 정중한 언행과 기품을 갖춘 겸손함에 대한 자성(自省), 그리고 어떤 일에도 흔들리지 않을 정도로 확고한 자존심을 갖출 때 가장 세련된 사교 관계가 이루어지는 거죠. 이 두 가지 조건을 갖추어야만 남자들은 동물의 상태에서 벗어날 수 있습니다. 사실 나는 '예술'과 '형이상학'보다 이 두 가지 사교적 규약(정중한 언행, 그리고 여성의 치장 및 예절)을 통해 스스로 동물이 아님을 완전하게 깨닫게 되고, 그에 따라 동물적이지 않은, 다시 말해서 인간으로서의 삶을 시작할 수 있게 된다고 믿습니다. 그리고 이것이야말로 아담과 이브처럼 시시한 창조가 아니라, 그보다 훨씬 더 큰 의미를 지닌 '인간(Hombre)'의 창조라고 할 수 있겠죠. 하여간 평소 나의 신조에 따라 이제부터 여러분들을 상대로 엄격하기 이를 데 없는 사교 의식(儀式)을 치러야 합니다. 여기서 가

178

장 눈에 띄는 것 — 특히 사교적인 측면에서 — 은 간단한 자기소개만으로도 그 즉시 우정을 맺게 된다는 점입니다. 가령 어떤 이가 자신을 소개하려는데 내가 동의한다면, 그에게 손을 내미는 순간 나는 영원히 그의 친구가 되는 거죠. 고로 나는 그런 친구들을 이 중 두 분의 손에 맡기고자 합니다. 그분들*에 대해 말하자면, 그분들의 나이와 내 나이를 따져봤을 때, 내가 불가피하게 그분들의 장례식에 참석하지도, 조전(弔電)을 보내지도 못할 것이 분명하기 때문입니다. 여러분도 다 아시다시피, 우린 언젠가 모두 죽을 운명입니다. 하지만 여기 계신 분들이 언제 죽을지는 오직 저만이 알고 있습니다. 발전된 과학 지식의 덕분이죠. 그러니 여기 계신 이분과 저분, 그리고 저기 계신 분, 이 세 분의 장례식에 내가 불참할 위험은 전혀 없습니다. 하지만 이분과 저분에 대해서는 내가 조전을 보내도록 하겠습니다. 그러나 그 외에는 예를 따르지 않겠습니다. 여러분들의 시신을 땅에 묻을 때, 나는 거기에 참석하지 않을 겁니다. 왜냐하면 여러분들은 그 전에 이미 내 장례식에 참석했을 테니까요."

말을 마친 그는 재빨리 인사를 한 뒤, 사라졌다.

지금쯤 독자 여러분은 어리둥절해 있을 게 분명하다. 그럼 여러분의 궁금증이 속 시원하게 풀리도록 설명을 드려야 할 것 같다. 그가 그런 엉뚱한 행동을 한 이유

---

* 그 두 명을 가리킨다.

는 다른 이들을 불쾌하게 만드는 것만이 주변 사람들의 참견이나 간섭을 덜 받고 살 수 있는 유일한 방법이라는 그의 좌우명 때문이었다.

　　방향키가 부서지는 바람에 지그재그로 헤매면서 맞은편의 길을 찾아다니는 산문. 이 글에는 그 특정한 길을 찾는 이야기와 요구하고 명령할 줄 아는 것, 그리고 제대로 행동으로 옮길 줄 아는 것에 대한 교훈이 함축되어 있다.

새로 온 하인에게

"자네 이름이 에스테반이면, 이 동전을 가져가게. 그리고 성냥을 파는 치과 의사가 문 앞으로 지나가면, 그에게서 20센타보로 (동전의 앞면을 가리킨다) 성냥을 사고, 또 20센타보로 왼발에 신을 양말을 사도록 해. 그러고 나서 카빌도* 바로 앞에 있는 카사 데 무시카**까지 걸어가서 그곳 주인에게 동전의 앞면과 옆면이 보이게 건네주게나. 그러면 그는 자네가 동전의 앞뒤 면으로 20센타보씩 썼다는 것을 알게 될 걸세. 그리고 나머지 70센타보를 그에게 내고 피아노를 사도록 해. 그런데 피아노가 내 방에 들어갈 수 있을지 제대로 확인하고 사야 하네. 피아노를 반품하는 게 얼마나 큰 일인지 자네는 모를 거야. 나도 내 친구가 그와 비슷한 경험을 하는 바람에 알게 됐으니까. 물론 그 친구는 피아노가 아니라, 플루트를 샀다가 반품해야 했으니 경우가 좀 다르긴 하지만 말이야."

"피아노가 확실하게 들어가는지 알려면 먼저 플루트부터 사는 게 어떨까요?"

"피아노 얘기는 꺼내지도 말게. 피아노를 샀다가 도로 돌려준 친구도 있었으니까. 그 친구 이야기를 듣고 나

---

* Cabildo. 식민지 시대의 부왕청 건물로, 현재는 박물관으로 이용되고 있다. 대통령 관저인 카사 로사다(Casa Rosada) 부근에 위치하고 있다.
** Casa de Música. 확인이 되지 않지만, 카빌도 부근의 악기 상점인 듯하다.

면 매주 피아노를 돌려주는 것이 결코 즐거운 일이 아니라는 점을 자네도 분명하게 알게 될 테니까 말이야."

하인은 집을 나서자마자 부탁받지도 않은 스푼을 산다음, 카빌도 거리에 도착했다. 타고난 눈썰미 덕분에 그는 정면에 난 거리를 곧바로 찾을 수 있었다. 그는 벌처럼 날아가듯이 악기 상점 안으로 들어갔다. 피아노를 만져보던 그가 가게 주인에게 불쑥 말했다.

"이 피아노가 우리 주인님의 방에 들어갈 수 있을지 잘 봐주세요. 만약 안 들어가면 곧장 '피아노 반품'이 이루어질 테니까요." 하인이 창백한 얼굴로 주인에게 말했다. 그런데 그의 낯빛은 원래 핏기가 없어 창백했다.

"이거요? 안 됩니다! 절대로 안 들어가요!" 사태를 짐작하고 이미 자포자기 상태에 빠진 주인이 괴로운 표정을 지으며 말했다.

"그런데 용감한 그 사람은 지금 어디 있죠?" 하인은 확신에 찬 눈빛으로 그를 바라보며 말했다. "제가 알기로는, 피아노를 반품하는 데 있어서 그를 따라갈 자가 없다고 하던데."

그때부터 넌지시 '피아노 반품'이라는 말만 꺼내도 돈 받으러 집에 찾아온 수금원들은 금세 꼬리를 감추었다고 한다. 하인은 [장사나 수금원들이] 끔찍이도 싫어하는 일이 바로 '피아노 반품'이라는 사실을 눈치로 알아차린 셈이다. 결국 마법의 공식과도 같은 하인의 말 한 마디 덕분에 궁지에 몰린 집주인이라도 두 다리 쭉 뻗고 살 수 있게 되었다.

이 이야기는 앞으로 계속 이어질 것이다. 그러나 첫날이 끝날 무렵 주인이 하인을 불러 이렇게 말한 것 외에는 전혀 알 길이 없다.

"에스테반. 오늘 자네의 이름을 부르기만 하면 자네는 곧장 달려왔네. 그러니 앞으로 사전 예고도 없이 이름을 함부로 바꾸지는 말게나. 왜냐하면 말이지, 전에도 하인이 많았는데, 우리 집에 들어온 지 이삼 주만 지나면 죄다 이름을 바꿔버리지 뭔가? 그러니 내가 아무리 불러도 와야 말이지. 부탁하네만, 앞으로도 계속 에스테반이라고 부를 수 있도록 제발 이름을 바꾸지 말게나."

새로운 규범
―"계속되지 않는" 문학이 계속 이어짐을 보여주는 견본

내가 선생께 한 통의 편지도 남기지 않았다고요? 지금까지 늘 편지를 쓰면서 살았는데 설마 그럴 리가 있겠습니까. 물론 다른 일로 이리저리 오가다가, 가끔 편지를 빼먹는 일도 있지만, 누군가에게 편지를 남기기도 하고, 또 편지를 찾으러 가기도 합니다. 따라서 내 편지가 도착한 집이나 가게에 [나의] 부재가 있을 리 없습니다. 더군다나 나는 몇 년 전부터 '순환(Cíclica)'(인체생리학)*을 '[내가-]유발하는-상황(Circunstancio)'(생리학)**으로 완전히 바꾸는 데 전념해 왔습니다. 다시 말해서, 나는 우리의 생리학적 만족이나 불쾌함으로부터 파생되고 변형된 상태를 빈번히 순환적인 것으로 ― 별다른 고민 없이 ― 분류하는 방식을 전혀 받아들일 수 없었습니다. 사실 순환에 의해 결정되는 경우는 매우 드물거든요. 대다수의 인체생리학적

---

* fisiología. 인체생리학은 건강한 상태의 사람, 혹은 그러한 사람을 구성하는 기관이나 세포의 기계적, 생리적, 생화학적 기능에 대해 연구하는 과학의 한 분야이다. 생리학에서는 주로 생물을 기관과 기관계 수준에서 접근하는 것이 일반적이다. 특히 순환 생리학(fisiología cíclica)은 생물체 곳곳으로 영양분과 호흡 과정의 가스, 각종 대사산물이 이동하는 과정을 연구한다.

** "Circunstancio"는 'circunstanciar' 즉 '상황을 결정하다'라는 동사의 1인칭 단수 형태이다. 작가가 이런 신조어를 만든 이유는, 인간의 생리학적 상태가 인체의 메커니즘에 의해 '자연 발생적'으로 일어나기 보다는, 오히려 사물이나 사건에 의한 자극에 의해 '의도적'으로 발생한다고 인식하기 때문인 듯하다. 따라서 여기서는 그런 의미를 살려 "[내가-]유발하는-상황"이라고 옮겼다.

상태 — 즉, 행복하거나 우울한 상태 — 를 자세히 살펴보면, 언제든지 [그런 상태를] 유발하는 실제적인 상황 요인들이 있음을 발견할 수 있습니다. 순환적인 것과 상황적인 것의 비율은 여러 관념들의 자연 발생적인 재출현과 [자극에 의해] 일어나는 재출현의 비율과 같습니다. 가령 기억 작용의 90퍼센트는 실제적인 상황에 의해 유발되는 셈이죠. 그래서 우리가 조금 전에 하려고 했던 일상의 소소한 일들도 우리를 둘러싼 모든 것에 기억해야 하는 사물이나 사건들이 깃들어 있지 않으면 금세 잊어먹기 마련입니다. 내가 '[내가-]유발하는-상황' 혹은 '[내가-]유발할-상황'*이라고 한 것은 바로 이를 두고 한 말이에요. 사실 이 말은 술 솔라르**의 탁월한 강의에서 들은 내용을 바탕으로 내가 새로 만든 것입니다. 그는 어떤 경우에도 언어가 흉한 말을 하도록 내버려두지 않는 사람이라서, [그의] 언어는 "항상 말하는 것" 외에 그 어떤 결점도 없는 편이죠. (술 솔라르는 결코 죽지 않는 인간입니다. 그는 이 세상 누구와도 바꿀 수 없는 소중한 존재일 뿐만 아니라, 그와 같은 사람이 또다시 나타날 리는 없을 겁니다. 그는 "안녕하세요!"라는 가녀린 목소리와 함께 사뿐히 이 땅에 내려와서, 간 뒤에도 우리의 뇌리에 영원히 남아 있을 존

* Circunstancie. 이는 동사 'circunstanciar'의 접속법 1인칭 단수 형태로, 사건이나 행동이 현실화되지 않고 잠재적인 상태에 있음을 의미한다. 따라서 "[내가-]유발할-상황"이라고 옮겼다.
** 이 책 103쪽 각주 참조.

재니까요. 그는 우리가 절실하게 필요치 않겠지만, 우리들로서는 하루에 수도 없이 찾게 되는 그런 사람-인물입니다. 그가 짧은 시간 동안이나마 가끔 — 그리고 절대로 까다롭게 굴지도 않고 — 우리를 방문할 때면, 계속 물을 채워야 할 정도로 자그마한 물뿌리개를 들고 우물에서 정원으로 걸어가면서 우리에게 물을 살짝 튀기는 그런 사람이 연상됩니다.

그런데 우리가 불붙기를 두려워하는 파이프 담배처럼 소심한 성격을 가지고 있다고 하지만, 그도 [우리와] 크게 다를 바가 없습니다. 사려 깊은 그의 영혼은 언제나 우리의 존재를 살며시 들여다봅니다. 그러곤 우리에게 이렇게 속삭이죠. "거기에 있었군요. 여전히 괴로워하면서 말이에요. 그나마 다행이네요." 그는 박수를 치며 자리를 떠납니다. 우리가 여전히 결점을 고치지 못한 것에 대해 아주 흡족해하면서 말이에요. 이것이야말로 그가 진정으로 원하던 바니까요.)

어떤 것의 의미를 제대로 파악하려면 이해하지 못하는 것만으로는 충분치 않습니다. 가장 분명한 것이 오히려 가장 의심스러운 법이니까요. 그가 전혀 언급하지 않은 것이 가장 완벽한 글이 된 경우가 대부분입니다. 그러니까 흥미로우면서도 깊이 있게 생각하고 쓰려면 가급적 설명을 피하도록 하세요. 그런 면에서 술 솔라르는 언제 봐도 재능이 넘치고 매력적인 사람입니다. 내가 한 것처럼 "술 솔라르의 사설(辭說)"*이나 "순환-[내가-]유발할-상황의 사설"을 이용하면 (비록 그것이 사설이라는 단점은 있지만) 당신도 커다란 득을 보게 될 것입니다. 만약 내가 당신의 독서를 방해하고 있다면, 그건 전적으로 내가 발견한 것 중 최고의 방법으로 당신에게 이야기하고 있거나, 이야기하려고 할 때입니다.

　　내게는 많은 일을 해결할 수 있는 방법이 있습니다. 심지어는 불을 붙인 채 그냥 놓아둔 담배나 내 우산을 차례대로 잊어버리는 방법도 알고 있으니까요. 나는 정해진 위치에 있는 것만 아니면 가급적 잊지 않으려고 합니다. 하지만 설명을 요하는 문제가 생각대로 풀리지 않는 경우, 그리고 그것을 내 것으로 삼고, 또 상세히 밝히고 싶을 경우에는 일관된 태도를 유지하기가 결코 쉽지 않습니다. 왜냐하면 나중에 더 자세하게 검토하더라도, 우선 명확한 판단을 내리고 싶어 조바심이 나기 때문이에요. 그대신 주제가 다소 무질서하고 혼란스럽더라도 큰 지장이 없다면, 우선 복잡하게 읽을 만한 주제를 고르는 데 노력을 집중할 것입니다.

　　간단히 말해, 지금까지 말한 것과 오늘 더 이상 언급

---

* 사설(digresión)은 마세도니오 페르난데스의 소설 미학에서 중요한 위치를 차지하고 있는 개념으로, 여담이나 한담, 혹은 잡설(雜說)로도 번역될 수 있다. 이는 진지한 어투보다는 이와 같은 사설 조의 이야기가 독자들의 기억 속에 더 잘 각인될 수 있다는 인식에서 비롯된 것으로, '이야기'는 곧 '믿게 하는 것(hacer creer)'이라는 그의 미학을 잘 드러내준다. 사설에 대해서는 그의 단편 「의식 절제 수술」(1941)에 상세하게 설명되어 있다(이 책 223~225쪽 참조).

하지 않을 말은 '계속되지 않는 친(親)-문학(pro-literatura inseguida)'의 표본이자 주장인 셈입니다. 그것은 중요한 주제, 게으른 글쓰기, 그리고 열의가 없는 독자, 이 세 가지 특성을 모아놓은 문학이에요. 한 가지만 더 말씀드리죠. 지금까지 지켜본 바에 따르면, 거기에는 일종의 심리적 법칙이 있는 것으로 보입니다. 즉, 대화를 하거나 밥을 먹을 때 귀를 살짝 스치고 지나가는 멜로디, 그리고 작가가 소설 속 여기저기에 드문드문 등장시키는 인물들이 가장 마음에 들 뿐만 아니라, 기억에도 가장 오래 남는다는 법칙 말입니다. 따라서 당신이 술 솔라르와 '순환-[내가-]유발할-상황[의 사설]'을 벌써 잊었으리라고는 생각지 않습니다. 오히려 오랫동안 기억할 겁니다. 장담하건대, 생기가 넘치고 유쾌하기 그지없는 술 솔라르의 주제는 충분히 기억해둘 만한 가치가 있을 거예요.

내가 문학인으로 살아오면서 가장 빛을 발한 때는 바로 작년이었습니다. 나로서는 크나큰 즐거움이자, 이와 동시에 나의 예술적 발전에 분명 해를 끼친 사람을 만났기 때문이죠. 그는 부에노스아이레스 라디오방송국에서 가장 매력적이면서, 또한 듣는 이의 마음을 가장 편안하게 해주는 재주를 가진 헤수스 메모리아*입니다. 그는 가장 차분하면서도 아주 독특한 어조(語調)와 말투로 자

---

* Jesús Memoria. 가공의 인물로, 이름을 풀면 '예수 기억'이 된다. 마세도니오 페르난데스 문학의 초점인 이야기 방법과 기억의 문제를 다시 암시하기 위해 만들어낸 인물인 것으로 보인다.

기가 말하려던 것을 잊어버리는 방법을 터득한 사람이죠. 일단 망각의 "상태"가 일어나더라도 그는 전혀 흔들리지 않고 말하던 주제를 다시 계속합니다. 하지만 [이전에 말하던 것과는] 전혀 다른 주제를 꺼낸다는 게 문제죠. 전혀 이어지지도 않는 말을 계속하는데, 말투가 한 치도 다르지 않아요. 계속 듣고 있다 보면, 그가 마치 불연속을 주제로 삼고 있는 듯한 생각마저 드니까요. 그는 훌륭하고 완벽한 어조와 억양만 갖추면 [우리가] 받아들이는 주제 ― 사실 이는 언어예술만이 지닌 독특한 본질이기도 하죠 ― 조차 전혀 무의미한 것이 될 수 있다는 점을 거의 ― 완벽하게는 아니라 할지라도 ― 증명한 셈입니다. 증거를 들어볼까요? 라디오를 통해 청중들이 박장대소하는 소리를 들으면, 배우가 무슨 말을 했고, 또 무슨 행동을 했는지 전혀 몰라도 우리는 그들을 따라서 배꼽을 쥐고 웃게 되죠. 이 정도면 충분한 증거가 되지 않을까요?

이렇게 여담*을 늘어놓다 보면 글의 논리가 이리저리 흩어지다, 결국엔 엉망이 되고 맙니다.

---

* 앞서 등장한 '사설'과 같은 단어인데, 여기서는 '여담'으로 옮긴다.

여기가 "완전히 부서진 것"을 고치는 곳이다

우아하면서도 소박한 그 사무실은 '부서진 것의 세계'가 차지하고 있었다. '다시 만들기(Rehacer)'* 예술가가 점심을 먹으러 왔다. 아침에 모은 망가진 물건들, 하지만 다시 원래의 상태로 돌아가기를 간절히 바라는 물건들을 손과 주머니에 가득 채우고 온 터라 잔뜩 기대에 부푼 표정이었다. 하지만 그가 가져온 물건은 모두 너무 심하게 파손되고 망가진 상태라서, 처음 만들 때 들어갔던 것보다 더 적은 비용과 노고를 들여 새것으로 다시 만들려면 상당한 '인내심'이 필요할 듯했다. [처음 만들 때의] '비용을 초과하는 것'. 이는 '현실성'이라는 엄청난 괴물이다.

　　점심을 먹었으니 '복구'의 순교자가 잠깐이나마 눈을 붙이도록 해주자. 그리고 인내심에 눈이 멀어, 불행하게도 이 '세계'에 같은 가치를 지니지 않은 상황이 있다는 사실을, 또한 더 빈번했지만, 그 밖의 다른 상황, 즉 '고치기(Remendar)'와 '새로 만들기(Hacer Nuevo)'는 절대로 같지 않다는 사실 — 가령 무너진 건물과 충치가 생긴 시계를 고치는 것은 시계나 건물을 새로 만드는 것보다 훨씬 더 많은 노력과 비용이 들어가기 마련이니까 말이다 — 을 결코 '이해'할 수 없던 그 사람의 엄청난 '인내

---

* 본래 '부서진 것이나 망가진 것을 수리하다'라는 뜻이다.

심'도 잠깐 눈을 붙일 수 있도록 해주자.

이처럼 이해력이 둔한 순교자 '예술가'는 순간 번 뜩이는 예지(叡智)의 도움으로 예상치 못한 결론에 도달했다. 그가 도달한 결론은 바로 '자살'*이었다. 하늘에서 번개가 번쩍이는 바로 그 순간, 그는 깨달았다. 자신의 '정신'이 그동안 고쳤던 그 어떤 물건보다 더 철저한 '분해 상태'에 있다는 사실을 말이다. 그리고 이처럼 그가 타고난 의식의 '분해 상태'는 사물이 지닌 타당한 '가능성'—즉 '사물들'은 사물 자체보다 더 규모가 큰 '분해 상태', 다시 말해 변화의 완성 상태에 도달할 수 있는데, [그럴 경우] 그 존재는 무(無)-존재보다 더 가치가 없을 뿐만 아니라, 그것을 고치는 것은 새로 만드는 것보다 더 많은 '노동'을 흡수하고, 그리고 더 많은 재료를 소비하기 때문에 해로운 유혹이 될 수도 있다는 '가능성'—을 맹목적으로 인식한 데서 비롯된 것이다.

잠시 '고치기의 환각'에서 벗어난 그는 태어날 때부

---

* 마세도니오 페르난데스에게 있어서 '자살'은 특별한 의미를 지니고 있다. 인간이 오래 살고자 하는 욕망을 그는 '무의식적 장수 욕망(Automatismo del Longevismo)'이라고 부른다. 그는 이를 극복하기 위한 방법으로 '쾌락주의(Hedonismo)'적 행동을 제시한다. 즉, 참을 수 없는 고통이 일어나면 스스로 삶을 버리는 것이 더 바람직하다는 논리다. 왜냐하면—마세도니오에 따르면—"삶은 좋을 것도, 나쁠 것도 없다. 죽음 또한 삶보다 더 좋지도, 나쁘지도 않다. 따라서 삶을 버린다고 해서 커다란 상실로 이어지는 것은 아니"기 때문이다. 한편, 출판을 꺼려했던 작가로 유명한 그의 작품에서 '자살'은 독특한 문학적 의미를 지니고 있기도 하다. 우선 그에게 있어 '자살'은 작품 출판을 피하는 하나의 방식일 뿐 아니라, 평범한 작가를 유명하게 만드는 수단이기도 하다. 따라서 '진정한 자살(Suicidio Verdadero)'은 작품을 출판하고 실패하는 것을 의미한다. 리카르도 피글리아 편집, 「마세도니오 페르난데스 소설 사전」, 95~96쪽.

터 이미 '분해'되어버린 자신의 '정신'만큼은 '영원히 죽지 않으리라는 것'을, 그리고 다음번에, 아니면 언젠가 죽고 난 다음 새롭게 생겨나리라는 사실을 우아하고, 그리고 자비롭게 깨달았다. 따라서 자살-이전의 상태야말로 가장 그에게 좋은 순간이었다. 희생된* 그의 손에서 사물들이 원래의 모습으로 되살아났고, 또 그럴수록 더 분해되어가던 그의 '정신'은 하나의 '사물' 속에 들어 있던 '최대의 분해 내용물', 즉 그의 영혼이었다. 적어도 그의 영혼은 모든 점에서 '고치는 것(Refacción)'에 대한 절실한 욕망이었다. 자살할 때, 그의 '명석한 정신'은 너무도 온전한 상태여서, 갑작스럽게 그를 사로잡은 깨달음에 크게 기뻐하면서 죽었다. 그가 마지막으로 얻은 깨달음은 다음과 같다. 어떤 폭력이나 고통이 없는 자연사는 '살아 있는 육체의 생들(생명)'이 행하는 일종의 물러섬[은둔]이다. 왜냐하면 '살아 있는 육체'는 망가진 곳을 고치는 데 들어가는 비용이 새롭게 만드는 비용을 이미 훨씬 초과한 터라, 이젠 "고치기"보다는 차라리 "1944년 신형 모델"로 바꾸는 편이 더 낫기 때문이다.

---

* martirizada. 원래는 '순교당한'이라는 뜻이다.

든든한 마음을 갖기 위한 소설

일요일의 비가 내리고 있었다. 그런데 그날은 화요일, 그것도 비가 올 리 없는 건조한 주의 화요일이었기 때문에, 전적인 착오로 내린 비였다. 그럼에도 불구하고 아무 일도 일어나지 않았다. 사건들의 동맹 파업 지시가 제대로 이행된 셈이다.

이처럼 어수선하고 혼란스러운 사태를 수습하려고 하기는커녕, 나는 앉아 있던 의자를 뒤로 확 밀쳤다. 회사 내 서열 2위의 관료주의적인 상관이 고압적인 태도로 의자를 밀치는 소리가 사무실 안에 퍼지자, 하품을 하던 20명의 직원들이 화들짝 놀랐다. 나는 모자로부터 옷걸이를 빼낸 다음, 모자의 소매 속으로 양팔을 집어넣었다. 그리고 연감(年鑑)의 태엽을 감고는 시계에서 하루치 달력을 찢어냈다. 냉장고에 석탄을 던져놓고, 난로 속에 얼음을 수북이 집어넣었다. 다가오는 추위를 이겨내기 위해서, 여태 보관해오던 온도계를 모두 꺼내 벽에 달린 온도계 주변에 걸어놓았다. 전차가 워낙 느리게 가고 있었기 때문에, 단숨에 인도로 뛰어내려 안락한 내 의자 속으로 편안하게 내려앉았다.

생각해야 할 것은 분명 많았지만, 세월은 그럭저럭 흘러갔다. 그런데도 건설 계획 중이라던 다리는 여전히 미궁에 빠져 있었다. (솔직히 말해 다리가 생길 거라는 사실을 아는 이조차 없었다.) 첫째, 그 다리가 생길 거라고 [사람들이] 미처 생각하기도 전에 공사가 앞당겨 시작된 것처럼 다리의 설계도가 공개되었다. 둘째, 다리가 어떤 모습인지, 이를 그림으로 그려 발표한 이도 있었다. 셋째, 다리를 지나가는 통행자의 사진이 나오고, 넷째로, 이제 막 첫 번째 구간의 공사가 시작되었다. 결론적으로 말하자면, [다리를] 강 건너로 이어야 하는 일만 빼면 그 다리는 이미 완공된 셈이다. 왜냐하면 이런저런 실수로 한쪽에서 시작된 다리가 [건너편이 아니라] 같은 쪽으로 이어지고 말았기 때문이다.

그런데, '장관'이 반쯤 감기에 걸린 상태에서 다리에 대해 — 사실 감기에 걸린 이가 장관인지, 아니면 다리인지, 나로서는 확신이 서지 않는다 — 신중한 연설을 퍼부었을 때, 대체 무슨 까닭으로 그는 그 다리가 '정부'에 대해 배은망덕한 짓을 저질렀다고 비난했던 걸까?

다리의 배은망덕함으로 인해 우리 인간이 그동안 얼마나 커다란 고통을 받았는지는 이미 잘 알려진 사실이다. 그런데 다리가 대체 어떤 점에서 배은망덕한 짓을 저질렀다는 것인가? 사실 강 건너편에서는 그런 일이 있는지조차 모른다. 다리가 건너편으로 이어지지도 않았는데, 그걸 어떻게 알겠는가. 가장 시급하면서도 어려운 문제는 [강물이] 다리 아래로 흘러가도록 강의 흐름을 바꾸는 것이었다. 그러나 우리와는 달리, 다리를 둘러싼 논란이 일어났을 때 아무런 노력도 하지 않은 강으로서는 그다지

고민스러울 것도 없었으리라.

『오리헤네스』,* 라 아바나, 1948년

---

* *Orígenes. Revista de Arte y Literatura*. 쿠바의 아바나에서 1944년 봄부터 1956년까지 간행된 문학예술 종합지로 쿠바뿐 아니라 라틴아메리카와 전 세계에서 주목을 받았다. 초기에는 당대의 대표적인 문인이던 알프레도 로사노(Alfredo Lozano), 마리아노 로드리게스(Mariano Rodríguez), 호세 레사마 리마(José Lezama Lima), 그리고 호세 로드리게스 페오(José Rodríguez Feo)가 편집을 맡았으나, 5호부터는 레사마 리마와 로드리게스 페오만 남았다.

후회스러운 말

그에게는 어느 정도의 이해력이 있었다. 적어도 나는 그렇게 믿고 있었기 때문에, 내 동생은 어머니와 아버지 쪽 모두가 아니라, 아버지 쪽 피만 물려받아서 키도 크고, 날씬할 뿐만 아니라, 옷도 잘 입고, 콧수염도 멋지게 길렀는데, 오후 무렵에 여기로 올 거라고 그에게 자세히 설명했던 것이다. 나는 그에게 이런 말을 여러 번에 걸쳐 분명하게 전했다. 그런데 내 의도와는 달리, 그는 내 말을 듣자 상당히 비꼬는 말투로 비아냥거리기 시작했다. 다행히 나는 즉시 그의 말을 막고 [내 동생에 관한] 좋지 못한 인상을 간신히 지울 수 있었다. 누구든 마음속에서 불쾌한 감정이 생기면 지극히 용렬(庸劣)한 사람으로 돌변하기 마련이다.* 형제 관계에 대한 생각을 약화시키는 어떤 말도 하지 말았어야 했다. 오히려 [형제 관계에 대한 생각만을] 그의 머릿속에 분명하게 각인시켜야 했는데, 그만 형제애 절반을 놓쳐버리고 말았다. "키도 크고, 날씬하고, 기타 등등한 내 동생이 올 거야." 그냥 이렇게 말하는 편이 훨씬 나을 뻔했는데.

* Algún disgusto deparan siempre los mejores perros. 그대로 옮기면, '불쾌한 감정이 일어나면 언제나 가장 훌륭한 개들을 데리고 오기 마련이다'라는 뜻이 된다.

인물에 대한 사진 같은 소개

우선 이름 없는 인물을 소개하고자 한다. '알파베티쿠스'*
는 가엾게도 온통 글자로만 이루어진 인물이다. 그의 눈
은 알파벳에서 되풀이되지 않는 'o'자 두 개로만 이루어
졌다. 코는 뒤집힌 '7'자 모양이고, 그의 몸은 — 숫자로
표현하자면 — 결국 두 개의 '1'자 모양이 되었다. 더군다
나 그의 삶에서 일어난 사건들은 모두 알파벳순으로 엮어
져 있다고 한다. 그러다 보니, 자기의 첫 번째 고양이에게
돌을 던진 뒤에 태어났다든지, 아니면 미혼이 되기도 전
에 이미 결혼을 두 번이나 했다든지 하는 식으로, 모든 게
완전히 뒤죽박죽이 되고 말았다.**

　　(그러나 이는 완벽할 정도로 논리적이다. 만일 내 생
각에 반대하는 사람이 있다면 알파벳 순서라는 것이 대
체 무엇으로[어떤 논리적 질서로] 이루어져 있는지 말해
주기 바란다. 그리고 — 다른 알파벳에서도 자주 나오겠지
만 — 단어 끝에 's'나 'z'의 뒤를 이어 't'가 오는 것이 논
리적으로 더 타당한 순서라고 하는데, 그 이유 또한 설명
해주기 바란다.)

* Alphabeticus. '알파벳'을 의미하는 라틴어로, 의인화된 인물이다.
** "태어나다(nacer)"는 'n' 항목에 속하는 사건이기 때문에, 'a' 항목인 "돌을
던지다(apedrear)"보다 뒤에 오게 된다. 마찬가지로 "미혼(soltero)"과 "두 번째
결혼(segunda nupcia)"은 같은 's' 항목에 속하지만, 알파벳 순서대로 하면 "두 번째
결혼"이 "미혼"보다 앞서게 된다.

그의 첫사랑은 거북할 정도로 현학적인 그의 태도 때문에 실패하고 말았다. 알파벳이라는 게 원래 그렇다 보니 달리 뾰족한 수가 있었겠는가?

그의 조상들은 원래 무한성의 한 조각, 그리고 카네이션의 꽃잎이거나, 거북이 꽃잎(이는 분명하게 밝혀진 사실이 아니다)이었다. 그는 닭장이 있는 건물 옥상에서 철저한 교육을 받았다. 그런데 닭들이 낳는 계란이 보도로 떨어지는 일이 종종 일어났다. 하필 집 앞을 지나가던 옷들*에 계란이 떨어지면, 세탁비 문제를 놓고 시비가 붙는 경우도 적지 않았다.

평소 근엄하기로 소문난 그의 아버지는 덕행을 몸소 보여주었을 뿐만 아니라, 자신이 한 말에 대해서는 끝까지 책임을 지는 사람이었다. (참, 그가 벙어리였다는 사실을 말한다는 걸 깜박 잊었다. 그러나 그의 아들은 알파벳의 균형을 잡고자 쉴 새 없이 말함으로써 아버지의 그러한 결점을 숨기고자 했다.) 그의 어머니는 그와 거의 같은 시간에 태어났는데, 이 세상의 모든 덕성을 두루 갖추고 있었다. 목록에 나오는 모든 덕성을 다 가르친 후, 아버지는 근엄한 표정을 지으며 말했다. "얘야. 네가 늘 삼가야 할 것이 무엇인지 이제는 잘 알고 있을 것이다." 물론 아들은 아버지의 말을 충분히 이해하고 있었다. 그러나 그 덕분에 그는 모든 덕성과 덕행을 버리고 말았다.**

---

* '옷을 입은 사람들'을 말한다.
** "abstenerse"에는 '삼가다'라는 뜻 외에 '그만두다', 혹은 '버리다'라는 의미도 있다.

이처럼 불가능하고 어리석기 그지없는 '알파베티쿠스'지만, 그도 결국 깊은 사랑에 빠지고 말았다. 따라서 이제는 테레시나를 사모하는 인물이라고 소개하는 편이 더 어울릴 것 같다. 하여간 소설에서 가장 중요한 조건인 "인물들의 일관성" 덕분에, 그의 개인적 면모, 가족 관계, 사회적 지위, 그리고 엄격한 교육 수준 등에 대해 더 이상 상세하게 묘사할 필요는 없을 듯하다.

'알파베티쿠스'는 자신의 글자를 모아서 — 혹은 이리저리 순서를 바꾸어서* — 테레시나에게 뜨거운 사랑을 바쳤다. 이렇게 두 사람은 마음속 깊이 서로를 사랑하고 있었다. 물론 그의 아버지나 그녀의 어머니가 그들의 사랑을 격렬하게 반대하지도 않았지만 말이다. 이는 등장인물들이 얼마나 훌륭한 성격을 지녔는지를 보여주는 단적인 예다. 나는 어떤 청춘 남녀의 부모들이 그들의 사랑을 반대하는 마음이 저절로 사라질 때까지 — 심지어는 그들이 결혼한 뒤라도 말이다 — 참고 기다리는 상황에서, 두 연인이 끝내 결혼하겠다고 고집을 부리는 경우를 본 적이 없다.** 소설은 물론이고 실제 삶에서도 이러한 일이 일어

* 여기서 '알파베티쿠스'의 행동은 모든 질서에 의미가 있다는 가정 자체를 부정함으로써 세계의 질서를 무너뜨리고 있는 셈이다. 이처럼 알파벳은 다양한 변형과 조합을 통해 세계의 질서/순서가 임의성과 우연성에 기초하고 있음을 드러낼 뿐 아니라, 시작-발전-끝으로 이루어진 선조적인 인식 체계의 허상 또한 폭로하고 있다.

** 이쯤에서 한 가지 알려야 할 것이 있다. '알파베티쿠스'에게는 자신도 잘 모르는 친구가 하나 있는데, 그는 '말로 표현할 수 없는 것을 귀담아듣는[삼키는] 일(sorber lo inenarrable)'에 평생을 바친 인물이었다. 반면 그의 사촌 누나는 길을 가다가 한숨 소리와 부딪히는 바람에 곧장 의식을 잃고 쓰러지고 말았다고 한다. 물론 '자기 머리를

난 적이 단 한 번도 없기 때문에, '알파베티쿠스'와 테레시나의 사랑은 세상에서 이루어진 첫 번째 사랑임이 분명하다. 가령 내가 트립톨리나를 연모하는데, 그녀가 못생겼을 뿐만 아니라, 나를 좋아하지도 않고, 거짓말을 밥 먹듯이 하는 데다, 나와 결혼하는 것에 대해 반대할 거라는 사실을 아무도 알려주지 않는다면, 난들 어떻게 그녀를 계속 사랑할 수 있겠는가?

테레시나와 '알파베티쿠스'는 체면이나 품위에 관한 모든 풍습과 이 세상에 존재하는 모든 전통(그녀는 결국 그가 벌어오는 돈으로 살게 되었다)에서 벗어나, 다른 옥상에서 살게 되었다. 물론 집주인의 허락도 받지 않고서 말이다. 비가 내리기 전까지 그들은 행복하게 살았다. 그러나 얼마 후 집주인에게 쫓겨난 뒤, 두 사람은 곧장 커다란 무화과나무 위로 올라가서 행복한 결혼 생활을 계속해 나갔다.

다시 [기회가 되면] 이 소설에 나오는 나머지 인물들을 계속 소개할 것이다. 다만 이 글에서처럼, 기본적인 것만을 소개하게 될 것이다.

쥐어뜯지(*mesarse los cabellos*)'도 못한 채 말이다. — 원주

현기증* 나는 글

1

참으로 이상한 일이었다. 불과 보름 전까지만 해도 나, 루시아노는 여러 가지 자질구레한 일을 도맡아 하던 하인이었다. 물론 내가 주로 하는 일이라고 해야 누군가 문을 두드리면 재빨리 나가 문을 열거나 손님을 맞이하는 것뿐이었지만 말이다. 그런데 내가 문지기로 일하는 그 집에서 보름에 한 번 있는 첫 외출을 했다가 돌아왔을 때, 그러니까 언제나 풍성하고, 화기애애하고 활기찬 분위기에 집에서 수확해서 만든 좋은 포도주와 더불어, 어떤 가식도 없는, 따라서 장담컨대, 현기증이 날 일도 전혀 없고 모든 것이 만족스러웠던 가족 식사를 마치고 돌아왔을 때, 간단히 말해서 부모님들, 그리고 친척과 즐겁게 일요일 식

---

* mareo. 원래는 '현기증'을 의미하지만, 같은 어원에서 비롯된 'marea', 즉 해수면이 주기적으로 상승과 하강을 반복하는 '조수(潮水)'와 깊은 연관이 있다. 마세도니오가 의미하는 '현기증'은 "특정한 독자가 [책을 읽을 때] 경험하게 되는 기분 상태"로, 책 읽기가 진행됨에 따라서 '현실'과 '픽션' 사이를 지속적으로 오가는 상태를 말한다. 이러한 기분 상태는 독자가 현실 속에서 실제로 살고 있다고 확신하는 자아-존재와 픽션 속에서 살고 있는 인물 사이에서 동요함으로써 생기는 '전율과 공포(escalofrío)'를 그 핵심으로 삼고 있다. 마세도니오는 독자에게 이러한 기분 상태를 유발하는 작품을 훌륭한 소설로 평가한다. 가령 꿈과 현실 사이를 오가는 칼데론 데 라 바르카(Calderón de la Barca)의 『인생은 꿈이다(La vida es sueño)』와 셰익스피어의 『리어왕』, 그리고 소설 속에 또 다른 소설이 나오는 『돈키호테』 등이 그 대표적인 예이다. 이처럼 픽션 세계로의 '상승'과 현실 세계로의 '하강'이 교차하는 훌륭한 소설을 읽는 과정에서, 공포에 사로잡힌 독자는 자연스럽게 '형이상학이라는 비-장소(no-lugar)'로 이끌리게 된다. 리카르도 피글리아 편집, 『마세도니오 페르난데스 소설 사전』, 62쪽.

사를 마치고 돌아왔을 때, 이해하기 어려운 일이 일어나고 있었다. 루시아노가 혼자서 문을 열고 손님을 맞이하던 그 집이 분명한데, 어떻게 이리도 꾸물거릴 수가 있을까 싶었다. 벨을 세 번 누르고서야 비로소 저 안쪽에서 누군가 느릿느릿하게 문으로 걸어오고 있는 모습이 보였다. 가까이서 보니 루시아노가 아닌 다른 이였다.

왜 루시아노가 문을 열러 나오지 않은 걸까? 루시아노였다면 있을 수도 없을 정도로 꾸물대면서 말이다. 물론 [다른 이들이] 루시아노에게 문을 열어주는 것이 어땠는지 나는 정확하게 알고 있다. 내가 왔는데 왜 루시아노가 문을 열어주지 않았던 것일까? 어떤 경우에도 나는 고집을 부리거나 집착하지 않는다. 오히려 안 되겠다 싶으면 빨리 체념하는 편이다. 더구나 나는 괜한 일로 남들과 말다툼하는 것도 좋아하지 않는다. 비록 나도 내 주장에 일리가 있는 게 더 좋고, 내 말이 옳다는 것을 증명하기 위해서는 어떤 수고도 마다하지 않는 편이지만 말이다. 그리고 이미 알다시피 루시아노가 나가서 [그날 집으로] 돌아와야 했으니까 [다른 이들이] 그에게 문을 열어줄 수밖에 없었다는 사실도 너무나 잘 알고 있다. 그렇지만 집에 찾아온 사람이면 어른이든 어린아이든, 신사든 보잘것없는 이들이든 가라지 않고 문을 열어주던 루시아노가 왜 지금 나한테는 문을 열어주지 않는 걸까?

혹시 그 집에서 일하는 하인들이 나를 골탕 먹이기 위해 서로 짜고 한 짓이 아닐까? 말싸움이 붙을 때마다 내 주장에 일방적으로 밀린 누군가가 내게 앙심을 품고 있을지도 모르니까, 그럴 수 있다는 생각이 든다. 부모님 집에 있을 때도 계집애들이 이따금씩 나를 갖고 놀려고 하는 듯이 보일 때가 있다. 그런데 걔들이 내게서 뭔가 우스꽝스러운 점을 찾아낸다 해도, 꼭 나를 우습게 봐서 그런 것만은 아니다. 오히려 그럴 때마다 나를 더 우러러보니까 말이다. 하지만 지금 이 상황에서 이는 나에 대한 분명한 모욕이다. 언제나 자신 있게 문을 열어주는 사람을 놔두고 굳이 엉뚱한 이를 보내다니, 이런 결례가 어디 있단 말인가! 내일쯤, 루시아노는 그 문제, 그러니까 다른 사람에게 문 여는 일을 맡긴 것에 대해 단단히 따지고 들게 분명하다. 그래서 그 일에 대해서는 더 이상 생각하지 않기로 하고, 아무 말 없이 하녀인 루이사의 뒤를 따라 들어 갔다. 물론 문은 나, 루시아노가 닫고서 말이다.

2

아무리 생각해도 마리아와 내가 이번 일요일에 만나서 나누었던 말에 대해 약간 착각을 한 것 같다.

내가 그녀에게 무슨 말을 했는지 기억이 잘 나지 않는다. 더군다나 확신이 없으면 그냥 독신으로 사는 것이 최상의 방법이라고 [그녀가] 말한 걸 보면, 그녀가 내 말을 제대로 들었는지조차 알 길이 없다. 만일 그게 사실이라면 내가 그녀를 사랑하는지 아닌지 잘 모르겠다고 [그녀에게] 말한 것이나 다름이 없다. "루시아노, 여기 있어요?"

그녀와 나 중에서 누가 이 말을 한 걸까? 그런데 나는 "루시아노는 여기 있어" 하는 식으로 나를 돋보이게 하는 표현에는 영 서툴다. 그렇다 해도 그 집에서 내가 얼마나 쓸모 있는 사람인지, 그리고 나를 어떻게 평가하고 대우하는지, 나는 정확히 알고 있다. 그런데 곰곰이 생각해보니 아무래도 내가 그날 그 말을 한 것 같다. 반면 마리아는 내 말을 잘못 들은 것 같다. 만약 제대로 들은 거라면, 내가 더 이상 예전의 루시아노가 아니라고, 겸손하고 신중하던 그 루시아노가 아니라고 생각한 게 분명하다. 그런데 마리아는 내가 왜 그런 말을 했을 리가 없다고 생각하지 않았을까? 물론 이는 마리아가 내 말을 제대로 들었고, 또 그녀 자신이 그 말을 한 것이 사실일 경우에나 타당한 추측이다. 아무리 봐도 그녀는 내가 그 말을 한 것으로 믿고 있는 모양이다. 결론적으로, 내가 그 말을 했는데 그녀가 못 들었거나, 아니면 내 말을 그녀가 들었거나, 이 둘중 하나는 분명한 진실이리라.

『부에노스아이레스의 기록』, 1943년

안타까워하면서 글을 마치다

나는 키가 작은 편이다. 그래서 나는 예전부터 "이비인후과학"*의 절반만큼이라도 내 키에 덧붙이고 싶어 했다. 아니면 애초에 4개의 이비인후과학을 수직으로 더한 것만큼의 키를 갖고 태어났으면 얼마나 좋았을까 안타까워했다.

* otorrinolaringología. 여기서 "이비인후과학"은 '얼굴'의 크기나 길이를 의미하는 것으로 보인다.

여기에 수록된 단편 「의식 절제 수술」과 「우주가 된 호박(성장에 관한 이야기)」, 그리고 단편에 대한 옮긴이의 「해설」은 잡지 『버수스(versus)』 5호(갤러리 팩토리, 2012)에 게재된 바 있다. '여담'에 능한 마세도니오 페르난데스의 면모를 드러내는 흥미로운 단편들로 판단되어 함께 싣는다. — 편집자

의식 절제 수술

폐쇄된 공간에서 하루 일과를 시작하는 남자가 있다. 대장장이 코시모 슈미츠가 바로 그 사람이다. 많은 사람들이 숨죽이고 지켜보는 가운데 그는 미래 인식 기능을 제거하는 수술을 받았다. 한 가지 분명한 사실은 의사들이 오랜 시간에 걸쳐 의논한 끝에 (편도선을 모두 제거한 경우 심각한 부작용이 뒤따른다는 점이 여러 차례 밝혀진 뒤, 오늘날엔 일부분만을 제거하는 수술이 이루어지고 있는 것처럼) 미래 지각 능력 범위를 축소시켜 8분 정도만 예측할 수 있도록 만들었다는 점이다. 8분은 어떤 사건들에 대한 두려움이나 희망을 예견할 수 있는 최대치의 시간이다. 폭풍이 몰아치기 8분 전이면 대기 현상에서 나타나는 징후를 충분히 감지할 수 있다. [미래에 대한 지각 능력을 축소시켜도] 내적·외적 현상에 대한 지각 능력은 여전히 남아 있지만, 미래에 대한 의식, 즉 사건들 사이의 상관관계를 파악할 수 있는 능력이 사라진다. 따라서 뭔가를 감지하고 느낄 수는 있지만 예측하는 것은 불가능해진다.

상쾌한 기분으로 일어나 세수를 하고 마테 차를 끓이는 그의 모습이 보인다. 그러곤 골똘히 신문을 읽다가, 한참 지나서 아침을 먹은 다음 커튼을 매만지고 열쇠를 가지런히 정리하기도 한다. 한동안 라디오를 듣더니 다음엔 수첩에 적어놓은 메모를 훑어보고, 방에 있는 가구의 배치를 이리저리 바꿔보기도 한다. 그리고 종이에 뭔가를 끼적거리고 새에게 먹이를 주고 나더니 잠이 들었는지 의자에 앉은 채 꼼짝도 않는다. 얼마 뒤 침대 시트와 이불을 다시 펴서 정리하자 정오가 되었다. 이로써 그의 오전 일과가 막을 내린 셈이다.

그때 누군가가 문을 세게 두들기기 시작했다. 그리고 시끄러운 열쇠 소리와 함께 문이 덜컹 열렸고, 그리고 세 명의 경비원, 아니 간수가 그의 앞에 모습을 드러냈다. 그리고 그들은 거칠게 그의 팔을 붙잡았지만 그는 일절 저항하지 않았다.* (이는 감옥에서 매일 다반사로 일어나는 일이니 독자 여러분들이 쉽게 상상할 수 있을 것이다.) 얼굴엔 당황한 표정이 역력했지만 그는 아무 말 없이 그들을 따라갔다. 커다란 방 앞에 이르자, 그는 저 안에 앉아 있을 판사들과 사제, 그리고 의사와 친척들의 모습을 머릿속으로 그려보았다. 그리고 방 한구석에 놓여 있을 커다란 전기의자도…… 앞을 내다볼 수 있는 8분이라는 시간 동안, 그는 전날 자신에게 사형 판결이 내려졌다는 사실을 떠올렸다. 그렇다면…… 그 전기의자는 자신을

---

* 단편소설에서 가장 중요한 구성 요소는 '그리고(y)'라고 할 수 있다. 단순하면서도 짜임새 있는 이야기로 구성된 과거의 단편은 훌륭한 작품이었다. 그러나 "이야기하는 방법(saber contar)"이 있다는 그릇된 생각이 단편 장르를 망쳐버리고 말았다. 그 대표적인 예가 바로 모파상이라는 자였다. 그 바람에 과거의 완벽한 단편은 이 세상에서 영원히 사라지고 말았다. 물론 지금 말한 모파상도 옛날 사람들처럼 아주 탁월하게(!) 이야기를 할 줄 알았다. — 원주

처형하기 위해 기다리고 있음이 분명했다.

그리고 얼마 전—어느 날 오후였다—유명한 심리학 교수를 찾아가서 과거의 행위에 대한 기억뿐만 아니라 그 행위의 예측 가능한 결과에 대한 생각까지도 모두 없애달라고 부탁했던 일이 그의 머릿속에 떠올랐다. 사실은 이렇다. 그는 가족을 모두 살해했지만, 자기가 받을 처벌에 대한 생각만큼은 잊고 싶었던 것이다. 두려움과 공포가 온통 그의 마음을 짓누르고 있는데 거기서 벗어나려한들 무슨 소용이 있겠는가? 유명한 그 전문가는 그의 기억을 없애지는 못했지만, 미래 인식능력 범위를 거의 현재의 순간으로 축소시키는 데 성공했다. 그 덕분에 코시모는 희망은 물론 아무런 두려움도 느끼지 않고 살 수 있게 되었다.

대장장이 코시모에게 미래는 존재하지 않았다. 다시 말해, 그는 미래에 대해 전혀 알지 못하기 때문에 기쁨과 두려움 따윈 느낄 수조차 없었다. 미래가 존재하지 않는 이상, 과거 또한 빛을 잃고 시들해지기 시작했다. 기억이 거의 쓸모가 없어진 마당에 과거가 무슨 의미가 있겠는가? 대신 현재만큼은 갈수록 더 강렬해지고, 더 완전해짐으로써 영원한 세계로 변모해갔다. 현재가 지배하는 세계에서는 앞으로 무엇이 도래할까 궁금해하거나, 언젠가는 이 세상 모든 것이 다 사라지고 말 것이라는 서글픈 상념에 빠질 필요가 없었다.

[미래에 대한] 예견뿐 아니라 [과거에 대한] 회상의

그림자마저 모두 사라진 현재의 매 순간은 오로지 활기와 힘, 그리고 기쁨과 환희만이 넘칠 뿐이다. 눈부시게 빛나는 현재, 그 속에서 보낸 몇 분은 우리들이 느끼는 여러 시간 이상의 가치가 있다. 사실 태어난 지 몇 달 안 된 갓난아이를 제외하면, 기억과 미래가 모조리 사라진 현재를 조금이라도 경험해본 사람은 아마 아무도 없을 것이다. 그러한 현재에는 애당초 회상과 예감이라는 관념이 존재하지도 않을뿐더러, 뭘 하려고 하든 못 하게 억누르는 것이 없다. 따라서 모든 욕망과 열정이 한꺼번에 현재 속으로 분출하면서 어우러지기 마련이다. 그런 점에서 가장 열정적인 사랑이나 경이로움으로 가득 찬 여행도 현재라는 특별한 상태에서 펼쳐지는 감각의 난장(亂場)에는 미치지 못할 것이다. 유명한 그 교수가 우리에게 설명한 바에 따르면, 이 때문에 수술로 인해 나타나는 문제점이 있다 해도 크게 우려할 일은 아니라는 것이다. 황홀하기 그지없는 현재 속에서 살게 된 코시모가 마지못해 살아가는 사람들을 가엽게 여기기까지 한 걸 보면 교수의 말이 과히 틀리지는 않은 듯했다.

밤낮 가리지 않고 언제나 황홀한 분위기에 취해 있고, 매 순간마다 간절한 시선으로 세상을 바라보는 그의 모습을 보고 있으면 왠지 가슴이 찡해진다. 그는 세계를 가슴속 깊이 사랑하고 있을 뿐 아니라, 경외심을 가지고 있기도 하다. 이 세상 모든 것은 현재라는 순간 속으로 스며 들어오는 즉시 영원불변의 상태로 둔갑한다. 게다가 가장 평범하고 단조로운 현상조차도 그의 의식 속에서는 무한하리만큼 심오한 의미를 띠게 된다.

그는 영혼에 스며드는 모든 빛을 통해서 나무와 그림자를 하나하나 응시하기 때문에 — 그렇다고 지나칠 정도로 한곳에 집착하는 것도, 산만하게 두리번거리는 것도 아니다 — 눈에 비친 모든 사물은 분명하면서도 투명하게 보인다. 하지만 그의 말수는 점점 줄어들기 시작한다. 그의 머릿속으로 한꺼번에 몰려들어 순식간에 모양을 바꾸는 현상을 도무지 언어로 표현할 길이 없기 때문이다.

매일 조금씩 행복을 맛보며 살아가는 로봇처럼 아기자기하게 오전 시간을 보내고 있는 그의 모습을 지켜보면서 이 이야기를 하고 있는 내 마음도 다소나마 위안을 얻게 된다. 이제 와서 생각하니 그간 석연치 않았던 구석이나 의문점들이 모두 분명하게 풀리는 것 같다. 인체생리학자가 아니라 인간의 심리를 다루는 심리학자로서 생각해보건대, 괜히 겉만 번지르르하지 의학적 견지에서는 위험하기 짝이 없는 외과적 제거 수술을 굳이 택하기보다는 기억이나 미래 예측 능력을 제거하기만 해도 그와 완벽하게 똑같은 결과를 얻을 수 있을 것이다. 약물요법이나 임상적인 방법, 혹은 식이요법이나 기후요법과 마찬가지로 외과적 수술을 통해 선천적으로 타고나는 취향이나 성향을 고친다는 발상 자체가 과학적으로 그릇된 것임이 밝혀진 마당에 더 이상 거기에 집착할 필요는 없지 않겠는가?

미래를 예견하지 않으려면, 단지 기억을 제거하기만 해도 된다. 이와 마찬가지로 우리의 머릿속에서 기억을 완전히 제거하려면 지나간 일에 대한 생각을 모두 정지시키기만 해도 충분하다.

그러니 친애하는 독자들이여. 만약 이 이야기가 마음에 들지 않는다면 어떻게 기억에서 지우면 되는지 그대들은 이미 잘 알고 있을 것이다. 물론 그 방법을 몰랐을 수도 있겠지만, 그렇다고 정말로 그 이야기를 잊을 수가 없었을까?

알다시피 이 이야기는 범상치 않은 독자, 참 그리고 범상치 않은 작가에 관한 것이니만큼, 곧 그대들에게 그것을 잊는 방법을 알려줄 것이다.

8분 앞을 예견할 수 있는 의식의 기능이 이미 정지된 이상, 기계에 묶여 있는 지금 이 순간을 인지하는 것은 가능하지만 곧 다가올 순간에 대해서는 아무것도 예측할 수 없다. 그의 의식 속에서 미래를 예견하는 활동은 교대로 아니면 순환적인 리듬을 따라 일어날 뿐 결코 연속적으로 이루어지지는 않는다. (그가 미래를 예견하는 행위를 의도적으로 포기하기 위해서 다가오는 순간을 도외시한 채 오직 현재의 순간만 집중하면서 살게 된 사실은 별도로 하더라도 말이다.) 그리고 '데스푸투란테'* 박사가 대성공을

---

* Desfuturante. 번역하자면 '미래를 제거하는 사람'이라는 뜻이다.

거둔 이래로 오늘날 널리 사용되고 있는 의식 절제 수술을 받지 않은 의식에서도 그 리듬이 결코 연속이지 않다는 사실은 논외로 치더라도 말이다. ('데스푸투란테'는 '엑스티르피오 템포랄리스'란 이름으로 의학계에서 널리 알려진 사람의 가명이다. 그러나 사실 '엑스티르피오 템포랄리스'라는 이름도 가명이기는 마찬가지다. 실제 그의 이름은 '엑시시오 아포르베니우스'인 것으로 알려져 있다. 하지만 이 또한 분명치 않은 것이, 여러 가지 이름 중에서도 '페드로 구티에레스 데눈시오'*가 그의 진짜 본명일 가능성이 가장 높기 때문이다. 이처럼 '데스푸투란테' 박사는 놀라운 기술로 사람들의 존경을 한 몸에 받고 있기는 하지만 수술을 통해 환자의 의식에서 떼어낸 미래를 자기가 다 차지해 버린다고 한다. 만일 이런 일이 계속된다면 앞으로 아무도 장례식에 참석하려고 하지 않을 것이다.)**

내친김에 '데스푸투란테' 박사의 포부를 밝혀두는 게 독자들에게 도움이 될 것 같다. 그는 정신 제거 수술

** '엑스티르피오 템포랄리스(Extirpio Temporalis)'는 '시간 절제'란 의미이고, '엑시시오 아포르베니우스(Excisio Aporvenius)'는 '미래 절개', 그리고 '페드로 구티에레스 데눈시오(Pedro Gutiérrez Denunico)'에서 '데눈시오'는 '고발'이라는 뜻이다. 모두 알레고리적인 표현이다.

*** 의사를 전달할 때 늘 그렇지만, 지금 이 경우처럼 뭔가를 [독자들의] 마음속으로 효과적으로 전달하기 위해 비교나 유추를 최대한 이용하는 것이 과연 예술적일까? 지금 이 경우를 예로 들자면, 의사의 태도는 낡은 옷을 버리고 방금 지은 옷을 입고 가게를 나서는 손님을 대하는 양복점 주인과 비교할 수 있을 것이다. 이건 비단 나에게만 해당하는 문제는 아니다. 실제로 과거의 문학작품을 살펴보면 비교가 워낙 많이 사용되고 있는지라, 차라리 "글을 쓴다" 대신에 "비교한다"라고 말하는 것이 타당할 정도니까 말이다. — 원주

법을 완성함으로써 '의식 수술' 분야에 새로운 장을 여는 것뿐 아니라, 더 나아가 이를 확대 발전시킴으로써 인간의 의식에서 과거를 완전히 제거할 수 있게 되기를 바라고 있다. 앞으로 모든 것이 박사의 의도대로만 이루어진다면, 이런저런 사건을 겪지 않았더라면 얼마나 좋았을까 하고 안타까워하는 이들이 모두 이 방법을 이용할 수 있게 될 것이다. 정말 그렇게 된다면 좋은 이야깃거리만 하나 있어도 — 지금 내가 하는 이야기도 그렇게 된다면 오죽이나 좋을까? 그대들이여, 부디 그렇게 해주기를! — 사는 동안 있었던 웬만한 일들은 죄다 잊을 수 있을 것이다. 미래뿐 아니라 과거와도 단절된 독자는 내 이야기를 읽는 매 순간을 충만하게 경험하게 되리라. 그러면 그대는 단한 가지 이야기로 살아가는 엄청난 특권을 누리게 될 터인즉, 내게 큰 빚을 지게 되는 셈이다.

이제 독자에게 펜을 넘겨야 할 차례다. 내 능력으로는 도무지 표현할 수 없는 것들이 — 예컨대 광기나 두려움, 실신하거나, 누군가에게 질질 끌려가다가 갑자기 놓아버리는 바람에 몸조차 가누지도 못하는 상태, 그리고 손발이 묶인 채로 저 의자에 앉아야 된다는 극도의 공포 같은 것들 말이다 — 있으니 그대가 한번 써보도록 하라. 미래를 예측할 수 있는 8분의 시간이 다 지나간 뒤 그는 행복한 표정을 짓는다. 아니, 평화롭기 그지없는 모습이다. 사형이 집행되기 2분 전, 머릿속에서 이루어지던 인식 작용이 일체 중단된다. (어떤 면에서 공포라는 것은 앞으

216

로 일어날 일에 대한 반응이다. 그가 얼굴에 옅은 미소를 띤 채 전기의자에 차분하게 앉아 있을 수 있는 것도 미래를 예측할 수 있는 8분의 시간이 다 지났기 때문이다. 그런 상태에서 그는 사형 집행을 받는다. 사실 우리가 여태껏 언급하지 않은 문제가 하나 있다. 이 이야기를 효과적으로 구성하기 위해서는 여기서 그 문제를 꼭 짚고 넘어가야 할 것 같다. 즉, 그는 미래에 자신이 어떻게 될 것인지 8분 동안 집중적으로 생각한다. 그 시간이 지나고 나면 몇 분간의 휴지기가 나타나는데, 이때는 현재가 모든 것을 지배하게 된다. 전기의자에 앉아 있는 사형수가, 그러니까 우리의 주인공이 미소를 지으면서 편안하게 죽을 수 있었던 것도 바로 그런 이유 때문이다.)

솔직히 말해 두려움이 행복으로 바뀌는 이런 대목에서 나는 감히 에드거 앨런 포를 따라갈 엄두가 나지 않는다. 그렇다면 독자들은 언젠가 포 같은 이가 될 수 있을까? (또 한 가지 의문점. 문학 텍스트에서 말과 더불어 몸짓으로 표현하는 걸 과연 예술적이라고 할 수 있을까?)

그는 죽었다. 아무런 고통도 없이, 또 살아나려고 몸부림을 치거나 비명조차 지르지 않고 편안하게 눈을 감았다. 영원히 반복되는 현재 속에서 또 하루의 오전 일과를 시작하듯이 말이다.

그런데 코시모가 죽어 땅에 묻힌 지 보름 후, 법정은 다음과 같은 이유로 그에게 복권 판결을 내렸다.

법의 정신을 망각하게 만든 기이한 운명의 장난으로 말미암아 돌이킬 수 없는 커다란 실수를 저지르고 말았습니다. 불운한 코시모 슈미츠는 최근 이 세상에 등장한 새로운 역학적·화학적·임상학적·심리학적 기술을 실험하는 데 몸과 마음을 아끼지 않았던 사람입니다. 그러던 어느 날, 그는 지난 15년 동안 전인미답의 경지를 개척하고자 혼신의 노력을 다한, 저 유명한 '호나탄 데메트리우스'* 박사로부터 실험적인 치료를 받게 되었던 바입니다. 다소 냉소적인 면은 있지만 데메트리우스 박사는 인간 두뇌의 조직학 및 생리학 분야에서 괄목할 만한 발견을 거듭해 왔을 뿐 아니라, 자신이 창안한 수술법을 통해 삶에 만족하지 못하는 사람들의 과거를 변화시키는 데 성공함으로써 세계적인 명성을 얻은 과학자입니다.**

* Jonatan Demetrius.
** 법정의 양해하에 과학적 견해를 빌어 다음과 같은 질문을 던지고자 한다. 쾌활한 성격을 지닌 사람들의 대뇌피질 조직을 환자들에게 이식하면 어떨까? 이러한 방법은 상당히 효과적일 수는 있겠지만, 여러 가지 위험 요소로 인해 여러 사람의 뇌로부터 동시에 조직을 적출하는 것은 법으로 금지되어왔다. 왜냐하면 다른 사람들의 의식을 성급하게 이식할 경우, 예상치 못한 여러 가지 착오 및 착란 증세가 나타날 수도 있고 — 실제로 이런 부작용이 나타난 적이 있다 — 또한 미래를 전혀 원하지 않는 사람에게 한 세기 동안의 [미래] 시간을 이식하게 될 위험도 있기 때문이다.

이런 상황에서는 라몬 이 카할(Ramón y Cajal) 같은 명의의 말을 인용할 수도 있겠지만, 라몬 이 카할만 가지고는 충분하지 않을 것이다. 차라리 이와 관련된 연구를 한 학자들의 견해를 모두 언급하는 편이 나을 것이다. 하지만 그건 무리다. 정말 그렇게 하면 몇 페이지 지나서 독자들이 나보다 더 아는 게 많아질 텐데, 나로선 그 점도 내키지 않거니와 무엇보다 독자들이 지루해할 게 불 보듯 뻔한데 뭐하러 그런 짓을 한단 말인가?

존경하는 재판장은 자신들이 내린 선고 사유의 정당성에 대해 내가 부당하게 이의를 그런 와중에 항상 새로운 삶을 찾아 헤매던, 불운한 코시모 슈미츠가 박사의 명성을 듣고 진료실로 찾아가게 된 겁니다. 무의미하게 보낸 과거에 대해 무척이나 불만이 많던 그는 데메트리우스 박사를 만나자마자 이 세상에서 가장 대담하면서도 악독한 해적의 과거를 자기에게 달라고 간곡하게 부탁했습니다. 사실 지난 40년 동안 그는 하루도 빠짐없이 매일 똑같은 침대에서 매일 똑같은 시간에 일어나 매일 똑같은 일을 하고 매일 똑같은 시간에 잠자리에 드는 단조로운 생활을 계속했습니다. 이로 인해 결국 그는 마음의 병까지 얻게 된 겁니다. 따라서 박사에게 하소연을 할 수밖에 없었던 그의 속사정을 십분 이해할 수 있습니다.

박사로부터 수술을 받은 뒤, 텅 비어 있다시피 하던 그의 기억 속으로 생소한 사건들이 하나둘씩 밀려들어오기 시작했습니다. 얼마 후 그는 자기 가족을 모두 살해했던 기억이 떠오르기 시작했습니다. 그러자 처음 몇 년 동안 그의 삶은 활기를 되찾았지만,

---

제기한다고 주장하므로, 내가 하고자 하는 이야기를 아주 복잡하게, 즉 처음 사건을 마지막에, 그리고 가장 마지막 것을 제일 먼저 오도록 만든 것이다. 이처럼 내 이야기를 구성하는 시간 단위의 순서를 뒤바꿔, 즉 시간을 거꾸로 돌려 이야기하면 독자들은 커다란 인식상의 혼란을 경험하게 될 것이 분명하다. 내가 굳이 그렇게 하려는 이유는 혼란을 통해 독자들의 의식을 날카롭게 벼림으로써 순서가 복잡하게 뒤얽힌 코시모의 경험에 대해 공감하도록 만들려는 것이다. 독자들을 이처럼 혼란스러운 상태에 빠지도록 하는 것이 내 예술적 의도인 바, 만약 그들이 내 의도를 분명하게 읽어낸다면 이는 커다란 낭패가 될 것이다. — 원주

얼마 지나지 않아 끔찍한 기억 때문에 그는 심한 죄책감에 시달리기 시작했습니다. 한편 코시모의 가족은 모두 건강하게 지내고 있다고 본 법정에 직접 통고해 왔습니다. 다만 슈미츠의 정신착란 증세로 인해 무슨 일이 일어날지 몰라 지금은 알래스카 주 평원으로 전부 피신한 상태입니다. 이와 더불어 일가족 몰살 사건은 코시모 본인의 정신착란에서 비롯된 환각일 뿐 사실과는 아무런 관련이 없음을 증명하는 진술서를 가족 명의로 본 법정에 보내왔습니다.

따라서 앞서 밝힌 것처럼 코시모 슈미츠가 위험천만한 수술을 받은 후유증으로 인해 착란을 일으킨 것이라면, 존재하지도 않은 그 끔찍한 범죄에 대해 제대로 조사도 하지 않은 채 본인의 자백만을 토대로 성급하게 판결을 내린 본 법정 또한 그 책임을 면할 수는 없을 것입니다.

가엾은 코시모 슈미츠. 딱한 법원.

직접 경험한 것도 아니고, 그렇다고 눈으로 보지도 못한 것을 기억 속에서 되살려내고, 또 자신의 삶에 존재하지도 않았던 과거를 갖게 된다면 얼마나 낯설겠는가?*

---

* 조금 전 독자들에게 펜을 넘기겠다고 내 입으로 분명 약속을 했건만……. 큰 결례인 줄 알면서도 다시 펜을 잡는다. 살면서 하나의 이야기만을 읽으면서 커다란 자부심을 느끼는 독자는 이 세상에 단 한 명도 없다. 또한 살면서 자신의 삶에 관해 단 한 가지 이야기만을 지어내는 마법사와 같은 작가도 이 세상에 없기는 마찬가지다. 이 세상에서 다시는 없을 그런 이야기를 지어낼 수 있는 작가라는 최고의 자부심을 가지고 있음에도

아, 운명의 그날! 극심한 공포와 짜릿한 쾌감 사이를 오락가락하던 그는 뭔가에 홀린 듯 방아쇠를 당기고 말았다. 결국 그날 그는 가족을 모두 죽이고 말았다! 마흔 살까지만 해도 그의 기억 속에는 오로지 자신의 과거만이 담겨 있었다. 하지만 지금은 사정이 달라졌다. 몸뚱이야 전과 다름이 없지만 다른 존재의 기억이 안으로 밀려들어오는 바람에 과거는 전혀 딴판이 되고 말았다. 물론 아무리 세월이 흘러도 타인의 과거를 자기 것으로 완전히 받아들이지 못할 수도 있다. 반면에 이미 그의 의식은 상당히 물러진 상태이기 때문에 새로운 실험이나 요구를 하게 되면 언제든지 과거의 기억이 바뀔 수도 있을 것이다. 상황에 따라 그는 과거에 영웅이던 사람이 될 수도, 아니면 화학자였던 사람이 될 수도 있다. 혹은 과거에 수단이나 사모아제도를 탐험했을 때를 떠올리며 날갯짓하는 시늉을 할 수도 있다.

　　인간의 행복을 지극히 사랑하는 데다, 눈물과 탄식

불구하고 — 이에 대해 구체적으로 꿈을 꾸거나 드러내 보이는 대신 — 나는 겸허하게 단 하나의 이야기만으로 살아갈 수 있기를, 오로지 그렇게 살아가기만을 간절히 바라왔다. 애석하게도 나는 아직 그 목적을 이루지 못했다. 하지만 나를 미혹으로 끌어들인 허영심으로부터 완전히 벗어난 지금, 지금 내가 하고 있는 이 이야기 속에는 다 마치지 못한 이야기와 매우 유사한 무언가가 있다는 사실이 점점 더 분명하게 느껴진다. 그럼에도 불구하고, 나는 [이 이야기가 지니고 있는] 탁월한 과학적 가치를 고려해 대담하게 이 작품을 출판하기로 결정했다. 하지만 독자여, 다 마치지 못한 이야기를 계속하지 못한 이야기와 혼동하지 마시길!

　　그러니 그대 독자들이나 나는 모두 서글픈 존재에 불과하다. 그대 독자들은 나로부터 단 하나의 이야기만으로 살아가는 이야기를 얻지 못했고, 나 또한 이런저런 이야기로만 살아갈 수 있는 유일무이한 행운을 누리지 못했으니 말이다. — 원주의 세월을 보내는 자들에게 따뜻하고 아름다운 추억을 만들어주고 싶어 하던 호나탄 데메트리우스 박사는 한없이 부드럽고 인자한 마음씨와 세련된 과학의 힘을 이용해 모든 사람들의 미래를 새로이 만드는 데 혼신의 노력을 다했다.

"뭘 원하는 거죠?" 짤막하게 물은 뒤, 그는 레카미에*의 정부(情夫)와 드레이크와 모건과 같은 해적에 얽힌 무시무시한 이야기를 코시모 씨에게 읽어주었다.

"차라리 과거에 ……이었더라면 얼마나 좋았을까요."

"그렇게 될 겁니다."

가엾은 코시모 슈미츠. 너무도 위험한 수술을 그는 두 번이나 받았다. 그렇다면 혹시 수술을 한 번 더 해서 그를 다시 살려낼 수는 없는 걸까?

"아, 그건 절대 안 됩니다." '임상의학'**이 외친다. "우린 절대적으로 확실한 경우, 다시 말해 오류가 없다고 증명이 된 경우에 한해서만 치료를 합니다. 법원이 잘못한 일은 그쪽에서 해결해야지요. 왜 우리에게 어물쩍 넘기려고 하는 겁니까?"

어떤 부작용도 없고 일백 퍼센트 확실한 치료법을 개발하기 위해 꾸준히 연구해왔지만, 아직까지는 아무도 뚜렷한 성과를 거두지 못하고 있는 실정이다. 따라서 눈

---

* Juliette Récamier(1777~1849). 프랑스 사교계의 여왕으로, 19세기 초반 프랑스의 정치계 및 예술계의 유명 인사들이 그녀의 살롱을 드나들었다.
** Terapéutica. 알레고리적인 인물이다.

부신 수술 방법을 개발한 위대한 과학자 '데스푸투란테' 박사의 예를 통해 우리가 알 수 있는 것은 아무리 뛰어난 재능이라도 반드시 결함이나 한계가 있기 마련이라는 점이다. 알다시피 '데스푸투란테' 박사로부터 수술을 받으면 마음을 짓누르는 막연한 두려움뿐 아니라 공연히 가슴을 설레게 만드는 요원한 희망으로부터 벗어날 수 있다는 장점은 있지만, 미래를 예견할 수 있는 그 8분의 시간이 지나면 [그러한 인식의 흐름이] 간간이 끊어진다는 문제도 있다. 그런 상황에서는 모든 예측 가능성이 중지되기 때문에, 치료받은 환자는 10미터 앞으로 다가온 열차가 3초 후에는 자신을 죽일 것이라는 사실조차 전혀 예측하지 못하게 된다.*

* 충수 제거 수술이 심각한 사고로 이어지는 사례가 종종 발생하는 것과 마찬가지로, 편도선 수술을 하는 경우 소아마비에 걸리기 쉽다. 그리고 각종 처방 약이나 인슐린, 요오드 등을 과다 복용함으로써 치사율이 급증하고 있는 실정이다. 또한 투여한 진통제가 혈액 중의 산소를 제거함으로써 발생한 혈전증으로 인해 돌연 사망하는 경우도 많은 상황이라, 지금으로선 수술 자체의 위험성 여부를 명확하게 판단하기는 어려울 듯하다. 영국에서 나온 통계자료에 따르면, 천연두 자체보다는 백신 접종으로 인한 사망 사건이 더 많은 것으로 드러났다. 그리고 베링 사 혈청뿐 아니라 광견병 예방 혈청도 효능이 없는 것으로 밝혀졌다.

　독자여, 이 글을 읽으면서 많은 지식을 얻어 뿌듯한 느낌마저 들 것이다. 하지만 독자여, 이에 대해 고마움을 느끼면서도 당신은 속으로 이런 생각을 할 것이다. 배우는 것은 좋지만 본론에서 벗어난 사설(辭說)은 문제가 있다. 다른 건 다 좋은데 사설이 많은 게 옥에 티라고 말이다. 그러나 나는 그렇게 생각하지 않는다. 문학의 역사, 미술 비평, 교향곡 분석, 그리고 사회학적 구원 가능성과 같은 어마어마한 내용(이는 가구에 대한 상세한 묘사와 보다 가까이에 있는 '자연' 사이를 왔다 갔다 한다)으로 가득 차 있는 장편소설의 시대가 다 지나간 마당에 단편이든 과학 논문에서 여담 한번 했다고 한들, 그게 뭐 그리 큰 잘못이란 말인가? 더 이해하기 어려운 점은, 여담과 사설에 적극적으로 반대하는 사람일수록 친구들이나 가족과 식사하면서 더 활기차게 대화를 나눌뿐더러, 밤이건 낮이건 라디오에서 흘러나오는 소리가 없이는 아무 일도 못하고 단 한순간도

자, 독자들이여. 이제 내가 할 일은 다 했으니 나머지 그대들의 몫이다. 그러니 부디 그대들이 생각한 바대로 하기를.*

견디지 못한다는 사실이다.

　　이 지면을 통해 나는 한 사람의 청년기와 죽음을 전체적으로 다룬 이야기를 소개했다. 그런데 젊음은 뭐고, 또 죽음은 뭐란 말인가! 그러니 그 밖의 것은 독자들이 라디오와 같은 어떤 것, 그러니까 이야기를 읽을 때 사이사이에 끼어드는 어떤 것으로 여길 수도 있을 것이다. 이야기와 라디오는 이 글에서 함께 잘 어울릴 뿐 아니라, 일상의 긴장으로부터 여러분들을 해방시킬 것이다.

　　오페라는 본질적으로 끝이 없는 형식이다. 그런데 거기서도 가장 무한한 대목은 바로 결말 부분인데, 이는 오페라 작품이 자기 자신에게 베푸는 박수갈채와 같은 역할을 한다. 따라서 오페라가 끝난 뒤 관중이 보내는 환호는 이미 찬사를 받은 작품에 대한 비굴한 노예근성처럼 보인다. 비록 이런 비교가 적절한 것인지는 모르겠지만 말이다. 지금 내가 바라는 것은 확실함이다. 다시 말해 그것이 이야기든 여담이든 간에 뭔가를 분명하게 밝혀내는 것이다. (내가 볼 때 오페라 작가들은 그런 면이 부족한 것 같다.) 나는 절대로 나 자신에게 찬사를 보내지 않는다. 대신 따끔해서 헛기침을 할 뿐이다.

　　내가 이토록 여담을 길게 하는 이유는 우리가 어디까지 이야기를 했는지 알아보는 척하기 위해서이다. 다시 본론으로 돌아가자. 앞서 밝혔듯이 이 세상의 모든 불행과 광기 속으로 뛰어든 코시모는 가엾게도 결국 전기의자에 앉는 운명을 맞이하고 말았다. 사실 그건 전적으로 그의 잘못이기 때문에 그가 받았던 치료법을 비난할 수는 없으리라.

　　따라서 나는 독자에게 이 점을 충고하고자 한다. 독자들이여, 당신의 몸을 건강하게 해주는 '치료법' 말고는 어떤 것도 받아들이지 말라. 그리고 무작정 '수술'을 받겠다고 덤벼들지도 말라. 절대로 수술을 해달라고 부탁해서는 안 된다. 반드시 내 충고를 마음속에 간직하라. ― 원주

* 앞서 이야기했듯이, 내가 굳이 마다하는 게 하나 있다면 그건 "이야기하는 방법"에 관한 것이다. "이야기를 잘하는 것"은 ― 이것이 모파상 시대에 처음 밝혀진 이래로 이야기를 잘하는 이는 아무도 없었다 ― 일종의 소극(笑劇)에 불과하다. 그런데 이로 인해 독자들도 [이를 그대로 믿는] "믿음의 소극"을 펼친다. 허영심으로 가득 찬 학자들은 [허구적인] '이야기'를 액면 그대로 믿는다. 아이들 말고는 아무도 믿지 않는 이야기를 말이다. 물론 주제나 문제 자체는 대단히 흥미롭다. 하지만 [독자들로 하여금 이야기를] '믿게 만들고', 이를 위해서 마치 이야기하는 방법이라는 게 실제로 존재하는 것처럼 꾸며대는 환각적이고 저급한 어떤 노력도 절대로 성공을 거두지 못한다.

　　글 속에 각종 사설과 괄호 글을 넣는다거나 각주를 다는 방식은 (음악과 마찬가지로) 지나치게 의식하지 않고 편안하게 듣는 이야기가 가장 분명하게 기억에 남는다는 평소 내 지론을 의도적으로 적용한 것이다. 내 글쓰기 방식은 ― 실제로 어떤 가정에서 본

224

의식 수술에 관해 더 많은 것을 알고 싶다면, 「자살한 사람(Suicida)」*이라는 내 단편을 한번 읽어보기 바란다. 이 작품에서 나는 '의식 전체 절제' 방법에 관해 대담하면서도 심도 있는 견해를 적어놓았다. 독자도 곧 알게 되겠지만, 이 방법은 현재 일부 과학자들에 의해 사용되고 있다. 해결되지 않은 몇 가지 문제로 인해 의식 전체가

장면인데 — 피아노 앞에 앉아 있는 사람이 거기 모인 이들에게 자기가 피아노를 치는 동안 계속 대화를 나누지 않는다면 연주를 중단할 것이라고 말하는 것과 같은 이치다. 간단히 말하자면 예의 자체가 초래한 무례함에 대해 예의를 베푸는 격이다. 내가 글 속에서 이러한 여담이나 사설, 각주, 괄호 글, 그리고 이런저런 췌언(贅言)들을 다루는 방식도 이와 마찬가지이다. 하지만 나의 경우에는 의도적으로 '그리고(y)'를 빈번하게 사용함으로써 이야기의 연속성을 살리려고 한다. 그리고 나로서도 무척이나 힘들고, 마찬가지로 독자들도 만족스럽게 여기지 않는 게 하나 있음을 고백해야 할 것 같다. 그건 지금 내가 여기서 시도하고 있는 이러한 [글쓰기] 방법이다. 솔직히 말해 어떤 이야기든 무조건 진지하게, 그리고 심각하게 받아들이기는 불가능하다. 그런 면에서 그 장르(이야기 장르)는 어린애 같다는 생각이 들기도 한다. 꼭 그런 것 때문만은 아니더라도 결국 이 장르 자체가 이야기에 대한 조소가 되어버린 건지도 모른다. 이 점에 대해선 내 이야기의 사설 조(調) 스타일에 대해 설명할 때 충분히 밝힌 바 있을 뿐 아니라, '그리고'를 자주 사용함으로써 [이야기의] 연속성과 짜임새 있는 구성을 두드러지게 하려는 나의 의도에서도 이러한 점이 분명하게 드러난다.
　　'그리고'와 '이제(지금)'를 자주 사용하면 어떤 말을 이어도 이야기가 된다. 다시 말해 모든 말을 서로 꿰어서 [일정한 방향으로] "몰고 간다". 한편, 나는 오로지 '건너뛰면서 읽는 독자(lector salteado)'에 대해서만 작가임을 천명하는 바이다. 다른 작가들은 [독자들이] 집중해서 자기의 글을 읽도록 갖은 노력을 다 기울이지만, 나는 그런 데 일절 신경 쓰지 않고 최대한 편안하게 글을 쓴다. 그건 내가 [독자들에게] 무관심하거나 욕심이 없어서가 결코 아니다. 오히려 듣는 사람 혹은 읽는 사람의 마음속에서 내가 발견해낸 (혹은 발견해냈다고 믿고 있는) 고유한 특성, 즉 멜로디나 인물들, 혹은 사건 등이 너무 강렬해서 듣는 사람이나 읽는 사람이 연속적으로 듣거나 읽기가 어려워 여기저기 건너뛰어 넘으면서 듣거나 읽는 경우, 그러한 요소들이 [독자들의 기억 속에] 더 깊이 각인된다는 특성을 적극적으로 활용하기 때문이다. — 원주
* 「아르헨티나 소설 20선(20 ficciones argentinas, 1900-1930)」(안토니오 파헤스 라라야[Antonio Pagés Larraya] 편집, 부에노스아이레스, 에우데바[Eudeba], 1963), 71~80쪽.

아니라 부분을 제거하는 수술에 국한되고 있기는 하지만 말이다.

그는 미소를 지으며 죽었다. 죽음을 눈앞에 둔 상황에서도 그는 조금도 자세를 흐트러뜨리지 않았다. 미래라고는 완전히 사라진 순수한 현재의 순간도, 또 그의 기억을 온통 차지하고 있던 타인의 과거도 그간 누렸던 삶의 즐거움을 앗아가지는 못했다. 자신이기도 했고 동시에 자신이 아니기도 했던 코시모, 이 세상 모든 사람들이기도 했고 아니기도 했던 코시모에게서 말이다.

『수르』, 1941년

우주가 된 호박
(성장에 관한 이야기)

농과대학 학장님께 이 글을 바칩니다. 그럼 '박 사님'이라고 해야 하나? 변호사일지도 모르는데.

오래전 땅이 기름지기로 유명한 차코*에서 홀로 자라던 '호박'이 있었다. 뭐 하나 부족할 것 없는 훌륭한 땅에서 '호박'은 자연의 신선한 물을 마시고 따뜻한 햇살을 받으며 자유를 만끽하며 자랐다. 마치 자신이 생명의 참된 희망이라도 되는 듯이 말이다. 그런데 이 '호박'에게는 숨겨진 이야기가 하나 있었다. 그가 그토록 무럭무럭 자라날 수 있었던 것은 주변에 있던 약한 식물의 양분을 깡그리 빼앗아 먹었기 때문이다. 그러니까 여기서도 엄연히 다윈의 법칙이 적용된 것이다. 이 일로 인해 '호박'이 주변의 미움을 사게 됐다는 이야기를 이쯤에서 밝혀야 할 것 같다. 반면에 밖으로 드러난 이야기는 무척이나 흥미롭다. 그런데 이 이야기는 공포에 질려 있는 차코의 주민들만이 할 수 있을 것이다. 왜냐하면 이들은 어마어마한 힘을 지닌 뿌리에 의해 빨려 들어가 지금은 아예 '호박' 속에 갇혀버렸기 때문이다.

* Chaco. 아르헨티나 북동부에 위치한 주.

그 '호박'의 존재가 세상에 처음으로 알려지게 된 것은 어느 날부터 마을에 계속 울려 퍼진 이상한 소리 때문이었다. '호박'을 처음으로 본 마을 주민들은 기겁을 했을 게 뻔하다. 무게만도 이미 수 톤이 넘는 데다가, 시시각각으로 더 커지고 있으니 그럴 만도 하지 않은가? '호박'을 잘라버리라고 지역 당국이 보낸 나무꾼들의 말에 따르면, 당시 직경이 이미 1레구아* 정도고, 둘레는 벌써 200미터나 됐다고 한다. 하지만 일꾼들은 곧 작업을 포기할 수밖에 없었다. 힘들어서가 아니라, 시시각각으로 커져만 가는 '호박'이 균형을 잡으려고 움직일 때마다 나는 어마어마한 소음을 견뎌낼 재간이 없었기 때문이다.

곧 공포가 확산되었다. '호박'으로 인해 인근 지역이 완전히 쑥대밭이 된 데다, 이미 잘라버릴 수 없을 정도로 굵어진 뿌리가 계속 자라고 있어 주변에 접근하는 것조차 불가능했기 때문이다. 어쨌든 더 커지지 못하도록 케이블로 묶어보기도 하고, 갖은 수를 다 써보았지만 아무런 소용이 없었다. 곧 몬테비데오에서도 그 모습이 보이기 시작했다. 불안정한 유럽의 모습을 여기에서도 볼 수 있는 것처럼, 엉망진창인 우리들의 현실이 보이는 곳이면 어디에서든지 '호박'이 눈에 띄었다. 얼마 후면 리오 델 플라타 지방에서도 그 '호박'이 초미의 관심사가 될 것이 분명했다.

범(汎)아메리카 대책 회의를 소집할 시간적 여유

* 1레구아(legua)는 5572미터 정도이다.

228

가 없었기 때문에 — 제네바와 유럽 각국의 총리들도 이 사태를 예의 주시하고 있었다 — 각자가 알아서 대처하는 수밖에 없었다. 과감하게 맞서 싸울 것인가, 아니면 타협을 할 것인가, '호박'의 자비심에 호소할 것인가, 아니면 애원이라도 해서 싸움을 멈출 것인가? 그 와중에 일본에서는 그럴 바에야 또 다른 '호박'을 재배하자는 방안을 제시하기도 했다. 사랑을 듬뿍 줘서 최대한 빨리 크게 한 뒤, 싸움을 붙여서 서로를 완전히 파괴하도록 만들자는 것이다. 그러려면 둘 중 어느 것도 살아남지 못하도록 해야 한다. 그러면 군대를 투입하는 건 어떨까?

　　과학자들은 저마다 의견을 내놓고, 또 '호박'에 매료된 아이들도 거침없이 자기 생각을 밝혔다. 부인네들은 또 그들대로 잔뜩 흥분해서 떠들어대고, 심기가 불편한지 검사들은 잔뜩 찌푸린 표정이다. 측량사들과 양복점의 재단사들은 '호박'의 치수를 재느라 열심이다. '호박'이 입을 옷을 만들어준다나. 그리고 늘 '호박'을 마주하던 어떤 요리사는 매일 1레구아씩 뒤로 물러서면서 이를 관찰했다고 한다. 톱은 호박 안에 있을 공허, 아니 무(無)를 느꼈다. 아인슈타인이라면 이 장면을 보고 무슨 생각을 했을까? 의과대학 앞에서 이 모습을 지켜보던 어떤 이는 하제(下劑)를 써서 속을 다 비워내면 어떨까 하는 의견을 내놓기도 했다. 처음 사람들의 입에서 나온 이런저런 헛소리들은 얼마 지나지 않아 모두 종적을 감추고 말았다. 모두가 그 안쪽으로 빨려 들어갈 수밖에 없는 어이없는 순간이 너무나도 급박하게 다가오고 말았기 때문이다. 만물의 영장이니 뭐니 하면서 큰소리치던 인간들이 한순간에 '호박' 안으로 빨려 들어가는 모습이 너무 우스꽝스럽기도 했지만, 다른 한편 견딜 수 없을 만큼 치욕스러운 일이기도 했다. 하여간 그 일로 인해 어떤 곳에서는 시계와 모자가 사람들의 뇌리에서 서서히 잊혀져갔고, 담뱃불마저 모두 사라지고 말았다. 왜냐하면 이제 이 세상에는 '호박' 외에 그 어떤 것도 남아 있지 않았기 때문이다.

시간이 흐를수록 '호박'의 성장 리듬도 더 빨라졌다. 한 곳이 자라면 곧바로 다른 부분도 따라 커졌으니 오죽했겠는가? 그러나 아직은 섬처럼 생긴 커다란 기선 모양에는 이르지 못했다. '호박'에 난 구멍[氣孔]만 해도 직경이 처음엔 5미터였다가, 어느 순간 20미터로, 그리고 조금 후엔 50미터로 커졌다. 지금으로선 해저 지진이 난다든지, 아니면 아메리카 대륙에 커다란 균열이 생긴다든지, 하여간 '우주'에 거대한 천재지변이 일어나 죄다 사라져버릴 것 같은 불길한 예감이 든다. 하지만 인간들이 모두 '호박' 속으로 빨려 들어가는 끔찍한 일이 일어나기 전에 스스로 폭발해 버린다든지 산산조각 나는 편이 '호박' 자신을 위해서 더 좋지 않을까? 나날이 커져가는 '호박'의 모습을 제대로 보려면 이젠 비행기를 타고 가야 할 정도다. 마치 바다 위에 떠 있는 산맥처럼 거대한 모습으로 둔갑해버렸다. 인간들은 힘 한번 제대로 못 써보고 그 안으로 빨려 들어가고 있다. 파리처럼 말이다. 우리와 대척 지점에 있는 한국인들도 자신의 운명이 경각에 달렸음을 알고는 열심히 성호를 긋고 있다.

"혹시 여러분들 주변에 세포들이 있을지도 모르니 부디 조심하시길! 그들 중 하나만이라도 편히 살 곳을 찾는다면 그만 아닌가?" 왜 우리들에게 조심하라고 미리 알려주지 않았단 말인가? 모든 세포들의 영혼은 한참 뜸을 들이다 말할 것이다: "나는 '시장에 있는 모든 상품들', 거기에 쌓여 있는 '물건들'을 모두 다 차지하고 싶다. 그리고 주변을, 아니 천체(天體)에 있는 모든 공간을 '상품'과 '물건'으로 가득 채우고 싶다. 그렇게만 되면 나는 '나 자신이-우주인-존재(Individuo-Universo)'가 될 수 있고, '세계 내-불멸의-존재(la Persona Inmortal del Mundo)' 이자 이 우주에서 유일한 생명체가 될 수도 있을 거야." 그러나 우리는 그의 말을 귀담아듣지 않았다. 그 바람에 우리는 지금 모든 사람들, 도시들, 그리고 모든 영혼들과 함께 "'호박'-세계(un Mundo del Zapallo)" 속에 갇히는 절박한 상황에 빠지고 만 것이다!

어떻게 하면 저 '호박'을 없앨 수 있을까? 이는 저놈의 '호박'이 뭘 먹어야 만족해서 더 이상 커지지 않느냐는 문제와 직결되어 있다. 이제 겨우 호주와 폴리네시아만 남았다.

전에만 해도 개들이 15년 이상 사는 경우는 드물었고, 호박들도 전염병만 돌기 시작하면 거의 다 죽곤 했다. 게다가 인간들도 일백 살 이상 사는 경우는 거의 없었다

……. 전에 우리는 이런 얘기들을 하곤 했다. 괴물은 나타나도 오래가지 못한다고 말이다. 그런데 이것이 무슨 변고란 말인가! 결국 '호박'이 우리 인간들을 모두 자기 안에다 가둬놓고 말다니! 태어나고 죽기 위해서 태어나고 죽는 건 아닐까……? 그러면 '호박'은 대뜸 이렇게 말할 것이다. "아, 그건 아냐. 이젠 달라!" 자기 스스로가 무능하고 열등하다고 느껴 자기 몸을 물어 스스로 목숨을 끊은 전갈은 영원한 생명을 얻을 수 있으리란 희망을 품고 즉시 전갈 생명 예치소로 떠났다. 그러곤 단지 새로운 생명을 얻기 위해 독을 품게 되었다. 그렇다면 '전갈', '소나무', '지렁이', '인간', '황새', '나이팅게일', '덩굴손'도 불멸의 존재가 되지 못할 이유가 뭐란 말인가? 무엇보다도 '우주'가 '인격화'되어 나타난 저 '호박'에 의해서라면 말이다. 포커를 치면서 조용히 세상을 바라보다가도 이따금씩 연인들을 부러운 눈초리로 바라보는 이들과 더불어 이 세상 모든 것이 '호박'의 투명하고도 단일한 공간 속에 존재하는 이상, 무엇이 불가능하겠는가?

우리들은 매우 진지한 자세로 '호박의 형이상학'을 실천하고 있다. 모든 사물의 크기가 상대적임을 고려할 때, 과연 우리가 '호박' 속에 살고 있는 것인지, 아니면 조그마한 관(棺) 속에 있는 것인지를 아는 이는 아마 아무도 없을 것이다. 그리고 우리가 장차 '불멸의 원형질' 세포가 될 수 있을지 아닌지 그 여부에 대해 알고 있는 이도 없을 것이다. 애당초 우주 '전체'가 '내재적'일 뿐 아니라, 분명하게 '한정된' 것이어야 했다. 이와 더불어 모든 것이 '고정'되고, 서로 아무런 '관련성'도 없는 상태여야 했다. 그랬다면 분명 '죽음'도 없었을 테니까.

최근 일어난 여러 가지 조짐으로 봤을 때, '호박'은 단지 이 가엾은 '지구'뿐만 아니라 '우주 전체'*를 정복하려고 준비하는 것 같다. '호박'은 조만간 '은하수'를 상대로 한판 승부를 벌이려고 준비하는 것 같다. 그렇게 시간이 흐르다 보면, 언젠가 '호박'은 '존재', '실재', 그리고 [모든 실재의] '외피'가 되고 말 것이다.

(나는 '호박단[琥珀團]'의 단원 여러분들에게 변변찮으나마 '호박'에 얽힌 전설과 역사를 이야기해 주도록 '호박'으로부터 허락을 받았다.

우리는 지금껏 모두가 알고 있던 바로 그 세계 속에서 살았다. 그러나 지금은 이 세상 모든 것이 그 껍질 안에 들어가 있다. 그리고 거기엔 단지 내재적인 관계만 있기 때문에, 따라서, 죽음은 존재하지 않는다.

전보다 나아진 게 있다면 바로 이 점이리라.)

* 원문에 나온 "Creación"은 '우주' 외에 '(예술)창조'라는 의미도 갖고 있다.

해설

현실이 되기를 꿈꾸는 이야기
마세도니오 페르난데스의 문학 세계

"불가능의 세계에 닻을 내리자!"

― 마세도니오 페르난데스

마세도니오 페르난데스. 우리에겐 너무도 생소한 작가다. 같은 아르헨티나 출신의 호르헤 루이스 보르헤스는 세계적으로 명성을 누리는 작가가 된 반면, 소위 그의 문학적 스승이라고 하는 마세도니오는 여전히 그림자에 감춰진 존재에 불과하다. 아르헨티나에서 "다음 세기는 마세도니오 페르난데스의 시대가 될 것이다!"*라는 슬로건 아래 그의 문학 세계 재조명에 나서기도 했지만 그 성과는 여전히 미미하다. 이유가 무엇일까? 물론 난해하기 이를 데 없는 그의 작품도 그렇지만, 무엇보다 마세도니오의 삶 자체에 근본적인 원인이 있는 것으로 보인다. 문학과 예술, 철학과 정치의 세계를 자유롭게 넘나들며 어느 한 지점에 고착되기를 거부했던 마세도니오. 어떤 면에서 그가 그려 온 삶의 궤적 자체뿐 아니라 그가 남긴 글과 말은 유토피

* 이는 1997년 8월, 아르헨티나의 마르 델 플라타에서 개최된 심포지엄의 슬로건이다. 평론가 모니카 델 부에노(Mónica Del Bueno)가 마련한 이 자리에서는 마세도니오 페르난데스 문학의 가치와 잠재성에 대해 다양한 논의가 이루어졌다.

아의 꿈을 담은 아카이브라고 할 수 있을지도 모른다.

이런 이유 때문일까? 마세도니오는 자신의 작품이 아닌 '전설'로 이 세계에 남게 되는 역설적 운명을 벗어날 수 없었다.* 예를 들어 검사로 재직할 당시 어떤 피고에게도 유죄를 구형하지 않았다는 이야기부터 1897년경 아나키스트들과 — 여기에는 보르헤스의 아버지가 포함되어 있었다! — 더불어 파라과이의 삼각주에 '아나키즘 공동체'를 세웠던 일화에 이르기까지, 사실 여부를 확인할 수 없는 신화만이 그의 삶을 구름처럼 둘러싸고 있을 뿐이다. 더구나 사랑하던 아내 엘레나 데 오비에타가 이른 나이로 세상을 떠나자 가족마저 등진 채 싸구려 여인숙을 전전하며 유랑 생활을 했던 것, 그리고 오늘날 발견되는 대부분의 작품도 원고나 쪽지 형태로 여기저기 흩어져 있던 글을 아들인 아돌포 데 오비에타가 편집해 출간한 사실** 또한 그의 기이한 행적에 — 그의 작품 세계가 아니

* 이런 역설적인 현상을 부추긴 데는 보르헤스가 쓴 글(「마세도니오 페르난데스」, 『서문들에 대한 서문이 달린 서문들』[마드리드, 알리안사, 1998], 75~90쪽)이 가장 큰 원인이 되었음을 부인하기는 어려울 것이다. 그 외에도 아르헨티나 작가인 알바로 아보스(Álvaro Abós)가 쓴 책(『마세도니오 페르난데스 — 불가능한 전기[Macedonio Fernández — La Biografía Imposible]』[부에노스아이레스, 플라사 앤드 야네스(Plaza & Janés), 2002]) 또한 큰 영향을 미쳤다.
** 그를 가까이서 지켜본 보르헤스는 이 문제에 대해 다음과 같은 증언을 하고 있다. "글을 쓰는 것은 마세도니오 페르난데스에게 어울리는 일이 아니었다. 그는 단지 생각하고 사유하기 위해 살았다. 그는 매일 변하고 뒤바뀌는, 그리고 놀라움을 주는 생각에 잠겨 살았다. 그는 마치 굽이쳐 흐르는 강물처럼 이야기를 풀어내는 이야기꾼 같았다. 따라서 흔히 글쓰기라고 불리는 그런 사유 방법은 그에게 조금도 힘들지 않았다. 그의 사유는 떠오르는 대로 곧장 종이에 옮겨 적은 것처럼 생생하면서도 날카로웠다. 조용한 방에서든, 사람들이 웅성대는 카페에서든, 그는 가리지 않고 종이를 빽빽하게

라 — 관심이 모인 원인이 되고 있다.

지난 세기만 하더라도 마세도니오와 얽힌 일화를 이야기하는 것을 마치 큰 자랑거리라도 되는 것처럼 여겼던 걸 보면, 마세도니오 페르난데스가 당시 아르헨티나의 지식인 사회에 미친 영향력은 대단했던 모양이다. 보르헤스조차 "아버지로부터 마세도니오와의 우정과 그에 대한 존경심을 물려받았다"*고 공언했을 정도니까 말이다.

유럽에서 오랫동안 체류했던 우리 가족은 1921년 마침내 아르헨티나로 돌아왔다. 막상 귀국한 뒤로는 제네바에 있던 서점과 이야기하기를 즐기는 마드리드 사람들의 독특한 분위기가 몹시도 그리웠다. 그러나 마세도니오를 알고 나면서부터는 그런 그리움이 싹 사라졌다. 아니, 그런 분위기를 되찾았다

채워나갔다. 게다가 타자기가 없던 시대니만큼 그는 반듯하고 분명한 글씨로 글을 썼다. 그리고 그가 되는대로 쓴 편지라 해도 책으로 내려고 쓴 글에 비해 결코 수준이 떨어지지 않았다. 매우 독창적이면서도 대담했을 뿐 아니라, 그 문학적인 품격에 있어서는 오히려 다른 글을 능가할 정도였다. 마세도니오는 자신이 쓴 글에 전혀 가치를 부여하지 않았다. 주거지를 옮기는 경우에도, 그는 그동안 써서 탁자 위에 수북이 쌓아놓거나 상자와 농 속에 처박아둔 수많은 형이상학적·문학적 내용의 원고를 한 번도 가져간 적이 없을 정도였다. 그런 이유로 그가 쓴 수많은 글들이 유실되고 말았다. 아마 이를 되찾기는 어려울 것이다. 보다 못해 내가 나서서 그를 나무란 적도 있다. 하지만 그는 태연한 표정으로 이렇게 대답할 뿐이었다. 우리들이 무언가를 잃어버릴 수 있다고 생각하는 건 일종의 오만이다. 왜냐하면 우리의 정신은 너무도 빈약해서 언제나 같은 것을 찾았다가, 잃어버리고, 또다시 찾는 악순환을 범하기 때문이라는 것이다."(호르헤 루이스 보르헤스, 「마세도니오 페르난데스」, 『서문들에 대한 서문이 달린 서문들』, 82~83쪽)

* 같은 책, 77쪽.

고 하는 편이 정확할 것 같다. 유럽을 떠나기 얼마
전 나는 라파엘 칸시노스 아센스(Rafael Cansinos
Assens)라는 유대계 스페인 작가와 감동적인 대화
를 나눈 적이 있었다. 그는 유럽의 모든 언어와 문학
을 아우르는 풍부한 식견을 가지고 있었다. 그 자신
이 유럽, 아니 유럽의 과거사 그 자체인 것 같은 인
상을 받았다. 마치 천국에서 세상의 모든 근본적인
문제를 생각하고 해결하는 최초의 인간 아담처럼 보
였다. 그러나 마세도니오에게서 나는 그와는 전혀
다른 모습을 발견할 수 있었다. 칸시노스를 '시간의
총체'라 한다면, 마세도니오는 '젊고, 활기찬 영원
성'이라 부를 만했다.*

보르헤스가 보기에, 마세도니오가 지닌 "전혀 다른 모습"
은 현학적인 지식 — 이러한 지식은 "인간의 어리석은 허
영심, 즉 자신이 사유하지 않는다는 사실을 은폐하기 위
한 방법이자 겉만 번드르르하게 꾸미려는 욕망"에 지나
지 않기 때문이다 — 을 넘어 그 지반, 즉 "우주의 비밀"**
까지 꿰뚫어 보려는 그의 태도에서 비롯된다. 따라서 그
의 형이상학은 편협한 지적 체계가 아니라 인간 존재의
근본적 질서를 밝혀냄으로써 '다른' 세계의 가능성을 모
색해보려는 노력이다.

* 같은 책, 77쪽. 강조는 인용자.
** 같은 책, 78쪽.

마세도니오 페르난데스의 글쓰기와 형이상학적 사유는 동전의 앞뒤를 이루고 있을 뿐만 아니라, 뫼비우스의 띠처럼 동일한 공간에 존재하고 있다. 사유가 문학이 되고, 문학이 사유가 되는 세계. 따라서 그의 작품은 모두 글쓰기/존재에 대한 사유로 이루어져 있다고 해도 과언이 아니다. 그중에서도 「의식 절제 수술」(1941)이야말로 마세도니오 문학의 특징을 가장 잘 드러내주는 작품이다. 이 작품을 한번 읽어보면 보르헤스가 마세도니오로부터 얼마나 많은 영향을 받았는가를 단적으로 확인할 수 있다.*

40년 동안 다람쥐 쳇바퀴 돌 듯 매일 같은 생활을 반복하던 대장장이 코시모 슈미츠는 어느 날 갑자기 삶의 회의를 느낀다. 지난 세월을 헛되게 살았다는 후회를 견디지 못한 코시모는 유명한 심리학 교수를 찾아가 다른 이의 기억을 이식함으로써 자신의 과거를 바꾸어달라고 부탁한다. 자기 가족을 몰살한 이의 기억을 받은 코시모는 곧 죄책감에 시달리다 마침내 경찰에 자수하고 만다. 감옥에 갇힌 채 처형을 기다리던 그는 수시로 몰려드는 극도의 공포를 이기지 못해, 미래 인식능력 범위를 축소시켜 8분간만 예측할 수 있게 하는 수술을 받게 된다. 이로써 미래와 과거로부터 단절된 채 오로지 현재 속에서만 살게 된

* 마세도니오 페르난데스의 단편을 읽다 보면 헤르만 쇠르겔이라는 석좌교수가 우연히 셰익스피어의 기억을 물려받게 된다는 보르헤스의 「셰익스피어의 기억(La Memoria de Shakespeare)」(1983)을 떠올리지 않을 수 없다(호르헤 루이스 보르헤스, 「셰익스피어의 기억」, 보르헤스 전집 5권 『셰익스피어의 기억』[황병하 옮김, 민음사, 1997], 180~194쪽).

코시모는 아무런 고통도 두려움도 없이 전기의자에서 죽음을 맞이한다. 결국 이식된 타인의 기억으로 인해 코시모는 자신이 저지르지도 않은 죗값을 치르게 된다는 이야기다.*

짧은 분량이지만 시간과 기억, 그리고 존재라는 결코 가볍지 않은 주제를 다룬 이 단편에서 가장 주목할 점은 이야기의 구성 방식이다. 작가 자신이 말했듯이, 이 이야기는 아주 복잡한 방식으로, 즉 "처음 사건이 마지막에, 그리고 가장 마지막 것이 제일 먼저 오도록" 구성되어 있다. 간단히 말해서 작가는 실제 사건 발생 순서와 이야기 구성 순서(플롯)를 바꾼 셈이다.** 굳이 "시간을 거꾸로 돌려 이야기"***하려는 이유는 뭘까?

시간을 거꾸로 돌려 이야기하면 독자들은 커다란 인

---

* 보르헤스의 또 다른 작품 「비밀의 기적(El Milagro Secreto)」(1944)도 마세도니오의 작품과 묘한 대조를 이룬다(호르헤 루이스 보르헤스, 「비밀의 기적」, 보르헤스 전집 2권 『픽션들』[황병하 옮김, 민음사, 1994], 231~243쪽). 주인공인 자로미르 흘라딕은 나치에 의해 처형되기 직전, 작품을 완성할 수 있도록 1년의 시간을 더 달라고 하느님에게 간청한다. 다만 차이가 있다면 미래를 제거함으로써 영원한 현재 속에서 행복한 죽음을 맞이한 코시모와는 달리 흘라딕은 멈춰버린 현재-시간에서 미래를 미리 당겨서 경험함으로써 원하던 바를 이루고 죽음을 맞이한다는 점, 그리고 코시모가 과거-기억을 제거한 반면 흘라딕은 과거-기억의 도움을 받아 작품을 완성한다는 점이다. 하지만 한 가지 분명한 사실은 '의식 절제 수술'이 없었다면 아마 「비밀의 기적」도 태어나지 못했을 것이라는 점이다.
** '시간의 역류'에 대해서는 보르헤스의 「허버트 퀘인의 작품에 대한 연구」(『픽션들』, 116~128쪽)를 참조할 것.
*** 마세도니오 페르난데스, 「의식 절제 수술」, 『영원한 여인의 소설 박물관』(카라카스, 비블리오테카 아야쿠초, 1982), 39쪽, 각주 1.

식상의 혼란을 경험하게 될 것이 분명하다. 내가 굳이 그렇게 하려는 이유는 혼란을 통해 독자들의 의식을 날카롭게 벼림으로써 순서가 복잡하게 뒤얽힌 코시모의 경험에 대해 공감하도록 만들려는 것이다. 독자들을 이처럼 혼란스러운 상태에 빠지도록 하는 것이 내 예술적 의도인 바, 만약 그들이 내 의도를 분명하게 읽어낸다면 이는 커다란 낭패가 될 것이다.*

따라서 마세도니오의 '예술적 의도'는 독자의 의식에 일대 '혼란'을 일으킴으로써 그들의 인식과 의미의 일상적인 생산 — 공통 의미 — 을 중지시킴과 동시에 그 정당성에 의문을 제기하도록 만드는 것이다. 다시 말해 정설(orthodox)이라는 단일한 흐름에 '역설(paradox)'을 침투시켜 이를 단절시키는 것이 그의 목적이다. 사실 이러한 방법은 단지 「의식 절제 수술」뿐 아니라 마세도니오 문학 세계의 중추를 이루고 있다. 보르헤스에 따르면, 마세도니오 페르난데스는 동료 문인들 앞에서 놀라운 구상을 밝힌 적이 있다고 한다. 자신이 아르헨티나 대통령 선거에 출마한다는 것이었다. 실제로 그는 아르헨티나공화국의 대통령이 되겠다는 엄청나지만 막연한 계획(1921년과 1927년)을 꿈꾸고 있었다. 그가 대통령이 되겠다는 원대한 포부를 가지게 된 동기는 이렇다. "많은 사람들은 담배

* 같은 책, 39쪽.

가게를 차리려고 한다. 하지만 대통령이 되고자 하는 이는 아무도 없다. 따라서 담배 가게 주인이 되는 것보다 대통령이 되는 것이 확률상 훨씬 쉽다는 결론이 나온다."*

마세도니오가 각별한 관심을 가지고 있던 건 권력이나 명성 그 자체가 아니라 오히려 '권력/명성의 메커니즘'이었다. 마세도니오는 권력 자체를 욕망하기보다는 예술을 통해 권력이라는 욕망에 접근하고자 했던 것으로 보인다. 이때부터 이미 마세도니오의 문학은 — 외적, 추상적인 비판 대신에 — 국가/권력의 메커니즘 내부로 침투해 이를 해체하기 시작한다. 다시 말해, 그는 작품 하나하나에서 '또 다른' 국가를 만들어내고자 했던 것이다. 마세도니오에게 국가와 소설은 분신과도 같은 관계이다. (그건 마치 에드거 앨런 포의 「윌리엄 윌슨」에 나오는 분신 관계와 유사한 것이 아닐까?) 마세도니오에게 있어서는 소설이 있기 때문에 국가가 존재한다. 다시 말해 소설이 있기 때문에 국가가 존재할 수 있다. 그 당시 마세도니오에게 중요한 것은 선거 자체가 아니라 "이름을 널리 알리는 것"이었다. 그런 목적이라면 유명 일간지를 이용하는 것이 가장 손쉬운 방법이었지만, 이는 진부해질 위험이 컸다. 마세도니오가 보기엔 "눈에 띄지 않으면서도 기상천외한 방법을 통해서 사람들의 상상력을 사로잡는 편"이 훨씬 효과적일 것 같았다. "마침내 마세도니오는 사람들

* 호르헤 루이스 보르헤스, 「마세도니오 페르난데스」, 『서문들에 대한 서문이 달린 서문들』, 85쪽.

의 호기심을 끌기에 충분한 자신의 이름을 십분 활용하기로 결정했다. 그 즉시 내 여동생과 몇몇 친구들이 나서 종이쪽지나 작은 엽서 등에 마세도니오라는 이름을 적어, 제과점이나 전차, 길거리, 집 현관, 그리고 영화관 등지에 몰래 흘려놓았다."*

이와 같이 눈에 띄지 않게 자신의 이름을 확산시켜 사람들의 의식 — 상상력 — 에 동요를 일으킴으로써 이를 마음속 깊이 각인시키는 방법은 「의식 절제 수술」에 이르러 구체적으로 이론화되기에 이른다. 즉 지속적인 읽기, 혹은 '시적 진실'의 기초가 되는 "의심의 유예(suspension of disbelief)"**를 중단시키기 위해 주석, 사설(辭說), 괄호 글 등을 계속 끼워넣는 방법이 바로 그것이다.

글 속에 각종 사설과 괄호 글을 넣는다거나 각주를 다는 방식은 (음악과 마찬가지로) 지나치게 의식하지 않고 편안하게 듣는 이야기가 가장 분명하게 기억에 남는다는 평소 내 지론을 의도적으로 적용한 것이다. 내 글쓰기 방식은 — 실제로 어떤 가정에서 본 장면인데 — 피아노 앞에 앉아 있는 사람이 거기에 모인 이들에게 자기가 피아노를 치는 동안 계속

---

* 같은 책, 85쪽.
** 새뮤얼 테일러 콜리지, 「문학 전기 II(Biographia Literaria II)」(제임스 잉겔[James Engell]·W. 잭슨 베이트[W. Jackson Bate] 편집, 프린스턴, 프린스턴 UP[Princeton UP], 1983), 6쪽.

대화를 나누지 않는다면 연주를 중단할 것이라고 말하는 것과 같은 이치다. (…) 내가 글 속에서 이러한 여담이나 사설, 각주, 괄호 글, 그리고 이런저런 췌언(贅言)들을 다루는 방식도 이와 마찬가지이다. 하지만 나의 경우에는 의도적으로 '그리고(y)'를 빈번하게 사용함으로써 이야기의 연속성을 살리려 한다. (…) '그리고'와 '이제(지금)'를 자주 사용하면 어떤 말을 이어도 이야기가 된다. 다시 말해 모든 말을 서로 꿰어 [일정한 방향으로] "몰고 간다".*

이야기의 흐름이 일시 중단되고 다른 이야기들이 끼어들면 독자들은 일시적으로 혼란을 겪지만, 시간이 흐르면서 서서히 새로운 흐름을 의식 깊숙이 받아들이게 될 뿐만 아니라, 오히려 더 강렬한 경험을 하게 된다는 것이다. 더구나 서로 이질적인 이야기들을 '그리고'와 '이제'라는 고리를 통해 짜임새 있게 연결시킴으로써 '연속성'의 느낌을 부여하기 때문에 그 효과는 한층 더 강화된다. 이러한 논리는 "지나치게 의식하지 않고 편안하게 듣는 이야기가 가장 분명하게 기억에 남는다"는 마세도니오의 지론에 기초하고 있다. 사실 이러한 논의는 오랜 구전 전통 기법을 의도적으로 되살린 것이다.** 베냐민의 「얘기꾼과 소설

* 마세도니오 페르난데스, 「의식 절제 수술」, 「영원한 여인의 소설 박물관」, 41~42쪽.
** 발터 베냐민에 따르면, "하나의 얘기를 지속적으로 기억"할 수 있는 가장 적절한 상태는 수공업의 단순한 리듬에서 쉽게 발견되는 "이완의 상태"다. "듣는 사람이 얘기에

가」에 따르면 과거의 이야기는 오랜 세월에 걸쳐 여러 번 반복되고, 천천히 서로 엇갈리면서 형성되는 "얇고 투명한 층의 짜임"*이다. "오늘날에 와서는 그[층의 짜임] 마디가 하나하나씩 해어지고"** 있지만, 마세도니오는 중단과 끼어들기 방법을 통해 독자의 의식 속에 보이지 않는 이야기의 층들을 쌓아 올리려 한다. 그렇게 함으로써, 사람의 삶 속에 사물을 침잠시켜 그의 뇌리에 더 깊게 박히도록 하려는 것이다.

한편, 나는 오로지 '건너뛰면서 읽는 독자(lector salteado)'에 대해서만 작가임을 천명하는 바이다. 다른 작가들은 [독자들이] 집중해서 자기의 글을 읽도록 갖은 노력을 다 기울이지만, 나는 그런 데 일절 신경 쓰지 않고 최대한 편안하게 글을 쓴다. 그건 내가 [독자들에게] 무관심하거나 욕심이 없어서가 결코 아니다. 오히려 듣는 사람 혹은 읽는 사람의 마음 속에서 내가 발견해낸 (혹은 발견해냈다고 믿고 있는) 고유한 특성, 즉 멜로디나 인물들, 혹은 사건 등

깊이 몰두하면 할수록 그가 듣는 내용은 더욱더 깊이 그의 뇌리에 박히게 된다. 베 짜는 리듬과 같은 얘기에 한번 빠져드는 사람은 그 얘기를 남에게 다시 전할 수 있는 재능이 저절로 생겨나게끔 그 얘기를 듣게 되는 것이다."(발터 베냐민, 「얘기꾼과 소설가」, 『발터 벤야민의 문예이론』[반성완 옮김, 민음사, 1983], 174~175쪽)
* 같은 책, 177쪽. 베냐민은 이 대목에서 이와 같은 투명한 층들을 더 이상 용납하지 않는 단편소설의 등장을 이야기 전통의 종말로 파악하고 있다. 따라서 마세도니오는 베냐민의 논의가 끝난 지점에서 이야기의 새로운 가능성을 모색하고 있는 셈이다.
** 같은 책, 175쪽.

이 너무 강렬해서 듣는 사람이나 읽는 사람이 연속적으로 듣거나 읽기가 어려워 여기저기 건너뛰며 듣거나 읽는 경우, 그러한 요소들이 [독자들의 기억 속에] 더 깊이 각인된다는 특성을 적극적으로 활용하기 때문이다.*

이로써 독자들의 의식 속에 켜켜이 쌓이게 되는 것은 실제 경험(Erfahrung)이 아니라, 이야기를 통해 각인된 '인공 경험'이다. 바로 이 지점이 마세도니오의 문학이 정치 ― 국가/권력 ― 와 접점을 형성하는 곳이다. 앞서 말한 바와 같이 은밀하게 이름을 유포시킴으로써 사람들의 상상력을 사로잡는 것, 즉 사람들의 의식 속에 그의 이름이라는 인공 경험과 기억을 각인시키는 것, 이것이야말로 마세도니오 정치학의 요체다. 그런 면에서 국가 또한 이야기꾼이라고 할 수 있을 것이다. 국가는 현실을 은폐하는 거짓 이야기 ― '환각적'인 이야기 ― 를 무차별적으로 생산, 유포함으로써 대중으로 하여금 "믿게 만드는(hacer creer)" 이른바 "믿음의 소극(farse de creer)"**을 펼친다. (따라서 국가는 최고의 환상 문학 작가다!) 외형적으로 볼 때, 마세도니오의 정치적 욕망은 이야기 생산 기계로서의 국가와 동형(同形)적인 동시에 적대적이다. (다만 그 적대성이 주제가 아니라, 이야기의 구성이라는 구조적 측면에

* 마세도니오 페르난데스, 「의식 절제 수술」, 『영원한 여인의 소설 박물관』, 42쪽.
** 같은 책, 41쪽.

서 이루어지고 있다는 점을 주목해야 한다.) 그는 이야기를 생산함으로써 인공 기억/경험을 생산할 뿐만 아니라, 이를 통해 대중의 일상화된 의식 표면을 지배하고 있는 현실 정치와 지배 담론에 침투해 균열("혼란")을 내고, 이를 서서히 붕괴시키려고 하기 때문이다. 마세도니오의 이러한 구상은 보르헤스와 함께 선거운동 당시 세웠던 실천 계획과도 정확하게 일치한다. 그건 바로 "부에노스아이레스를 무대로 하는 멋진 환상소설을 한 편 써보자는 의견"이었다. 마세도니오를 위시해 모두가 참여하는 "집단 창작의 형식"이었다. 이들이 구상했던 작품의 제목은 '대통령이 될 사람'*으로, 작품에 나오는 인물들은 모두 마세도니오의 친구들이었다고 한다.

그런데 중요한 점은 이 소설이 "두 가지 플롯으로 치밀하게 짜여 있다"는 사실이다. 보르헤스의 말에 의하면 첫 번째는 작품 표면에 드러나 있는 "가시적인 플롯"으로, 공화국의 대통령이 되기 위해 마세도니오가 짜낸 기상천외한 전략이다. 두 번째는 작품에 은밀하게 숨겨진

---

* 호르헤 루이스 보르헤스, 「마세도니오 페르난데스」, 『서문들에 대한 서문이 달린 서문들』, 85쪽. 보르헤스에 따르면 이 소설의 구상은 "마세도니오가 꿈꾸대는 바람에 결국 뜻을 이루지 못했다. 사실 마세도니오는 말을 하는 것을 즐기기는 했지만, 이를 글로 옮기는 데 있어서는 상당히 게으른 편이었다." 그러나 이는 보르헤스다운 거짓 서사 전략이다. 이후 마세도니오는 이를 계기로 자신의 대표작인 『영원한 여인의 소설 박물관』을, 반면 보르헤스는 「틀뢴, 우크바르, 오르비스 테르티우스」를 썼다. 그리고 『영원한 여인의 소설 박물관』에도 이 소설에 대한 언급이 나온다. 마세도니오 페르난데스, 『영원한 여인의 소설 박물관』(부에노스아이레스, 코레히도르, 1975), 48쪽 참조.

"비밀 플롯"으로, 마세도니오를 대통령으로 당선시키기 위해 신경증에 걸린 — 아마도 미치광이인 — 갑부들이 작당해서 꾸며낸 음모를 다루고 있다. 이 미치광이 갑부들은 "불편하고 거북한 발명품들을 지속적으로 만들어 세상에 퍼뜨림으로써 사람들의 거부감과 저항을 서서히 무력화시키기"로 결의했다.

그들이 생각해낸 첫 번째 발명품은 자동 설탕 투입기인데, 이를 이용하면 오히려 자기 기호에 맞게 커피에 설탕을 넣기가 불가능해진다. 이 뒤를 이어 기발한 발명품들이 줄지어 떠올랐다. 예를 들면, 펜대 양 끝에 촉이 달린 이중 펜. 이걸 들고 글을 쓰다가 졸기라도 하는 날에는 눈이 찔리기 십상이다. 그리고 챌판(계단의 디딤판 사이에 수직으로 댄 판)의 높이가 다 다르게 만들어져 있어, 올라가기가 등산하는 것보다 더 어려운 계단. 또 사람들의 생활을 간편하게 만들어주는 면도칼 겸용 빗. 그러나 그걸로 머리를 빗다 보면 언제나 손을 베이게 된다. 서로 상극인 두 가지 새로운 재료를 섞어 만듦으로써, 우리의 예상과는 반대로 커다란 것은 굉장히 가벼워지고, 아주 작은 것은 들 수도 없을 정도로 무거워지게 될 것이다.* 한마디로 우리의 상식을 완전히 뒤엎어 버

---

* 이 내용은 또한 보르헤스의 「틀뢴, 우크바르, 오르비스 테르티우스」에도 나온다. 『픽션들』, 46~47쪽.

리자는 의도라고 할 수 있다.*

이들의 음모로 마침내 정부는 무너지고, "현실은 즉각 항복을 선언"**한다. 마침내 마세도니오와 페르난데스 라투르가 대통령 궁인 '카사 로사다'에 입성하는 것으로 소설은 마무리된다. '미완성'의 소설. 사실 소설은 지금이 아닌 다른 시간을 질료로 다른 세계를 구성하기 때문에 언제나 미완성일 수밖에 없다. 그건 소설을 따라다니는 운명의 그림자와도 같다. 따라서 마세도니오의 소설은 "아직은 아닌",*** 아직 도래하지 않은 세계, 즉 "환상적인 세계가 실제의 세계 속으로"**** 침투해 기존의 질서와 의미를 무너뜨리는 "아나키즘의 세계"*****다.

　사물의 의미와 질서가 모두 와해되는 아나키즘의 세계는 코시모 슈미츠가 경험한 영원한 현재이다. 무엇이 도래할지 가슴 설렐 일도, 또 과거의 고통으로 가슴 아파할 일도 없는 "현재의 매 순간은 오로지 활기와 힘, 그리고 기쁨과 환희만이 넘칠 뿐이다". 아무것도 가로막는 것

* 호르헤 루이스 보르헤스, 「마세도니오 페르난데스」, 「서문들에 대한 서문이 달린 서문들」, 86~87쪽. 이 내용은 마세도니오 페르난데스의 『영원한 여인의 소설 박물관』에 다시 나온다(202쪽).
** 호르헤 루이스 보르헤스, 「틀뢴, 우크바르, 오르비스 테르티우스」, 「픽션들」, 48쪽.
*** 리카르도 피글리아, 「일기로 쓴 문학 이야기(Notas sobre literatura en un diario)」, 「아나 마리아 바레네체아에게 바치는 헌정서(Homenaje a Ana María Barrenechea)」(마드리드, 카스탈리아 출판사[Editorial Castalia], 1984), 145쪽.
**** 호르헤 루이스 보르헤스, 「틀뢴, 우크바르, 오르비스 테르티우스」, 「픽션들」, 45쪽.
***** 호르헤 루이스 보르헤스, 「마세도니오 페르난데스」, 「서문들에 대한 서문이 달린 서문들」, 87쪽.

이 없기에, "모든 욕망과 열정이 한꺼번에 현재 속으로 분출하면서 어우러지"는 찬란한 순간. 언제나 황홀한 분위기로 들끓는 "감각의 난장(亂場)". 이러한 현재 속에 살아가는 코시모의 눈에는 모든 것이 달리 보인다. 현재라는 절대적 순간은 '또 다른' 세계로 틈입하는 통로가 되는 셈이다.

> 밤낮 가리지 않고 언제나 황홀한 분위기에 취해 있고, 매 순간마다 간절한 시선으로 세상을 바라보는 그의 모습을 보고 있으면 왠지 가슴이 찡해진다. 그는 세계를 가슴속 깊이 사랑하고 있을 뿐 아니라, 경외심을 가지고 있기도 하다. 이 세상 모든 것은 현재라는 순간 속으로 스며들어오는 즉시 영원불변의 상태로 둔갑한다. 게다가 가장 평범하고 단조로운 현상조차도 그의 의식 속에서는 무한하리만큼 심오한 의미를 띠게 된다. 그는 영혼에 스며드는 모든 빛을 통해 나무와 그림자를 하나하나 응시하기 때문에 — 그렇다고 지나칠 정도로 한곳에 집착하는 것도, 산만하게 두리번거리는 것도 아니다 — 눈에 비친 모든 사물은 분명하면서도 투명하게 보인다.*

하지만 또 다른 세계에서는 모든 사물이 "기존의 의미를

---

* 마세도니오 페르난데스, 「의식 절제 수술」, 「영원한 여인의 소설 박물관」, 37쪽.

잃고 동요"*하게 된다. 다시 말해, 기존의 의미 생산 체계가 붕괴됨으로써 사물은 그동안 자기를 옭아매고 있던 굴레로부터 벗어나 마침내 새로운 자유, 즉 '무의미의 세계'로 진입한다. 허무주의가 아닌, 창조적 의미 생산을 위한 전제 조건으로서의 무의미 — 무(無)의 경지. 결국 코시모의 "말수는 점점 줄어들기 시작한다. 그의 머릿속으로 한꺼번에 몰려들어 순식간에 모양을 바꾸는 현상을 도무지 언어로 표현할 길이 없기 때문이다."** 그리고 영원한 현재 속에서는 모든 존재들은 자신의 이름으로부터 벗어나 익명성의 세계로 접어든다. '데스푸투란테'는 '엑스티르피오 템포랄리스'가 되기도 하고, '엑스티르피오 템포랄리스'나 '엑시시오 아포르베니우스'가 되기도 할 뿐 아니라, '페드로 구티에레스 데눈시오'란 이름으로 알려져 있기도 하다.*** 주인공 코시모 슈미츠 또한 "과거에 영웅이던 사람"이 될 수도, 혹은 "화학자였던 사람"이 될 수도 있고, 아니면 "과거에 수단이나 사모아제도를 탐험했을 때를 떠올리며 날갯짓하는 시늉"****을 하기도 한다. "자신이기도 했고 동시에 자신이 아니기도" 했고, "이 세상 모든 사람들이기도 했고 아니기도 했"던 코시모.***** 이는 존재의 "소

* 호르헤 루이스 보르헤스, 「마세도니오 페르난데스」, 『서문들에 대한 서문이 달린 서문들』, 87쪽.
** 마세도니오 페르난데스, 「의식 절제 수술」, 『영원한 여인의 소설 박물관』, 37쪽.
*** 같은 책, 38쪽.
**** 같은 책, 40쪽.
***** 같은 책, 42쪽.

251

멸"과 자기부정을 통해서가 아니라, 무한한 증식과 분열을 통해서만 실현될 수 있는 유토피아적 구상이다.*

따라서 코시모가 경험한 현재는 과거와 미래 속으로 부단히 미끄러져 들어감으로써, 현재적인 것과 잠재적인 것을 모두 지워버리는 "텅 빈 시간",** 혹은 시간의 텅 빈 형식과 다르지 않다. '인공 기억/경험'으로서의 현재는 화석화된 현재를 과거와 미래를 향해 무한히 미분(微分)시킴으로써, 다시 말해 현재를 구성하는 수많은 이야기들을 과거와 미래를 향해 무한하게 분열시키고 증식시킴으로써 지금 여기의 삶에 새로운 의미와 형식을 부여하려는 시도이다.*** 그러나 마세도니오에 따르면 매일 같은 리

---

* 프레드릭 제임슨(Fredric Jameson)이 "모든 익명성에는 유토피아적인 그 무엇인가가 있다"라고 지적한 것도 이와 크게 다르지 않을 것이다(프레드릭 제임슨, 「제3세계에 나타난 문학적·문화적 수입 대체 형식: 증언 문학의 경우[On literary and cultural import-substitution in the Third World: The case of Testimonio]」, 「마진스[Margins]」 1호, 1991, 11~34쪽). 이와 더불어 "나는 디오니소스이고, 십자가에 못 박힌 예수다"라고 니체가 말한 것이나, 플로베르가 "나는 보바리 부인이다", 그리고 "나는 역사의 여러 시대에서 나의 모습을 아주 분명하게 본다. (…) 나는 나일강에서는 뱃사공이었으며, 포에니전쟁 때는 로마의 뚜쟁이였으며, 다음으로 수부라에서는 그리스인 수사학자였으나 거기에서 빈대들의 밥이 되었다. 십자군 전쟁 중에는 시리아 해안에서 포도를 너무 많이 먹은 나머지 죽고 만다. 나는 해적, 수도사, 곡예사, 마부, 그리고 아마 동양의 황제였"다라고 말한 것(발터 베냐민, 「도시의 산책자 — 아케이드 프로젝트 3」[조형준 옮김, 새물결, 2008], 74~75쪽)도 같은 논리로 볼 수 있다.
** 질 들뢰즈, 「차이와 반복」(김상환 옮김, 민음사, 2004), 252쪽.
*** 이에 대해서는 호르헤 루이스 보르헤스, 「끝없이 두 갈래로 갈라지는 길들이 있는 정원」, 「픽션들」, 145~166쪽 참조. 작품에서 취팽이 남긴 "다양한 미래들에게(모든 미래들이 아닌) 끝없이 두 갈래로 갈라지는 길들이 있는"(158쪽) 미로는 바로 소설이었다. 그는 소설-미로 속에 "시간의 무한한 연속들, 눈이 핑핑 돌 정도로 어지럽게 증식되는, 분산되고 수렴되고 평형을 이루는 시간의 그물"을 만들었던 것이다. 따라서 "서로 접근하기도 하고, 서로 갈라지기도 하고, 서로 단절되기도 하고, 또는 수백 년

252

듦으로 반복되는 단조로운 생활에서 벗어나기 위해 코시모처럼 타인의 기억을 이식하는 수술은 지나치게 위험하다고 경고한다. 더구나 코시모는 자신이 저지르지도 않은 범죄로 인해 사형까지 당하지 않았던가?

괜히 겉만 번지르르하지 의학적 견지에서는 위험하기 짝이 없는 외과적 제거 수술을 굳이 택하기보다는 기억이나 미래 예측 능력을 제거하기만 해도 그와 완벽하게 똑같은 결과를 얻을 수 있을 것이다. 약물요법이나 임상적인 방법, 혹은 식이요법이나 기후요법과 마찬가지로 외과적 수술을 통해 선천적으로 타고나는 취향이나 성향을 고친다는 발상 자체가 과학적으로 그릇된 것임이 밝혀진 마당에 더 이상 거기에 집착할 필요는 없지 않겠는가? 미래를 예견하지 않으려면, 단지 기억을 제거하기만 해도 된다. 이와 마찬가지로 우리의 머릿속에서 기억을 완전히 제거하려면 지나간 일에 대한 생각을 모두 정지시키기만 해도 충분하다.*

그럼 "기억을 완전하게 제거"함으로써 영원한 현재를 누릴 수 있는 안전한 방법은 무엇일까? 마세도니오가 제안

동안 서로에 대해 알지 못하기도 하는" 그물과도 같은 시간의 구조는 "모든 가능성을 포괄"하게 된다(164~165쪽).
* 마세도니오 페르난데스, 「의식 절제 수술」, 「영원한 여인의 소설 박물관」, 37쪽.

하는 방법은 바로 "이야기"이다. 구체적으로 말하자면 이야기 "읽기"이다. 왜냐하면 이야기를 읽는 매 순간은 코시모가 경험한 현재처럼 "앞으로 무엇이 도래할까 궁금해하거나, 언젠가는 이 세상 모든 것이 다 사라지고 말 것이라는 서글픈 상념에 빠질 필요"도 없을 뿐더러, "활기와 힘, 그리고 기쁨과 환희만"* 넘치기 때문이다. 따라서 「의식 절제 수술」은 이야기/읽기의 모델일 뿐 아니라 이에 대한 이론이기도 하다.

> 정말 그렇게 된다면 좋은 이야깃거리만 하나 있어도 ─ 지금 내가 하는 이야기도 그렇게 된다면 오죽이나 좋을까? 그대들이여, 부디 그렇게 해주기를! ─ 사는 동안 있었던 웬만한 일들은 죄다 잊을 수 있을 것이다. 미래뿐 아니라 과거와도 단절된 독자는 내 이야기를 읽는 매 순간을 충만하게 경험하게 되리라. 그러면 그대는 단 한 가지 이야기로 살아가는 엄청난 특권을 누리게 될 터인즉, 내게 큰 빚을 지게 되는 셈이다.**

평생을 단 한 가지 이야기로만 살아간다는 것은 하나의 이야기에 내재하는 모든 가능성, 즉 가능한 모든 방향으로 갈라지고 분기될 수 있는 이야기들의 수많은 변주 형

* 같은 책, 36쪽.
** 같은 책, 38쪽.

식을 모두 실험한다는 의미이다. 이야기를 읽음으로써 타인의 기억(들), 즉 '인공 기억/경험'을 내 것으로 받아들일 때 — 마치 쇠르겔 석좌교수가 셰익스피어의 기억을 받아들이듯이 — 우리는 미래와 과거를 향해 무한하게 분열하고 증식해가는 이야기를 경험하게 된다. 따라서 모든 가능한 것들이 그물처럼 펼쳐지는 영원한 현재 속에서 독자는 수많은 사람들의 목소리와 그들의 기억과 이야기들을 만나게 되고, 잃어버린 경험의 논리를 복원하게 된다. 그 목소리와 기억은 유토피아의 비밀 문자처럼 이제 곧 다가올 것을 우리에게 알려주는 신탁이나 마찬가지이다. 마세도니오에게 있어서 이야기는 미래에 대한 예견뿐 아니라 과거를 향한 "가능 세계의 소급적 증식"*을 통해 딱딱하게 굳어버린 현재에 생명력을 불어넣어주는 "인공호흡"인 셈이다.

이제 마세도니오 페르난데스의 이야기는 점점 더 밖으로 커져간다. 기존의 경계를 넘어 끝없이 뻗어 나간다. 마치 「우주가 된 호박」에 나오는 "호박"처럼 말이다. 이야기에 따르면 차코 땅에서 자라난 "호박"은 주변 식물의 양분을 모두 빼앗아 먹고 자라는 바람에 이 세상 모든 것을 집어삼키고 만다. "곧 공포가 확산되었다."** 갖가지 의견이 나

---

* 리카르도 피글리아, 「소설과 유토피아(Novela y utopía)」, 『비평과 픽션(Crítica y ficción)』(산타페, 국립 리토랄 대학교[Universidad Nacional del Litoral], 1986), 161쪽.
** 마세도니오 페르난데스, 「우주가 된 호박(성장에 관한 이야기)」, 『영원한 여인의 소설

왔지만, 그 어느 것도 호박의 무시무시한 힘 앞에서는 속
수무책이었다.

모두가 그 안쪽으로 빨려 들어갈 수밖에 없는 어이
없는 순간이 너무나도 급박하게 다가오고 말았기 때
문이다. 만물의 영장이니 뭐니 하면서 큰소리치던
인간들이 한순간에 '호박' 안으로 빨려 들어가는 모
습이 너무 우스꽝스럽기도 했지만, 다른 한편 견딜
수 없을 만큼 치욕스러운 일이기도 했다. 하여간 그
일로 인해 어떤 곳에서는 시계와 모자가 사람들의
뇌리에서 서서히 잊혀져갔고, 담뱃불마저 모두 사라
지고 말았다. 왜냐하면 이제 이 세상에는 '호박' 외
에 그 어떤 것도 남아 있지 않았기 때문이다.*

우주마저 집어삼킨 "호박"은 이제 "나 자신이-우주인-존
재"가 되고, "세계 내-불멸의-존재"이자 이 우주의 유일
한 생명체로 변모한다. 마세도니오의 이야기도 허구의 영
역을 벗어나 현실에 작용하기 시작하고, 마침내는 세계를
정복하는 "호박-세계"**나 마찬가지이다. "호박"처럼 마세
도니오의 이야기-허구 또한 실제적인 존재일 뿐 아니라,

박물관」(카라카스, 비블리오테카 아야쿠초, 1982), 27쪽.
* 같은 책, 27쪽.
** 같은 책, 28쪽.

이 세상 모든 존재를 둘러싸는 "외피"*가 된다.

　더구나 "호박"이 "투명하고도 단일한 공간 속에 존재"하는 이상, 인간과 사물은 "불멸의 원형질"로 변한다. 따라서 "죽음"이라는 유한한 공간도 더 이상 이들을 가둬놓을 수는 없다. 이들과 마찬가지로, 호박-이야기 속에서 살아가는 사람들도 — 즉 이야기를 쓰고 읽는 사람들도 — 죽음이라는 관념으로부터 자유로워질 수 있다. 호박-이야기 속에서는 "모든 것이 내재적"인 관계를 이루고 있기 때문이다. "존재하는 모든 것은 신 안에 있으며, 신에 의해서 생각되지 않으면 안 된다. 따라서 신은 자기 자신 속에 존재하는 모든 것의 원인이다"(『에티카』, 1부 정리 18 증명)라든지 "신은 모든 것의 내재적 원인이지 초월적 원인은 아니다"(『에티카』, 1부 정리 18)라는 스피노자의 사유와 일맥상통하는 대목이다.

　우리는 지금껏 모두가 알고 있던 바로 그 세계 속에서 살았다. 그러나 지금은 이 세상 모든 것이 그 껍질 안에 들어가 있다. 그리고 거기엔 단지 내재적인 관계만 있기 때문에, 따라서, 죽음은 존재하지 않는다. 전보다 나아진 게 있다면 바로 이 점이리라.**

"호박-세계"에 빨려 들어간 사람들과 마찬가지로, "이야

---

* 같은 책, 28쪽.
** 같은 책, 28쪽.

기 읽기"에 몰두하는 이들도 코시모처럼 영원한 현재라는 충만한 세계, 즉 "허구에 오염된"*** 현실 속으로 빨려 들어감으로써 "불멸의 원형질"로 변모한다. 이들은 모두 진지하게 "호박의 형이상학"****을 실천하는 사람들이다. 결국 마세도니오의 이야기는 "상상에 의해 만들어지고, 희망에 의해 추출"*****되는 세계, 다시 말해 현실을 움직이기 위해 "행동하는 소설, 거리로 뛰쳐나간 소설"******을 꿈꾸는 형이상학이다.

엄지영

*** 호르헤 루이스 보르헤스, 「바빌로니아의 복권」, 『픽션들』, 114쪽.
**** 마세도니오 페르난데스, 「우주가 된 호박(성장에 관한 이야기)」, 『영원한 여인의 소설 박물관』, 27쪽.
***** 호르헤 루이스 보르헤스, 「틀뢴, 우크바르, 오르비스 테르티우스」, 『픽션들』, 41쪽.
****** 마세도니오 페르난데스, 『영원한 여인의 소설 박물관』, 51쪽.

옮긴이의 글

우회로: 일기

그러나 세이렌들은 노래보다 더 무서운 무기를 가지고 있었다. 그것은 그들의 침묵이었다. 그런 일이 실제로 일어나지는 않지만, 누군가가 혹시라도 그들이 부르는 달콤한 노래의 유혹으로부터 살아날 수 있었을지도 모른다. 그러나 어떤 경우에도 그들의 침묵으로부터 벗어날 수는 없었을 것이다.*

— 프란츠 카프카, 「사이렌의 침묵」 중에서

화요일

오늘 오후, X와 침묵/정적과 고독/단절에 관해 나눈 대화. 그는 문학, 특히 소설을 제대로 쓰고 읽기 위해서는 특수한 조건이 필요하다고 했다. 주변 현실로부터의 단절과 침묵이 바로 그것이다. 이 두 가지 조건이 갖춰지지 않는다면, 소설은 의미를 잉태시키지 못하는 불모성의 공간, 즉 무의미한 "소리와 분노"에 불과하다는 것이다. 그의 말을 들으니, 제임스 조이스, 혹은 디달러스가 내세운 "침묵, 도피, 간지(silence, exile and cunning)"**라는 계명이

* 프란츠 카프카, 「사이렌의 침묵」, 「변신 — 카프카 전집 1」(이주동 옮김, 솔 출판사, 2005), 574쪽. (번역문 일부 수정)
** 제임스 조이스, 「젊은 예술가의 초상」(김종건 옮김, 범우사, 2004), 327쪽. 번역서에는

떠올랐다.

— 문학작품이 미치는 영향과 효과를 별도로 친다면, 글의 생산과 소비는 오로지 '개인의 고독한 행위' 속에서만 가능한 거야. 가령 완벽한 단어 하나를 찾기 위해 밤을 꼬박 새우던 플로베르를 생각해봐. 센 강을 지나가던 사공들이 그의 집에서 새어 나오던 환한 불빛을 보고 어딘지 알았다고 하잖아. 칸트를 뒤집어놓은 모습이 아닌가! 물론 플로베르와 사공들 중 누가 더 탁월한 이야기꾼인지는 별도로 하더라도 말이야.

— 하지만 외부 세계와의 — 그의 말을 듣고 내가 다소 들뜬 목소리로 말했다 — 단절과 고독에 관해서라면 카프카가 단연 으뜸이지. 카프카가 펠리체 바우어에게 쓴 편지 말이네. 기억나? 언젠가 자네와 함께 읽으면서 감탄을 했던 그 대목 말이야. "언젠가 그대는 내가 글을 쓰는 동안 내 옆에 앉아 있고 싶다고 한 적이 있지요. 들어봐요, 그러면 난 쓸 수가 없습니다(어쨌든 많이 쓸 수도 없지만요). 하나도 쓸 수가 없을 겁니다. 글을 쓴다는 것은 자신을 과도하게 열어놓는 것을 뜻합니다. (…) 때문에 글을 쓸 때 혼자 있는 것은 당연합니다. (…) 자주 생각해 보았는데 내게 가장 좋은 삶의 방식은 글 쓰는 도구와 램프를 갖고 밀폐된 넓은 지하실의 가장 깊숙한 곳에 앉아 있는 것입니다. 사람들이 음식을 갖다주는데, 내 방에서 멀리 떨어

"침묵, 유랑, 그리고 간지(奸智)"라고 되어 있다.

진 곳, 지하실 밖 가장 먼 방에다 내려놓습니다. 잠옷을 입고 음식 있는 데로 가는, 아치형의 천장이 있는 복도가 유일한 산책길이지요. 그러고는 천천히 책상으로 돌아와, 찬찬히 먹고 나서 곧 다시 쓰기 시작합니다. 무엇을 써야 하지요! 얼마나 깊은 곳에서부터 밖으로 낚아챌까요. 힘들이지 않고! 극도로 집중하며 힘이 든다는 것도 잊어버리지요. 문제는 내가 그것을 계속할 수 있을까 하는 것입니다. 그러한 상황에서 불가피하게 실수라도 한 번 일어난다면 나는 대단한 광기를 부릴 것입니다. 그대여, 무엇을 생각하나요? 그대의 지하실 거주자 앞에서 과묵하지 마세요."* 난 말이야, 이 구절을 읽을 때마다 희미한 빛이 비스듬하게 비치는 지도, 그러니까 우리 삶의 비밀을 드러내주는 문학이라는 지도가 눈앞에 떠오르거든. 좀 더 정확히 말하면 카프카가 좋아하던 푸르스름한 새벽빛 사이로 알 수 없는 기호 같은 것들이 떠오르는 것 같아.

어둠이 내린 밤, 정적, 단절과 고독. 카프카에게 있어서 글을 쓴다는 것, 즉 작가가 된다는 것은 이러한 조건을 전제로 하지. 현실, 또는 어떤 외부적인 움직임도 생각의 흐름 속으로 침투하지 못할 때, 따라서 삶의 복잡한 흐름 — 또 다른 흐름! — 이 글 쓰는 이의 눈앞으로 선명하게 떠오를 때, 비로소 작품이, 새로운 경험이 가능해지니까.

— 맞아. 카프카가 평생 글쓰기의 이상형으로 삼았

* 프란츠 카프카, 「1913년 1월 14일」, 『카프카의 편지 — 약혼녀 펠리체 바우어에게』(권세훈·변난수 옮김, 솔 출판사, 2002), 311~312쪽.

던 경험도 바로 그것, 밤과 단절이 주는 '연속성'이었지. 사람들이 카프카를 좋아하는 것도 그런 점일 거라는 생각이 들어. 사실 카프카는 우리 삶에서 새어 나오는 신비로우면서도 극히 고통스러운 소리, 아니 삶이 내지르는 무언의 비명을 들을 수 있던 몇 안 되는 사람들 중 하나였으니까 말이야. 그가 그런 신기한 능력을 가지게 된 것도 따지고 보면 '연속성'이라는 밤의 경험 덕분이 아닌가 하는 생각이 들어. 가령 그의 『일기』에 이런 글이 있어. "나는 이 이야기, 「판결(Das Urteil)」을 단숨에, 그러니까 22일 밤 10시부터 23일 새벽 6시까지 한 번에 써내려갔다. 글을 쓰는 동안 나는 책상에서 다리를 빼낼 수조차 없었다. 너무 오랜 시간 동안 꼼짝도 않고 앉아 있던 탓에 다리가 마비될 지경이었다. 작품의 이야기가 내 눈앞에서 저절로 펼쳐지고, [이야기의] 물길이 열려감에 따라서 엄청난 긴장감과 희열이 가슴속으로 밀려왔다. 그날 밤 동안, 나의 온 체중이 등과 어깨에 쏠리는 느낌을 여러 차례 받았다. 이런 일을 대체 어떤 식으로 설명할 수 있을까? 모든 사건들, 그중에서도 가장 기이한 사건들이 사그라지고 되살아나는 거대한 불꽃을 어떻게 준비할 것인가? 그리고 유리창은 어떻게 푸르스름한 빛으로 물들기 시작했던가? 그 무렵, 마차 한 대가 덜그럭거리는 소리를 내며 지나갔다. 그리고 두 남자가 다리를 건넜다. 내가 시계를 마지막으로 본 것이 두 시였다. 하녀가 처음으로 복도를 지나갈 무렵, 나는 [이 작품의] 마지막 문장을 쓰고 있었다. 전등을 끄자, 햇빛이 창문을 통해 쏟아져 들어왔다. 심장에 가벼운 통증이 느껴졌다. 한밤중에 사라진 피로. 여동생들의 방 안으로 떨리는 발걸음을 옮겼다. 큰 소리로 책을 읽고 있었다. 그 전에 나는 하녀 앞에서 기지개를 켜면서 말했다, '여태까지 글을 쓰고 있었어'. 마치 방금 새로 깐 것처럼 주름 하나 없이 쭉 펴진 이불. 이 소설을 쓰면서 나도 글쓰기가 가지고 있는 부끄러운 함몰 상태에 빠져 있었다는 분명한 확신. 오직 그럴 때만 글을 쓸 수 있다. 그렇게 모든 것이 온전하게 연결[연속]되고, 그렇게 육체와 영혼이 완전하게 개시될[열릴] 때만 말이다."* —X는 기억을 더듬으면서 말했다.

　　　—그런데 카프카에게는—이번에는 내가 말했다—일종의 광증 같은 것이 있지 않았나 하는 생각이 들어. 말하자면 "진실을 포착하기 위해 삶의 흐름을 고정시키려는 광증" 말이야. 아르헨티나의 소설가인 리카르도 피글리아가 이런 말을 한 적이 있거든. 이야기꾼이란 "거울의 반대편에서 일어나는 어떤 장면이 거울 속에서 어떻게 나타나는지를 정확하게 포착하려고 하는 사람"**이라고 말이야. 그래서 이야기 예술의 본질은 바로 '삶의 흐름을 고정시

* 프란츠 카프카, 「1912년 9월 23일」, 『일기: 1910~23년(Diario 1910-1923)』(펠리우 포르모사[Feliu Formosa] 옮김, 바르셀로나, 루멘 이 투스켓스 출판사[Editorial Lumen y Tusquets], 1995), 182쪽.
** 리카르도 피글리아, 「삶의 흐름(El fluir de la vida)」, 『영원한 감금(Prisión perpetua)』(부에노스아이레스, 수다메리카나 출판사[Editorial Sudamericana], 1988), 53쪽.

키는 것, 불분명한 삶의 움직임을 정확하게 포착하는 것'
이라는 거지.

　　— 예리한 지적이로군. 그러니까 소설가가 '진실'을
포착하려면 주변 세계와의 단절이 필요한 거지. 그런 점
에서 "세이렌들은 노래보다 더 무서운 무기를 가지고 있
었다. 그것은 그들의 침묵이었다"라는 카프카의 지적은
문제의 정곡을 찌른 셈이지. 조금 다른 얘기이긴 하지만,
그 먼 옛날 오이디푸스가 "자신이 알고자 원했으나 알아
보지 못한 이들을 어둠 속에서 보라"*고 절규했던 것도
그와 같은 맥락이겠지.

* 소포클레스, 「오이디푸스 왕」(강대진 옮김, 민음사, 2013), 102쪽.

미완의 서정시 「쿠빌라이 칸(Kubla Khan)」(정형과 비정형으로 이루어진 50여 행의 절묘한 시)은 1797년 여름 어느 날 영국의 시인 새뮤얼 테일러 콜리지가 꾸었던 꿈의 산물이었다. 당시 콜리지는 엑스무어 근처의 어느 농장에 머무르고 있었다고 한다. 몸이 좋지 않아 수면제를 한 알 먹은 그는 마르코 폴로에 의해 서방세계까지 널리 알려진 쿠빌라이 칸이 세운 궁전을 묘사한 퍼처스의 글을 읽다가 잠이 들어버리고 말았다. 그런데 잠시 후 그가 우연찮게 읽었던 문장들이 꿈속에서 싹을 틔우더니 무럭무럭 자라나기 시작했다. 잠결에 콜리지는 일련의 시각적 이미지들과 이를 정확하게 형상화하는 언어를 찾게 되었다. 몇 시간 뒤, 꿈에서 깨어난 콜리지는 300행에 이르는 시를 지었다고, 혹은 누군가로부터 그 시를 받았다고 믿게 되었다. 그는 아주 또렷하게 모든 행을 기억할 수가 있었고, 그중 몇 구절을 옮겨 적고 있었는데(이 구절은 작품 속에 남아 있다), 뜻하지 않은 손님이 찾아오는 바람에 하던 일을 중단할 수밖에 없었다. 하지만 손님이 간 후, 아무리 애를 써도 나머지 부분을 기억해낼 수가 없었다.*

― 호르헤 루이스 보르헤스, 「콜리지의 꿈」 중에서

* 호르헤 루이스 보르헤스, 「콜리지의 꿈(El sueño de Coleridge)」, 「또 다른 심문들(Otras inquisiciones)」, 전집 2권(바르셀로나, 에메세 출판사[Emecé Editores], 1989), 20쪽.

목요일

그제 X와 대화를 나눈 뒤, 단절과 고독, 즉 연속성을 어떻게 얻을 수 있는가에 대해 본격적으로 생각해봤다. 왜냐하면 현실적으로 이는 거의 불가능한 과제나 다름없기 때문이다. 더군다나 카프카 자신도 이 문제에 대해서 분명하게 언급했으니까 말이다. "글을 쓸 때, 누구도 침묵으로 둘러싸일 수는 없습니다. 밤도 너무 짧아, 맘껏 쓸 수 있는 시간이 충분치 않습니다. 갈 길은 먼데 쉽게 길을 잃어버리기 때문에 더욱 두려움을 ─ 어떤 강요나 꾐이 없어도 ─ 느끼며 뒤로 돌아가고 싶은 마음(그런 마음은 나중에 심하게 벌을 받습니다)이 들지요."* 그렇다면 문제 설정을 바꿔보는 것이 어떨까? 즉, 소설은 근본적인 연속성을 바탕으로 삼되, 그것의 '중단'과 '방해'를 다루는 것이라고. 그러자 곧바로 아르헨티나 소설가 훌리오 코르타사르의 소설이 떠오른다. "며칠 전부터 그는 소설을 읽기 시작했지만, 급한 일이 생기는 바람에 책을 덮었다. 그리고 열차 편으로 농장에 돌아온 다음, 다시 책을 펼쳤다. 그는 줄거리와 인물 묘사에 서서히 끌려들어갔다. 그날 오후, 그는 재산관리인에게 편지를 썼고, 마름과 소작료 문제를 상의한 다음, 다시 떡갈나무 공원이 내려다보이는 조용한 서재로 들어가 책을 읽기 시작했다. 그는 손에 책을 든 채 가장 아끼는 안락의자에 몸을 깊이 파묻었다. 하지만 누

* 프란츠 카프카, 「1913년 1월 14일」, 『카프카의 편지. 약혼녀 펠리체 바우어에게』, 312쪽. (번역문 일부 수정)

군가 불쑥 들어와 독서를 방해할지도 모른다는 생각에 아예 의자를 돌려 문을 등지고 앉았다. 그는 자기도 모르는 사이에 의자의 초록색 벨벳 천을 한두 차례 쓰다듬으면서 소설의 마지막 부분을 읽기 시작했다."*

어떤 면에서 소설은 그 자체로 '중단'의 리듬을 가지고 있는 건지도 모른다. 그렇다면 끊임없이 침투하려는 외부 세계로부터 독자적인 세계를 지켜내려는 노력이 바로 소설이 아닐까? 소설을 읽는 행위는 "급한 일" 때문에 가끔 '중단'되기도 하고, "누군가 불쑥 들어와 독서를 방해할지도 모른다는 생각에 아예 의자를 돌려 문을 등지고 앉았던" 주인공의 경우처럼, 눈에 보이지 않는 요소들이 쉴 새 없이 뒤섞이고 분리되면서 새로운 것을 만들어내는 일종의 화학반응이 아닐까? 마세도니오 페르난데스가 소설로 옮기고자 했던 것도 읽기와 중단이 자아내는 미세한 세계가 아니었을까? (이탈로 칼비노[Italo Calvino]의 『어느 겨울밤 여행자라면[Se una notte d'inverno un viaggiatore]』[1979]은 외부 요인에 의한 소설 읽기의 중단이라는 문제를 정면으로 다루고 있는 작품이다.) 하지만 이 문제에 관해 논의할 때 톨스토이의 『안나 카레니나』에 나오는 명장면을 빼놓을 수는 없을 것이다. 안나가 모스크바에서 자신을 비극적 운명으로 이끈 브론스키를 만

* 훌리오 코르타사르(Julio Cortázar), 「계속 이어지는 공원(Continuidad de los parques)」, 「놀이의 끝(Final del Juego)」, 단편 전집 1권(마드리드, 알파구아라[Alfaguara], 1994), 291쪽.

난 뒤, 페테르부르크로 돌아가기 위해 침대차를 탄 장면이다. "안나는 그날 내내 자신을 사로잡은 근심 속에서도, 즐겁고 분명한 태도로 길 떠날 준비를 했다. 그녀는 작고 민첩한 손으로 빨간 손가방을 열고는 작은 방석을 꺼내 무릎에 얹고 조심스럽게 다리를 감싼 후 자리에 앉았다. (…) 안나는 부인들에게 몇 마디 대꾸를 했지만, 어쩐지 대화가 재미있을 것 같지 않아 안누슈카에게 작은 등불을 꺼내라고 하여 그것을 좌석 손잡이에 걸고는 작은 손가방에서 페이퍼 나이프와 영국 소설을 꺼냈다."*

톨스토이가 책의 세계로 들어가기 위한 통과 의식을 이토록 세밀하게 묘사하고 있는 건, 그 과정이 매우 섬세하다는 사실을 잘 알고 있었기 때문일 것이다. (따지고 보면 근대소설에서 '소설을 읽는 인물'이 대부분 여성이라는 점도 그 섬세하고 미세한 과정과 관련이 있지 않을까? 안나 외에도, 플로베르의 '마담 보바리', 도스토옙스키의 『백치』에 나오는 '나타샤 필리포브나'—그녀는 『마담 보바리』를 읽고 결국 자살로 생을 마감한다—, 제임스 조이스의 『율리시스』에 나오는 '몰리 블룸', 마세도니오 페르난데스의 『영원한 여인의 소설 박물관』에 나오는 '라 에테르나' 등, 꽤나 많다. 앞으로 연구해볼 과제. 소설 읽기에 내재하는 여성성 문제. 소설―상상력―사적 영역―여성성/신문[전기]―현실성―공적 영역―남성성의 이원론

---

* 레프 톨스토이, 『안나 카레니나 1』(연진희 옮김, 민음사, 2009), 220~221쪽.

을 어떻게 극복할 것인가?) 하지만 다음 장면에서 톨스토이는 책 읽기의 '중단'과 '방해'의 문제를 제기한다. "처음에는 글이 눈에 들어오지 않았다. 우선 주위의 소란과 사람들의 발소리가 그녀를 방해했다. 그런 다음 기차가 움직이기 시작하자, 그녀는 기차 소리를 듣지 않으려고 해도 듣지 않을 수 없었다. 그다음엔 왼쪽 창문을 두들기며 유리창에 달라붙는 눈, 옷가지를 몸에 칭칭 감은 채 차창 옆을 지나치며 눈을 맞고 다니는 사람들의 모습, 바깥에 불고 있는 매서운 눈보라에 대해 사람들이 나누는 말소리가 그녀의 주의를 흐트러뜨렸다. 그다음부터는 똑같은 풍경이 되풀이되었다."* 희한하게도 이 장면을 읽을 때마다 미국의 화가 에드워드 호퍼의 「293호 열차 C칸」이 오버랩된다. 기차 안, 어둠이 내리는 바깥 풍경, 벽에 달린 등불, 그리고 책을 펴든 여인…… 열차가 움직임에 따라 더해지는 소설과 현실, 읽기와 중단 — 의미와 경험의 두 체계 — 사이의 팽팽한 긴장, 혹은 변증법? 결국 중단은 소설이 의미를 생성해내는 복잡한 과정의 절대적인 조건이 아닐까? 중단의 생산성……

카프카의 '중단'에 관한 리카르도 피글리아의 견해: "중단은 카프카에게 있어서 중요한 테마로, 목적지에 도달하지 못하도록 방해하는 힘이다. 중지, 우회, 지연: 카프카의 문학에서 이미 고전적인 것이 된 요소들. 그가 작품

* 같은 책, 221쪽.

을 통해 이야기하려는 것도 바로 이런 요소들이다. 결과적으로 그의 스타일은 중단의 예술이자 간섭과 방해를 이야기하는 예술이다."* 그래서일까? 그의 작품에는 글이 완전하게 '마무리'되지 못하는 경우가 아주 빈번하게 나타난다. 가령 1912년 8월 20일 일기를 보자. "F. B. 양. 8월 13일, 내가 [막스] 브로트의 집에 갔을 때, 그녀는 사람들과 함께 테이블에 앉아 있었다. 하지만 그때 나는 그녀가 하녀인 줄만 알았다. 그녀가 누구인지 전혀 궁금하지도 않았으니까. 그러나 이내 그녀가 편안하게 느껴졌다. 여윈 얼굴, 공허한 표정. 그녀의 얼굴은 그런 공허함을 숨김없이 드러내고 있었다. 훤히 드러낸 목. 대충 맞는 블라우스. 매우 편안한 옷차림을 하고 있는 듯 보였다. 그러나 나중에 드러난 것처럼, 사실은 그렇지 않았다. (…) 거의 휘다시피 한 코. 금발이기는 하지만, 뻣뻣한 모발 때문에 그다지 매력적이지는 않았다. 그리고 다부진 턱. 자리에 앉으면서 나는 처음으로 그녀를 찬찬히 뜯어보기 시작했다. 그러니까 자리에 앉는 순간 나는 이미 확실한 판단을 내린 상태였다. 그러니까……."** 이런 경우는 그의 작품 — 특히 『성』 — 에서 흔히 볼 수 있다. 콜리지처럼 뜻하지 않은 손님이라도 찾아왔던 걸까? 어쨌든 카프카는 돌연 글을 중단 — 절단! — 시킴으로써 더 많은 말과 더

---

* 리카르도 피글리아, 「카프카에 관한 이야기(Un relato sobre Kafka)」, 『마지막 독자(El último lector)』(바르셀로나, 아나그라마 출판사[Editorial Anagrama], 2005), 45쪽.
** 프란츠 카프카, 『일기: 1910~23년』, 177쪽.

많은 의미가 쏟아져 나오도록 만든 셈이다. "의미는 닫히지 않는다. 더 정확하게 말하자면, [의미는] 분명하게 열려 있다. 하지만 열리기 전에 잘려 허공에 떠 있는 상태다."* 호퍼의 그림에 나오는 것처럼, 시간의 흐름이 멈춘 장면이 우리에게 주는 느낌도 이와 다르지 않다. 여행이 시작되자 길이 끝났다. '중단 – 절단', 혹은 잠재적인 것의 세계로 들어가기 위한 문…….

* 리카르도 피글리아, 「카프카에 관한 이야기」, 『마지막 독자』, 46쪽.

나는 호두 껍질 속에 갇혀 있다 해도, 나 자신을 무
한 공간의 왕이라고 생각할 수 있다네 — 다만 악몽
만 꾸지 않는다면.*

　　　— 윌리엄 셰익스피어, 『햄릿』 중에서

　　목요일 — 연속

읽기와 중단에 관해서라면 보르헤스의 「남부」만 한 작품
이 또 있을까? 이미 으슥한 밤이었지만, 뭔가에 홀리기
라도 한 것처럼 책장에서 책을 꺼내 읽기 시작했다. 어
렵게 구한 『천일야화』 희귀본을 한시라도 빨리 읽고 싶
은 마음에 서둘러 계단을 올라가다 열린 유리 창문에 머
리를 찧어 패혈증으로 죽어가는 후안 달만……「남부」
는 이처럼 책에 얽힌 이야기로 시작된다. 가까스로 생명
을 건진 — 그런데 그게 사실일까? 의심이 일어나기 시작
한다. "의심의 유예(suspension of disbelief)"? 여기서부
터 읽기의 흐름이 불안정해진다 — 달만은 의사의 권유
로 요양을 하기 위해 남부에 있는 별장으로 내려간다. 기
차로…… — 이 또한 기막힌 우연의 일치다. 안나 카레니
나! — 고통을 잊기 위해 그는 다시 『천일야화』를 펼치지
만, 유리창으로 보이는 시골 평원의 풍경이 다시 독서를
방해하기 시작한다 — 외부 현실의 틈입 — 기차에서 내
린 — 그런데 차장이 엉뚱한 곳에서 내리라고 한다. 수상

* 윌리엄 셰익스피어, 『햄릿』(최종철 옮김, 민음사, 2007), 73쪽. (번역문 일부 수정)

쩍은 일의 연속─달만은 식사를 하기 위해 시골 주점에 들어간다. 주점 안에는 껄렁한 가우초 둘이 시끄럽게 떠들고 있고, 늙은 인디오가 바닥에 쪼그리고 앉아 있다. 테이블에 앉자마자 달만은 소란으로부터 벗어나기 위해 책을 편다─어수선한 시골 주점과 『천일야화』, 어색한 공존─그러자 가우초들이 그에게 빵 조각을 던지며 시비를 건다─또 다른 중단─주점 주인의 만류에도 불구하고─신기하게도 주인은 이미 달만의 이름을 알고 있다─그는 가우초들과 맞선다. 그 순간 바닥에 쪼그리고 있던 늙은 인디오가 그들에게 단도를 던져준다. 결투의 신호. 한 번도 칼을 써본 적이 없는 달만은 결국 가우초들과 결투를 벌이기 위해 하늘과 땅이 붙어 있는 드넓은 벌판으로 나간다…… 책을 덮는다. 꺼림칙한 기분. 마치 눈에 보이지 않는 작은 벌레들이 머릿속을 스멀스멀 기어다니는 듯한, "눈에 보이지도, 형체도 없는 그 무엇들이 내 주변에, 그리고 내 어두운 몸속에 우글거리는"* 듯한 느낌이다.

　　"보르헤스의 「남부」는 혼수상태에서 빚어진 꿈의 이야기야." 과거에 X가 했던 말이 불현듯 떠오른다. 그럴지도…… 만일 그렇다면 기차 여행도, 주점에 들어간 일도, 그리고 결투 이야기도 모두 꿈속에서 벌어진 일이 된

---

* 호르헤 루이스 보르헤스, 「끝없이 두 갈래로 갈라지는 길들이 있는 정원(El jardín de senderos que se bifurcan)」, 『픽션들(Ficciones)』, 전집 1권(바르셀로나, 에메세, 1989), 478쪽.

다. 이를 일상성의 논리로 옮기면 이렇게 된다. 후안 달만은 결국 혼수상태에서 깨어나지 못한 채 상상, 아니 욕망의 지도를 펼친 것이다. 평소 가슴속에 품고 살던 "야성의 부름"—남부 사나이들의 거친 삶—에 기꺼이 응한 셈이다. 현실과 상상 속에서 일어난 '이중의 죽음', 그리고 그 뒤에서 희미하게 미소 짓고 있는『천일야화』유령……. 정리해보자. 현실적인 것에 의한 읽기의 중단/방해는 달만을 또 다른 세계로 이끈 원인이다. 그렇다면『천일야화』는 외부 현실과 순수한 상상의 세계, 이 두 가지 흐름이 서로 얽히면서 새로운 흐름을 만들어내는—증식과 분열, 혹은 화학반응—미세한 회로, 아니 창조의 공간이 아닐까? 그렇다면 마세도니오 페르난데스가 쓰고자 했던 "독자가 읽히는 작품"도, 그리고 "건너뛰면서 읽는 독자(lector salteado)"*에 대한 집요한 시도도 결국 그런 미세한 세계를 글로 옮기려고 했던 과정에서 비롯된 것이 아닐까?

---

* 마세도니오 페르난데스,『영원한 여인의 소설 박물관』, 전집 6권(부에노스아이레스, 코레히도르, 1975), 29~34쪽.

어느 날 아침, 마음이 무척 우울해서 나는 성경책을 펼치고, "나는 너희를 버리지 아니하고, 너희를 떠나지 아니하리라"란 구절을 읽었다. 그러자 즉시로 이 말씀은 내게 하신 말씀이라는 생각이 들었다. (…) 이 순간부터 나는 이 버림받고 고독한 상태에서 얻는 행복이 세상에서 어떤 특정한 신분으로 얻을 수 있는 행복보다 더 클 수 있다고 마음속으로 확신했다.*
— 다니엘 디포, 『로빈슨 크루소』 중에서

금요일

오늘 밤, 시내에 있는 술집에서 X와 나눈 대화.

— 하여간 소설을 읽는 과정을 언어로 표현한다는 것은 불가능할지도 몰라. 꿈이 무엇인지 분명하게 설명할 수 없는 것과 마찬가지인 셈이지. 그런데 그것의 가장 극단적인 예는 아마 '꿈속에서 책을 읽는 경우'일 거야. 거기에 관한 재미있는 일화가 있어. 제임스 조이스의 이야기인데, 당시 자주 어울려 다니던 윌리엄 버드와 나눈 대화지. "말해봐, 버드. 자네는 자신이 책을 읽고 있는 것을 꿈꿔본 적이 있는가? — 조이스가 물었다. — [그런 꿈이라면] 자주 꾸죠. — 버드가 대답했다. — 그렇다면 꿈에서는 얼마나 빨리 읽는가? (…) — 조이스는 버드의 말에 흥분하며 말했다. — 책을 읽는 꿈을 꿀 때 사실은 잠자면서 이야기

---

* 다니엘 디포, 『로빈슨 크루소』(김병익 옮김, 문학세계사, 2007), 136쪽.

하고 있는 거라는 걸 알고 있는가?"* ─X의 말.

　─ 그렇지 ─나의 말─ 톨스토이의 『안나 카레니나』에도 그런 장면이 꽤 상세하게 묘사되어 있다네. "그러는 사이 안나는 책을 읽고 그 내용을 이해하기 시작했다. 안누슈카는 한 짝에 구멍이 난 장갑을 낀 넓적한 두 손으로 무릎 위에 놓인 빨간 손가방을 붙잡고서 졸고 있었다. 안나 아르카지예브나는 책을 읽고 내용을 이해했지만, 책을 읽는 행위, 다시 말해 다른 사람들의 삶의 반영을 좇는 행위가 마음에 들지 않았다. 그녀로서는 자신의 삶을 살고 싶은 마음이 간절했다. 소설의 여주인공이 환자를 간호하는 장면을 읽으면, 그녀도 발소리를 죽이며 병실을 돌아다니고 싶었다. 또 의원이 연설하는 장면을 읽으면, 그녀도 그 연설을 하고 싶었다. 레이디 메리가 말을 타고 사냥감을 쫓거나 새언니를 골리거나 대담한 행동으로 주위 사람들을 놀라게 하는 장면에서는, 그녀도 직접 그것을 똑같이 해보고 싶었다. 그래서 그녀는 자그마한 손으로 매끄러운 페이퍼 나이프를 만지작거리며 책을 읽으려 애썼다."** 책 읽기에 빠져드는 순간, 안나는 소설 속에서 자기 자신의 삶을 발견하게 돼. 다시 말해, 소설에 나오는 내용마다 모두 자기 삶의 비밀을 풀어주는 메시지로 보이는 거야. 어떤 면에서 소설의 주인공은 자신에게

---

* 리처드 엘먼, 『제임스 조이스─언어의 연금술사』(전은경 옮김, 책세상, 1982), 1032~1033쪽.
** 톨스토이, 『안나 카레니나 1』, 221~222쪽.

내려진 신탁의 의미를 풀어내려고 애쓰는 고대 희랍비극의 주인공과 크게 다를 게 없어 보여. 둘 다 현실의 경험과 읽기의 경험, 이 두 가지 의미 생산 체계 사이에 가로놓인 심연 — 물론 현실에서 결여된 부분을 소설을 통해 충족하려는 욕망이라고 할 수도 있겠지만 — 에서 허우적거린다는 점에서 말이야. 어쨌든 조금 전에 말한 안나의 경험은 읽기에서 현실로 이동하는 과정, 다시 말해 소설의 형식을 통해 현실을 보려는 욕망을 분명하게 드러내주고 있어.

　　— 그렇다면 안나는 결국 또 다른 마담 보바리인 셈이군. 안나와 보바리는 모두 소설에서 읽은 것을 그대로 경험하고 싶어 했으니까 말이야. 타인이 되고자 하는 욕망, 보이지 않는 것을 포착하는 능력, 그리고 현실을 변화시키는 힘 — 읽기를 통해 희미하게 윤곽이 드러나는 [그러나 곧 사라지는] 보이지 않는 공동체. 소설이 지닌 잠재력이 있다면 바로 이런 게 아닐까? — X.

　　— 동감이야. 『안나 카레니나』에도 그런 말이 나오지. 책을 읽다가 갑자기 브론스키 생각이 떠오르자 당황해하는 장면 말일세. "그녀는 경멸 섞인 미소를 지으며 다시 책을 집어 들었다. 그러나 도무지 글이 머릿속으로 들어오지 않았다." 또 다른 중단! "기차가 앞으로 가는지, 뒤로 가는지, 아니면 아예 멈췄는지, 그런 것에 대한 의혹의 순간이 끊임없이 그녀에게 찾아왔다. 내 옆에 있는 사람이 안누슈카일까, 아니면 전혀 낯선 사람일까? 저기 손

잡이에 걸린 게 뭘까? 털외투일까, 아니면 짐승일까? 그리고 여기에 있는 나는 누구지? 나 자신일까, 아니면 다른 사람일까? 그녀는 이런 몽환 상태에 자신을 맡기는 것이 무서웠다. 하지만 무언가가 그녀를 그 속으로 끌어당겼다."* 소설을 읽는다는 건, 정말이지 위험한 일일 수도 있어. 나는 누구인가, 현실은 무엇인가, 그리고 돈은 무엇인가…… 평소에는 당연해 보이던 것들이 갑자기 의심스러워지면서 일상적인 삶이 뿌리째 흔들리니까 말이야. 기사 소설을 읽다가 미쳐버린 돈키호테나, 연애소설을 읽으면서 일상에서 벗어나기 시작한 마담 보바리는 그런 점을 가장 극적으로 보여주고 있지. 소설 속에서 소설을 읽는 독자라……. 마치 꿈속에서 소설을 읽는 사람만큼 흥미롭군 — 나.

— 더 흥미로운 건 소설을 읽다가 '비현실의 늪(죄)'에 빠진 인물을 '비난(벌)'하는 게 바로 소설 자체라는 점이지. 기사 소설을 모두 태워버리질 않나, 마담 보바리가 더 이상 책을 빌리지 못하도록 하질 않나 말일세. 그리고 안나의 자살을 두고 한 러시아 비평가는 이런 말을 했지. 안나는 자신이 저지른 비행으로 인해 톨스토이에 의해 처벌된 것이라고 말이야. 그건 그렇고 소설이 어떻게 우리의 삶을 움직이고, 현실을 뒤흔들 수 있는지, 그 메커니즘에 대해 좀 더 생각해봐야 할 것 같아 — X.

* 같은 책, 223쪽.

오늘 W. 섀퍼(W. Schäfer)의 『베토벤과 연인들』을 읽는 동안 읽고 있는 내용과는 아무 관련도 없는 생각들이 (가령 오늘 먹을 저녁이나, 나를 기다리고 있을 뢰비를 생각했다) 머릿속에 선명하게 떠올랐다. 그렇다고 해서 그런 상념 때문에 책을 읽는 데 방해를 받은 것은 아니다. 오히려 오늘은 책이 정말 잘 읽혔으니까.*

― 프란츠 카프카, 『일기: 1910~23년』 중에서

　토요일

『햄릿』에 나오는 재미난 구절. 아버지 유령을 만난 후, 실성한 척하던 햄릿이 궁전에서 폴로니어스를 만나면서 한 말이다. "폴로니어스: (방백) 저 보라고. 여전히 내 딸 이야기를 하고 있어. 그런데도 처음엔 날 몰라봤어. 내가 생선 장수라 했겠다. 한참 갔어. 사실 나도 젊은 시절 사랑 때문에 아주 혹독한 시련을 겪었지. 이와 대단히 비슷했어. 다시 말을 걸어봐야지. ― 무엇을 읽고 계십니까, 저하? 햄릿: 말, 말, 말."** 『햄릿』에서는 이 세 마디 말이 적대적인 두 세계를 가르는 문이 되고 있다. (고대 희랍비극은 물론이고, 이후의 모든 비극에서도 신탁-책 읽기, 혹은 해석 행위 ― 니체의 말처럼, 이는 소크라테스가 파괴해버린 고대 희랍의 세계관을 상징하는 행위다 ― 는 주인공

* 프란츠 카프카, 「1911년 12월 14일」, 『일기: 1910~23년』, 119쪽.
** 셰익스피어, 『햄릿』, 70쪽.

의 비극적 상황을 초래하는 근본적인 동기다.) 한쪽에 전 근대적인 세계관-유령/망자(亡者)-초자연 세계의 현존- 피의 복수가 우글거리는 비극적 세계-존재하는 것의 세계가 있다면, 반대쪽에는 근대적 세계관-이성-사회적 질서가 지배하는 반(反)비극적인 세계-[아직] 존재하지 않는 것의 세계가 있다. 물론 이 두 세계를 가르는 경계에는 '책', 혹은 '책 읽기'—'남부'의 『천일야화』처럼 — 가 자리하고 있다. 여기서 "책 읽기는 고립과 고독, 즉 다른 종류의 주체성과 동화되고 있다. 그런 의미에서 햄릿은 책을 읽는 사람이기 때문에 근대적 의식의 영웅이다. [고대비극과는 달리 여기서] 문제가 되는 것은 주체의 내면성이다."*

독일 비텐베르크 대학에서 새로운 사상을 공부한 햄릿. 하지만 봉건적인 권력과 비이성적인 질서가 지배하던 덴마크 — 햄릿의 말에 따르면 이 세상 "최악의 감옥"** 인 덴마크 — 에 새로운 이성이 끼어들 틈은 전혀 없었다. 그렇다면 햄릿에게 닥쳐오던 비극적 상황, 즉 존재하는 것의 세계와 존재하지 않는 것의 세계 간의 적대적인 모순은 그가 읽고 있던 책 그 자체 — 책의 내용이 아니라 — 에 응축되어 있는 것이 아닐까? 그가 손에 들고 있던 그 책은 두 세계가 난마처럼 얽혀 있는 투쟁의 회로가 아닐까? 이와 동시에 그 책은 그 두 세계를 연결해주는

* 리카르도 피글리아, 「독자란 무엇인가?(¿Qué es un lector?)」, 『마지막 독자』, 37쪽.
** 셰익스피어, 「햄릿」, 72쪽. (번역문 일부 수정)

통로 역할을 하고 있는 것이 아닐까? 만일 그렇다면『햄릿』제3막 제1장에 등장하는 그 유명한 독백, "죽느냐 사느냐 그것이 문제로다"도 그 책을 통해 드러나는 의미의 과잉 혹은 착종, 그리고 해석의 분열증적 경향을 표현한 것으로 봐야 한다. (내친김에 말하자면, 그 부분도 "존재하는 것이냐, 존재하지 않는 것이냐, 그것이 문제로다. 어느 것이 더 고귀한 것인가. 난폭한 운명의 돌팔매와 화살을 맞는 것인가, 아니면 무기를 들고 고해와 대항해 끝장을 내는 것인가"*로 해석하는 것이 적절한 것 같다.)

"뒤틀어진 시간이여. 아, 저주스러운 낭패로다. 그걸 바로잡으려고 내가 태어나다니."**

피글리아의 말처럼 "햄릿이 주저하는 이유는 기호들의 동요 속에서 길을 잃었기 때문이다."*** 결국 책과 "말, 말, 말"이라는 독백은 두 세계(존재하는 것의 세계⇄존재하지 않는 것의 세계) 사이에서 동요하는 햄릿은 물론이고, 더 나아가 소설 읽기의 경험을 상징적으로 보여주고 있다.

* 같은 책, 94쪽. (번역문 일부 수정)
** 같은 책, 52쪽. (번역문 일부 수정)
*** 리카르도 피글리아,「독자란 무엇인가?」,『마지막 독자』, 38쪽.

그는 세르반테스의 꿈속에 나타난 시골 양반이었다. / 그리고 돈키호테는 시골 양반의 꿈속에 나타난 인물에 불과했다. / 두 겹의 꿈속에서 그들의 모습이 뒤섞이면서 오래전에 / 겪었던 일이 또다시 일어나고 있다. / 잠이 든 키하노가 꿈을 꾼다. 눈앞에서 전투가 벌어지고 있다. / 레판토 앞바다에 대포알이 어지럽게 날아다닌다.*

— 호르헤 루이스 보르헤스, 「알론소 키하노의 꿈」 중에서

월요일

어제 X로부터 받은 이메일(첨부 파일로 보내온 긴 편지).

— 이메일 잘 읽었어. 중요한 문제를 꺼냈더군. 읽기와 중단 문제 말이야. 내가 그제 이야기한 것, 그러니까 소설[읽기]이 어떻게 삶을 움직이고, 현실을 변화시키는지 하는 문제도 거기에서 비롯되는 것이 아닌가 하는 생각이 들어. 사실 글을 쓰고 읽을 때, 외부 요인에 의해 발생하는 방해는 새로운 세계를 창조하기 위한 필연적인 계기라고 생각되거든. 안나 카레니나처럼 읽는 도중에 중단이 일어나면 독자는 갑자기 길을 잃어버린 듯한 두려움에 사로잡히기 마련이지. 마치 눈앞에 허허벌판이 나타난 심정이라고 할까. 잘못 들어선 길…… "전체를 훤히 내려다보지 못하는 이상, 이 길들이 셀 수 없이 많은지, 아니

---

* 호르헤 루이스 보르헤스, 「알론소 키하노의 꿈(Sueña Alonso Quijano)」, 「심연의 장미(La rosa profunda)」, 전집 3권(바르셀로나, 에메세, 1989), 94쪽.

면 단 하나에 불과한지 확인한 길이 없다. 바로 거기에 내가 있다."* 그런데 흥미로운 건, 바로 이 지점에서 소설 쓰기와 읽기가 시작된다는 점이야. 다시 카프카의 예를 들어보기로 하지. 카프카의 작품을 자세히 들여다보면 사실주의 작가들처럼 현실이라고 하는 것을 포괄적으로 수용하려고 하질 않아. 그의 날카로운 시선이 머무는 곳은 언제나 현실의 한 조각, 그러니까 우리라면 그냥 지나치고 말 희미한 흔적이지. 물론 카프카 자신도 그것의 의미를 제대로 알지 못한다네. 다만 그러한 눈에 띄지 않는 미시적인 세계를 무작정 글로 옮길 뿐이지. 이런 특징은 펠리체에게 보낸 편지만—특히 막스 브로트의 집에서 그녀와 처음 만난 뒤, 그때 받은 첫인상을 묘사하는 장면을 보게—봐도 쉽게 알 수 있을 거야. "그에게 다가와 말을 거는 사건들의 세계는 눈에 보이지 않았다"는 막스 브로트의 지적도 그런 의미로 이해할 수 있겠지. 그러니까 우선 시선에 들어오는 사건—하지만 그것이 무엇을 의미하는지 알 수 없는 사건(혹은 사건의 이미지라고 할 수도 있겠지)—을 포착한 다음, 다시 읽기와 [고쳐] 쓰기를 통해 그 의미를 파악하거나 창조하는 것. 이것이 바로 카프카 문학의 핵심이 아닐까 싶어.

이쯤에서 자네는 궁금할 거야. 그것이 중단과 무슨 상관이 있느냐고 말이야. 여기서 내가 질문 하나 하지. 카

---

* 프란츠 카프카, 「1913년 12월 17일」, 「일기: 1910~23년」, 216쪽.

프카는 일기와 편지를 왜 그렇게 많이 썼다고 생각하나? 습관 때문일까? 물론 그건 아닐 거야. 그렇다면 전에 미처 파악하지 못했던 어떤 사건(혹은 이미지)의 의미를 새롭게 만들어내려고 했던 게 아닐까? 다시 말해, 그는 도무지 이해할 수 없는 어떤 사건을 (과학자처럼) 고정시킨 — 공간화시켰다고 하는 편이 더 적절하겠지. 카프카와 공간! — 다음, 그 안에 복잡하게 얽혀 있는 미세한 회로, 혹은 그물같이 촘촘하게 연결되어 있는 의미를 하나씩 뜯어보려고 했던 것 같아. (이것이야말로 중단이 아니고 뭐겠는가?) 카프카가 일기를 쓴 것도 따지고 보면 사건을 경험할 때 이해할 수 없던 의미의 연결망을 읽어내기 위해서 [다시] 글을 썼던 — 혹은 읽었던 — 건지도 몰라. "잘못들어선 길을 따라가면서 자신이 경험한 것과 쓴 것을 연관시키려는 방법, 따라서 글 속에 감추어진 현실의 작은 부분을 인식하려는 방법"*이야말로 카프카 문학이 가지고 있는 가장 중요한 힘이 아닐까 하는 생각이 들어. 우리가 쓴 글도 반복해서 읽다 보면 전에는 전혀 깨닫지 못했던 의미가 드러나는 경우도 적지 않잖아. 우리에겐 가장 놀랍고도, 즐거운 경험이지. "『판결』의 교정을 보면서, 그 이야기에 존재하는 [여러 요소들 사이의] 모든 연관성이 점점 분명하게 이해되기 시작했다. 그래서 지금 머릿속으로 분명하게 떠오른 그 생각을 적고자 한다."** 결국 카프

* 리카르도 피글리아, 「카프카에 관한 이야기」, 『마지막 독자』, 52쪽.
** 프란츠 카프카, 「1913년 2월 11일」, 『일기: 1910~23년』, 185쪽.

카에게 [다시] 쓰기는 자신이 경험한 사건에 형식과 의미를 부여함으로써, 전혀 다른 새로운 이야기를 만들어내는 것이나 다름이 없다는 거지.

그러니까 카프카는 다른 곳에 — 보이지 않게 — 흩어져 있는 의미를 읽기 위해서『일기』를 쓴 거야. "의미의 이동과 움직임. 이야기의 (표현된 것과 외적인) 사건들을 서로 연관시키고, 저 너머에 있는 것을 이끌어내면서, 눈에 보이지 않는 조각들을 서로 연결하는 것"*이『일기』의 주요 과제였던 셈이야. 그런데 바로 여기에 우리가 논의하던 문제의 핵심이 있어. 카프카가 만들어낸 새로운 이야기는 단순한 해석이 아니라, [아직은 존재하지 않지만] 곧-도래할 이야기, 즉 '미래의 이야기'라는 점이야. 왜냐하면 눈에 보이지 않는 수많은 회로[흐름]들이 서로 연결되고 끊어지기를 반복하면서 "아직 존재하지 않는" 새로운 세계를 그려내기 때문이지. 물론 그 과정에서 기존의 의미 — 공통 의미나 지배 담론 — 는 해체되거나 전복되겠지. 카프카의 글은 결국 두 가지 벡터, 즉 '이미-경험한-것'과 '곧-도래할-것'으로 분열되는, 다시 말해 "끝없이 두 갈래로 갈라지는 길들이 있는 정원"이 되는 셈이야. 카프카는 "기억하기 위해서가 아니라 [무언가가] 눈앞에 나타나도록 만들기 위해서 글을 쓴다. 복잡한 연결망을 보이도록 하기 위해서". ** 따라서 그는 글을 읽고 씀

* 리카르도 피글리아,「카프카에 관한 이야기」,『마지막 독자』, 53쪽.
** 같은 책, 53쪽.

으로써 아직 경험하지 못했지만 앞으로 다가올 것을 미리 내다볼 수 있었던 거지. 그러니까 카프카의 글은 그 하나하나가 미래의 이야기라는 거야. 지배/권력의 담론 속에 묻혀 있는 또 다른 이야기, 대안적 담론을 발굴하는 고고학자 카프카. 지난번에 네가 말한 코르타사르의 작품은 그런 점에서 매우 흥미로운 텍스트였네. 방해받지 않으려고 문을 등진 채 초록색 벨벳 의자에 앉아 책을 읽던 남자 말이야. "일부러 그런 것도 아닌데 등장인물의 이름과 모습이 하나둘씩 머릿속으로 떠올랐다. 책을 읽자마자 그는 소설적 환상에 완전히 사로잡히고 말았다. 그가 소설을 한 줄 한 줄 읽을 때마다 자신을 둘러싸고 있는 현실이 하나씩 하나씩 산산조각 나는 야릇한 희열을 맛보고 있었다. (…) 한 글자 한 글자 읽어나가던 그는 빗나간 행실로 인해 궁지에 빠진 주인공들에게 서서히 빠져들기 시작했다. 그러자 희미하게 뒤엉켜 있던 그들의 모습이 눈앞으로 선명하게 떠올랐다. 마침내 그는 주인공들이 산속 오두막집에서 마지막으로 만나는 장면을 목격하게 되었다. 먼저 여자가 의심스러운 눈길로 주변을 살피며 안으로 들어왔다. 그리고 나자 사내가 들어왔는데, 나뭇가지에 긁히는 바람에 얼굴에 상처가 나 있었다. 놀랍게도 여자는 키스로 지혈을 하려고 했다. 그러나 남자는 그녀의 애무를 뿌리쳤다. 예전처럼 남의 눈에 띄지 않는 오솔길과 마른 낙엽이 깔린 아늑한 공간에서 열정적인 밀회를 하려고 온 것이 아니었으니까. 칼은 가슴에 닿아 미지근해졌고, 그 아래에 웅크리고 있는 심장은 조금 전부터 격렬하게 뛰고 있었다. (…) 어스름이 드리우기 시작했다."* 남자가 글에 빠져들수록 보이지 않는 세계가, 곧-도래할 이야기가 유령처럼 텍스트의 표면에 어른거리는 것 같아. 왠지 좀 섬뜩한 기분이 드는군.

　　두서없이 쓰다 보니 글이 너무 길어졌네. 자세한 건 다음에 또 만나서 애기하도록 하지. 그럼 안녕…….

* 훌리오 코르타사르, 「계속 이어지는 공원」, 「놀이의 끝」, 291쪽.

각각의 작가가 (자기의 글쓰기에 영향을 미친) 자기의 선구자들을 창조해낸다는 생각을 한다면, 과거에 대한 우리의 관념뿐만이 아니라, 미래에 대한 우리의 관념 또한 변화하게 될 것이다.*
— 호르헤 루이스 보르헤스, 「카프카와 그의 선구자들」 중에서

화요일

미래의 이야기 — 현실의 불가능한 논리. 그런데 이를 X와 다른 방식으로 추론해보면 어떨까? 카프카가 아니라 보르헤스의 방식, 즉 "무한한 이야기"—"소설-시간의 미로"라는 논리로 말이다. 보르헤스는 근본적으로 서구의 비가역적인 직선적 시간개념, 혹은 시간 자체를 부정한다. 왜냐하면 "현재는 규정될 수 없으며, 반면에 미래는 현실적 실체가 없는 현재의 기다림과도 같은 것이고, 과거는 현실적 실체가 없는 현재의 기억과 같은 것이기 때문이다."** 이러한 관점에서 볼 때, 공간으로서의 세계라는 관념도 당연히 의문시된다. "세계란 공간을 점유하고 있는 물질들의 집합체가 아니다. 다시 말해서 세계는 상호 독립적인, 병치된 행위들의 이질적 연속체인 것이다. 따라서 세계란 연속적이고 시간적인 것이지, 결코 공간적인 것이

* 호르헤 루이스 보르헤스, 「카프카와 그의 선구자들」, 『또 다른 심문들』, 전집 2권, 90쪽.
** 호르헤 루이스 보르헤스, 「틀뢴, 우크바르, 오르비스 테르티우스」, 『픽션들』, 전집 1권, 436~437쪽.

아니다."* 그러니까 보르헤스에게 있어서 세계란 결국 시간에 의해 규정되며, 시간은 또한 동시성에 의해 규정되는 것이다. 따라서 세계-시간은 무한히 순환하고 반복되는, 또 여러 사건과 행위가 동시적으로 존재하는 이질적 연속체, 즉 하나의 미로에 다름 아니다. 이처럼 환상적인 시간관념 ─"눈에 보이지 않는 시간의 미로"─"미로들의 미로, 과거와 미래를 내포하고 어떤 방식으로든 천체들까지도 포함시키는 그런 점점 증식하는 꾸불꾸불한 미로"** ─ 을 통해서 보르헤스는 '무한한 이야기'라는 새로운 서사 형식을 구성해낼 수 있었다.

「끝없이 두 갈래로 갈라지는 길들이 나 있는 정원」에서 운남성의 성주였던 쯔이 펭(Ts'ui Pên) ─ 보르헤스는 오랜 세월 끝에 '소설-미로'라는 새로운 형식(의 가능성)을 만들어낸다 ─ 이 자신의 편지에 남긴 수수께끼 같은 메시지. "나는 다양한 미래들(모든 미래가 아니고)에게 끝없이 두 갈래로 갈라지는 길들이 나 있는 정원을 남긴다." 여기서 "다양한 미래들"이라는 구절은 '공간'에서가 아니라, '시간' 속에서의 무한한 갈라짐을 의미하는 것인데, 이러한 인식으로부터 '무한히 갈라지는 이야기 형식'이 가능해진다. "모든 허구에서 한 사람(즉, 독자)은 매번 여러 가지의 다양한 가능성(이야기 전개상, 나타날 수 있

---

* 같은 책, 435쪽.
** 호르헤 루이스 보르헤스, 「끝없이 두 갈래로 갈라지는 길들이 있는 정원」, 『픽션들』, 475쪽.

는 다양한 대안적 이야기들)과 마주치게 되는데, 이때마다 그는 단 한 가지만을 선택하게 되고 다른 것들은 버리게 된다. 하지만 쯔이 펭의 허구에서 독자는—동시적으로—그 모든 가능성들을 선택하게 된다. 이렇게 해서 독자는 무한하게 갈라지고 증식하는 다양한 미래들과 다양한 시간들을 스스로 창조하게 된다. 바로 여기서 이 소설이 지닌 모순들의 정체가 밝혀지게 된다. 예를 들어, 펭이라는 자가 어떤 비밀을 간직하고 있는데, 어떤 낯선 이가 그의 방문을 두들기자, 펭은 그를 죽이기로 결심했다고 하자. 당연히 이 이야기의 가능한 결말은 매우 다양하게 나타날 것이다. 펭이 침입자를 살해할 수도 있고, 아니면 침입자가 펭을 죽일 수도 있으며, 둘 다 죽을 수도, 둘 다 살 수도 있는 등 그 가능성은 매우 다양하다. 쯔이 펭의 작품에서는 모든 (가능한) 결말들이 동시에 일어난다. 그런데 여기서 중요한 점은, 각각의 (가능한) 결말은 또 다른 갈라짐의 출발점이 된다는 것이다. 언젠가 이 미로에 무한히 갈라져 있는 길들은 다시 한 지점으로 모이게 된다. 예를 들어, 당신이 이 집에 당도했다고 하자. 가능한 과거들의 어떤 순간에서 당신의 나의 적이었으나, 또 다른 순간에서 당신의 나의 친구일 수 있다."*

이를 좀 더 확대해보면, 보르헤스의 텍스트 구조—각각의 사건과 행위가 서로 평행을 이루면서 동시적으로

* 같은 책, 478쪽.

공존하고 있는 이런 이야기 구조 — 를 결정하고 있는 것은 다양한 '미래들'(모든 미래가 아니라)뿐만 아니라, 다양한 '과거들'(모든 과거가 아니라)을 향해 끝없이 두 갈래로 갈라지는 '시간들의 미로'라고 할 수 있지 않을까? 다시 말해 "시간의 무한한 연속들, 현기증 날 정도로 어지러이 증식되는, 즉 분산되고 수렴되고 평행을 이루는 시간들의 그물(…). 서로 접근하기도 하고, 서로 갈라지기도 하며, 서로 단절되기도 하고, 수백 년 동안 서로에 대해 알지 못하기도 하는 이러한 시간의 구조는 모든 가능성"*을 포괄하고 있기 때문에, '무한한 이야기'가 가능한 것이 아닐까?

만약 "모든 가능성"을 기반으로 '무한한 이야기'가 가능하다면, 보르헤스의 "픽션들"은 결과적으로 '가능성의 세계-잠재적인 세계'와 다르지 않을 것이다. 보르헤스, 아니 미래 문학의 열쇠는 바로 여기에 숨어 있다. 정리해 보자. 보르헤스는 현실에 존재하는 (혹은 존재하지 않는, 따라서 잠재적인) 이야기를 선택한 다음, 그 이야기를 지배하고 있는 단일한 플롯에서 배제된, 혹은 억압된 다양한 가능성들을 (재)구성한다. 다시 말해 그는 하나의 이야기에서 무한하게 증식하고 확장될 수 있는 가능한 모든 이야기들과 그 이야기의 모든 변주들을 동시적으로 구성한다. (보르헤스 글쓰기의 특징: 하나의 주제 혹은 소재를

---

* 같은 책, 479쪽.

다양하게 변형시키기. 우리나라의 옛날이야기 전개 방식과 다를 바가 없다 —'반복과 차이!') 하나의 이야기에서 비롯된, 혹은 변주된 모든 이야기들은 마치 미세한 그물 조직처럼 짜인 가능성(잠재성)들의 체계와도 같은데, 이는 곧 존재하는 것에 대한 '대안적 세계'로 드러난다. 이러한 가능성들의 세계, 혹은 대안적 세계를 통해서 우리들은 지금 존재하고 있는 것뿐만이 아니라, 아직 존재하지 않는 것, 미래에 도래할 것(혹은 가능한 이야기)을 인식할 수 있다. 동일한 결론: 미래의 (대안적) 이야기. 하지만 난 이를 '경험의 논리'라고 부르고 싶다. 모든 가능성을 포괄한다는 것은 결국 삶의 모든 경험 — 여기에는 당연히 억압되고 배제된 삶의 경험들이 존재(잠재)하고 있다 — 을 되살린다는 것이고, 따라서 묻혀 있던, 아니 접혀 있던 삶의 모든 의미와 전망을 펼쳐 보일 수 있다는 말이 되니까 말이다. 수렴과 분산을 반복하는 보르헤스와 마세도니오의 문학이 갈리는 중요한 분기점도 바로 여기다. 보르헤스가 '경험의 논리'에 기초하고 있다면, 마세도니오의 문학은 '감각의 논리'에서 비롯된다. 망각의 힘을 거스르기 위해 다시 한 번 적어두자.

"존재하는 모든 것이 세계가 되는 것은 놀라운 사건이자 내적-외적 상태, 즉 순전한 상태이다. 다시 말해서 그것은 감각된 것, 실제로 감각된 것일 뿐이다. 몽상 형식이야말로 단 하나밖에 없는 가능한 존재 방식이자, 우리가 인식할 수 있는 유일한 존재 형식이다. 여기서 몽상 형식이라고 하는 것은 외적인 것과의 상관성을 따지지 않고 순수한 주관성의 상태로 나타나는 모든 것을 말한다. 따라서 나는 존재를 무아(無我) 자체(almismo ayoico)라고 부른다. 왜냐하면 그것은 매 순간 [변하는] 상태마다 언제나 충일하고 완전할 뿐, 외재성이나 본질이라는 것들과의 상관관계를 찾느라 미적거리지 않기 때문이다. 다시 말해서, 무아 자체인 존재는 몽상과 마찬가지로 그 자체로 충만하고, 모든 것을 흡수하는 영혼의 모든 것이지, 소위 인과성이라는 것과는 아무런 관련이 없다. 그리고 내가 존재를 무아, 즉 내가 없는 상태라고 한 것은 단 하나의 감각(Sensibilidad)만 존재하고 있기 때문이다. 이처럼 감각은 여러 개[복수]가 아니고, 따라서 더 이상 주관성에 갇혀 있는 것이 아니기 때문에, 나 자신이 감각한 것 —즉, 아무도 아닌 자의 신비한 감각— 말고는 그 어떤 것도 일어날 수도, 그리고 느낄 수도 없다. 매 순간 상태마다 충만하고 완전하기 때문에 존재는 신비롭다. 이와 같은 존재의 충만함은 [존재가] 나-자아의 세계 속에서만 사는 것도, 그리고 소위 외적인 것에 의존하거나, 그것과 상호 관련되어 있지도 않다는 것을 의미한다. 내가 감각하는 것 밖에는 아무것도 존재하지 않는다. 다시 말해서, 다른 이들이 감각하는 것[다른 감각들]이나, 느끼지도, 존재하지도 않는 것[물질]은 없다. 전(全) 존재는 내가 감각하는 것에 있을 뿐이다. 즉, 그것은 존재의 충만함이지, 다른 사물들의 [외적] 현상이나 표상이 아니다."*

* 마세도니오 페르난데스, 「눈을 뜨고 있다고 다 깨어 있는 것은 아니다」, 전집 8권(부에노스아이레스, 코레히도르, 2007), 243~244쪽.

오랜 세월 동안 그는 지방과 왕국, 산맥과 만(灣), 섬 앞에 떠 있는 배들과 다양한 물고기, 방들과 각종 도구들, 밤하늘을 수놓는 별과 들판을 내달리는 말들, 그리고 사람들의 이미지로 어떤 공간을 채우는 일에만 매달렸다. 죽기 얼마 전, 그는 선들이 복잡하게 얽힌 미로가 결국 자기의 얼굴 모습이라는 사실을 발견했다.*

— 호르헤 루이스 보르헤스, 『창조자』 중에서

수요일

머리가 복잡하다. 아직 뭔가가 정리되지 않은 느낌이다. 문학의 분열증과 나의 편집증, 서로 평행선을 달린다. 그렇지만 다시 부딪혀볼 수밖에······.

보르헤스에게 있어서 미래 — 과거도 마찬가지다! — 란 이미-결정된 것이 아니라, 일종의 수수께끼와도 같은 것이며, 역사적 진실 또한 수수께끼의 형식을 갖고 있다. (고대 희랍비극은 미세한 '차이'를 만들어내면서 계속 '반복'된다.) 따라서 보르헤스 픽션의 핵심은 수수께끼와 같은 역사, 즉 미래와 과거를 (다양하게) 해석하는 데 있다. (보르헤스에게 있어서 픽션은 일종의 해석 작업이다. 그리고 이 점은 보르헤스 문학의 형식적 특수성 — 탐정 양식 — 을 규정한다.) 다시 말해서 현재 속에서 보이지 않는

---

* 호르헤 루이스 보르헤스, 「에필로그(Epílogo)」, 『창조자(El hacedor)』, 전집 2권, 232쪽.

미래의 기호들을 발견하고 해석하는 작업이자, 이와 동시에 미래 속에서 유령처럼 떠도는 과거의 흔적들을 되찾아 재구성하는 작업이다. 보르헤스의 픽션은 시간의 복잡한 흐름 속에서 미래로, 그리고 과거로 무한하게 증식하는 가능한 세계들이다. 오토 디트리히 주르 린데 대위의 말은 이를 분명하게 드러내준다. "내 말의 의미를 이해할 수 있는 자들은 독일의 역사와 세계의 미래 역사에 대해 이해하게 될 것이다. 내 경우처럼, 지금으로서는 예외적이고 놀라운 것들이 머지않아 매우 사소한 것들이 되리라는 것을 난 잘 알고 있다. 내일이면 나는 죽을 것이다. 그러나 나는 미래에 다가올 세대들의 상징과도 같은 존재이다. (…) 독일의 패배는 이미 일어난 일이기 때문에, 그리고 지금 일어나고 있고, 과거에 일어났고, 또 미래에 일어날 모든 사건들이 무수히 서로 연결되고 있기 때문에 실제로 일어난 단 한 가지 사건만을 (과거, 미래로부터) 떼어놓고 비난한다든지 한탄하는 것은 우주를 모독하는 일이리라. 따라서 나는 독일의 패배를 기꺼이 받아들이는 것이다. (…) 이제 세계 위로 무자비한 시대가 닥쳐오고 있다. 우리들은 새로운 그 시대를 준비하였으며, 결국 우리는 그것의 희생자가 되었다. 영국이 망치가 되고 우리가 모루가 된다 한들 무슨 상관이란 말인가? 중요한 것은 비굴하기 그지없는 기독교적 소심함이 아니라, 폭력이 지배하기만 하면 되는 것이 아니겠는가. 만일 승리와 불의와 행복이 우리 독일을 위한 것이 아니라면, 다른 나라들의

296

것이 되었으면 한다."*

모든 이야기들은 미래로부터 끊임없이 흘러들어온다. 톨스토이-카프카-마세도니오-보르헤스는 지금도 계속 새로운 이야기를, 미래의 이야기를 만들어내고 있다. 그런 점에서 그들은 이야기하기-기계, 아니 이야기-강이다. 나에게서 비롯되어, 너의 흐름과 만나고, 마침내 저 너머에 있는 넓은 바다로 유유히 흘러가는 강물. 이처럼 이야기-강은 눈에 보이는 것을 모두 해체하면서, 언제나 새로운 질서를 언뜻 드러내줄 것이다. 이야기-강은 결코 멈추지 않는다. 그러다 보면 언젠가 "현실은 즉각 항복을 선언"할 것이다. 아니 "현실이 스스로 항복하기를 열망했다는 게 옳은 말"일 것이다. 바야흐로 "환상의 세계가 실재의 세계 속으로 침투"**하기 시작하면서 어떤 권력도, 어떤 억압도 없는, 끊임없이 변하고 유동하는 세계가 드러난다. (보르헤스의「틀뢴」은 혹시 카프카의 문학이 아닐까?) 문학이라는 유토피아!

　　문제는 문학이 현실을 반영 — 현존의 형이상학 — 하는 것이 아니다. 그와 반대로 현실 속에 잠재적인 상태로 존재하고 있는 환상과 꿈 — 픽션들 — , 즉 눈에 보이지 않는 흐름과 회로를 연결함으로써 끊임없이 새로운 질

* 호르헤 루이스 보르헤스,「독일 진혼곡(Deutsche Requiem)」,「알레프(El Aleph)」, 전집 1권, 576쪽, 580~581쪽.
** 호르헤 루이스 보르헤스,「틀뢴, 우크바르, 오르비스 테르티우스」,「픽션들」, 442쪽.

서를 구축하는 것이다. 또 하나의 예. 전에 언급했던, 그리고 메일에서 X가 섬뜩하다고 했던 그 작품의 결말. "남자는 나무나 울타리 뒤로 몸을 숨기며 뛰어갔다. 마침내 희뿌연 안개로 뒤덮인 어스름 속에서 그 집으로 이어지는 큰길이 보이기 시작했다. 개가 짖으면 안 되는데…… . 다행히 개는 짖지 않았다. 마름이 집에 있을 시간은 아닌데…… . 다행히 그는 집에 없었다. 남자는 현관 계단을 올라가 집 안으로 들어갔다. 심장 뛰는 소리가 귓전을 울리는 와중에도 어디선가 여자의 목소리가 들려왔다. 우선 파란 벽으로 둘러싸인 응접실을 통해 복도로 가다가 마침내 양탄자가 깔린 계단 앞에 이르렀다. 계단 위로 두 개의 문이 나 있다. 첫 번째 방에는 아무도 없다. 두 번째 방도 마찬가지였다. 거실의 문, 그리고 움켜쥔 칼, 창문을 통해 새어 들어오던 빛, 등받이가 높은 초록색 벨벳 안락의자, 그리고 그 의자에 앉아 소설을 읽고 있는 남자의 머리."* 그렇다면…… .

마세도니오가 엉뚱하게(!) 아르헨티나공화국의 대통령이 되겠다는 엄청난 포부를 가졌던 것도 따지고 보면 픽션으로 현실을 '점령'하려는 거대한 '문학적 실험'이 아니었을까? 따라서 우리가 주목해야 하는 점은 대통령이 되겠다는 포부 자체가 아니라, 그 방법이다. 마세도니오의 이름을 널리 알리기 위해 보르헤스의 "여동생과 몇몇

* 훌리오 코르타사르, 「계속 이어지는 공원」, 『놀이의 끝』, 292쪽.

친구들이 종이쪽지나 작은 엽서 등에 마세도니오라는 이름을 적어 제과점이나 전차, 길거리, 집 현관, 그리고 영화관 등지에 몰래 흩어놓*기도 했을 뿐만 아니라, 또한 이들은 "부에노스아이레스를 무대로 하는 멋진 환상소설"을 한 편 쓰기로 했다. 일종의 집단 창작 형식인 이 소설의 제목은 놀랍게도 '대통령이 될 사람'이었다. 중요한 점은, 이 소설이 "두 가지 플롯으로 치밀하게 짜여 있다"는 사실이다. "첫 번째는 작품 표면에 드러나 있는 '가시적인 플롯'으로, 공화국의 대통령이 되기 위해 마세도니오가 짜낸 기상천외한 전략이다. 두 번째는 작품에 은밀하게 숨겨진 '비밀 플롯'으로, 마세도니오를 대통령으로 당선시키기 위해 신경증에 걸린 — 아마도 미치광이인 — 갑부들이 작당해서 꾸며낸 음모를 다루고 있다. 이 미치광이 갑부들은 불편하고 거북한 발명품들을 지속적으로 만들어 세상에 퍼뜨림으로써 사람들의 거부감과 저항을 서서히 무력화시키기로 결의했다. 그들이 생각해낸 첫 번째 발명품은 (바로 여기서 우리의 소설이 탄생한 것이다) 자동 설탕 투입기인데, 이를 이용하면 오히려 자기 기호에 맞게 커피에 설탕을 넣기가 불가능해진다. 이 뒤를 이어 기발한 발명품들이 줄지어 떠올랐다. (…) 한마디로 우리의 상식을 완전히 뒤엎어 버리자는 의도라고 할 수 있

* 호르헤 루이스 보르헤스, 「마세도니오 페르난데스」, 『서문들에 대한 서문이 달린 서문들』, 85쪽.

다."* 이야기의 두 흐름, 그리고 역설. 이는 이야기-강이 흘러나오는 원천이자, 현실을 변화시키는 힘이다. 마세도니오의 『영원한 여인의 소설 박물관』과 보르헤스의 「틀뢴, 우크바르, 오르비스 테르티우스」— 무한하게 분열 증식되는 하나의 이야기-소설, 미래의 소설……. "마침내 정부는 무너지고 만다. 그 직후, 마세도니오와 페르난데스 라투르는 대통령 궁인 카사 로사다에 입성한다." 이제 우리에게 남은 것은 "기존의 의미와 질서가 모두 사라진 아나키즘적인 세계"**뿐…….

* 같은 책, 86-87쪽.
** 같은 책, 87쪽.

마세도니오의 예술에서 가장 중요한 것은 무엇일까? 그건 아마 사유와 문학의 관계일 것이다. 그는 철학 책에서나 나올 정도로 난해하고 추상적인 사유가 문학작품에서도 표현될 수 있을 것으로 생각했다. 다만 사유가 아직 이루어지지 않은 경우에 한해서만 말이다. 그에게 있어서 "아직은 아닌" 것은 문학 그 자체다.*

— 리카르도 피글리아,『짧은 형식들』중에서

목요일

이야기-강. "단지 불가능한 것만" 보던, 그래서 "현실의 불가능한 논리를 눈에 보이게 만들어야"** 했던 카프카의 시선. 주변의 모든 사물을 휘감으면서 흐르는 "마세도니오의 목소리".***

한 가지 남은 과제: 마세도니오 페르난데스의 유머는 과연 무엇일까? 그런데 마세도니오의 글을 읽을 때마다, 보르헤스의 이런 말이 떠오른다. "평소 마세도니오가 관심을 가지고 있던 건 명성을 얻는 것이 아니라, 명성의 메커니즘 그 자체였다."**** 그렇다면 마세도니오의 유머는 혹

---

* 리카르도 피글리아,『짧은 형식들(Formas breves)』(바르셀로나, 아나그라마, 2000,) 83~84쪽.
** 리카르도 피글리아,「카프카에 관한 이야기」,『마지막 독자』, 57쪽.
*** 호르헤 루이스 보르헤스,「목격자(El testigo)」,『창조자』, 174쪽.
**** 호르헤 루이스 보르헤스,「마세도니오 페르난데스」,『서문들에 대한 서문이 달린

시 권력의 메커니즘을 해체하려는 의도는 아니었을까? "사회는 야만의 단계에서 질서로 상승한다. 야만성의 단계가 사실의 시대라면, 질서의 시대는 분명 '허구들의 제국'이 될 것이다. 왜냐하면 육체에 대한 육체의 직접적 억압만으로 질서를 정립할 수 있는 권력은 이 지구상에 존재하지 않기 때문이다. 이제는 허구의 힘이 필요하다"라는 폴 발레리의 말은 내 생각을 어느 정도 뒷받침해주고 있다. 어차피 "의심의 유예(suspension of disbelief)"라는 시학의 원리가 사회 세계로 이동한 것이 바로 정치일 테니까 말이다. 권력의 중심으로부터 끊임없이 흘러나오는 또 다른 이야기-강. 이러한 권력의 담론은 사회 표면에 난 균열 — 즉, 사실인 것과 환상적인 것 사이의 틈 — 속으로 침투해서 대중의 마음속에 두려움과 공포를 만들어낸다. 공포의 일상화. 그렇다면 마세도니오는 이야기-유머를 통해 권력의 메커니즘과 대중의 마음속에 내면화된 공포와 두려움을 해체시키려고 했던 것이 아닐까? — 유머의 유물론……?*

엄지영

서문들」, 85쪽.
* 이 글은 리카르도 피글리아의 『마지막 독자』(바르셀로나, 아나그라마 출판사, 2005)를 참조해서 쓴 것이다.

마세도니오 페르난데스 연보

1874년 — 지주이자 변호사이던 아버지 마세도니오 페르난데스(Macedonio Fernández)와 어머니인 로사 델 마소 아길라르 라모스(Rosa del Mazo Aguilar Ramos) 사이에서 태어남.

1887년 — 콜레히오 나시오날 센트랄(Colegio Nacional Central)에서 수학.

1891~2년 — 부에노스아이레스의 여러 일간지에 풍속주의 작품을 발표. 이때의 작품들은 모두 『전집』의 1권인 『오래된 기록들(Papeles antiguos)』에 수록되어 있다.
　　친구이자 호르헤 루이스 보르헤스의 아버지인 호르헤 기예르모 보르헤스(Jorge Guillermo Borges)와 함께 허버트 스펜서의 심리학과 쇼펜하우어의 철학에 심취.

1897년 — 부에노스아이레스 대학교 법학부에서 『인격론(De las personas)』(미출간)이라는 학위논문으로 법학 박사 학위를 받음. 레오폴도 루고네스(Leopoldo Lugones)와 호세 잉헤니에로스(José Ingenieros)가 주도하던 사회주의 계열의 신문 『라 몬타냐(La Montaña)』에 기고.
　　여러 명의 친구들(여기에는 호르헤 기예르모 보르헤스도 포함)과 함께 파라과이 밀림 속에 아나키즘 공동체를 만들기 위한 구상을 시작.

1898년 — 변호사 자격증 취득. 이후 25년 동안 변호사로 활동함.

1899년 — 엘레나 데 오비에타(Elena de Obieta)와 결혼. 슬하에 마세도니오, 아돌포, 호르헤, 엘레나, 네 자녀를 둠.

1904년 — 문학지 『마르틴 피에로(Martín Fierro)』*에 몇 편의 시를 발표.

1905년 — 마세도니오에게 커다란 영향을 미친 미국 철학자 윌리엄 제임스(William James)와 서신 교환 시작. 이들의 관계는 윌리엄 제임스가 1911년에 사망할 때까지 지속되었다.

1908년 — 아르헨티나 북부 미시오네스에 위치한 포사다 시의 민사 법원에서 검사직 취득. 어떤 피고에게도 유죄 구형을 내리지 않아 해임되었다는 이야기가 떠돌았다. 하지만 부패한 사법 당국과의 마찰 끝에 결국 1913년 사임했다.

  포사다 시 도서관장 역임. 거기서 소설가 오라시오 키로가(Horacio Quiroga)와 교분을 쌓음.

1920년 — 부인인 엘레나 데 오비에타가 심장 수술 후유증으로 세상을 떠남. 변호사직 사퇴. 네 아들을 모두 조부모와 고모의

---

* 1904년 3월 알베르토 히랄도(Alberto Ghiraldo)가 아나키즘을 전파할 목적으로 창간한 잡지로, 1905년까지 나왔다. 비록 짧은 시기에 사라졌지만, 여기에는 로베르토 파이로(Roberto Payró), 미누엘 우가르테(Manuel Ugarte), 호세 잉헤니에로스(José Ingenieros), 루벤 다리오(Rubén Darío) 등이 필진으로 참여했다. 반면 같은 이름의 문학지가 1924년에 아르헨티나에서 에바르 멘데스(Evar Méndez)와 호세 카이롤라(José B. Cairola) 등에 의해 창간되었다. 1927년까지 계속된 이 잡지에는 호르헤 루이스 보르헤스와 라울 곤살레스 투뇬(Raúl González Tuñón), 레오폴도 마레찰(Leopoldo Marechal), 마세도니오 페르난데스, 그리고 레오폴도 루고네스(Leopoldo Lugones) 등 당대 유명 작가들이 작품을 기고했다.

손에 맡기고 유랑 생활을 시작. 전국을 떠돌아다녔으나, 주로
부에노스아이레스의 온세와 트리부날레스 지구의 여인숙을
전전하면서 살아감. 당시 그의 소지품이라고는 냄비와 난로, 그리고
마테 차를 끓이는 풍로와 기타, 그리고 윌리엄 제임스 사진 한
장뿐이었다고 한다.

1921년 — 유럽에서 귀국한 호르헤 루이스 보르헤스와 만남. 후일
세계문학에 커다란 영향을 미치게 될 두 거장 사이에 우정이
싹트기 시작함.

1927년 — 아르헨티나 대통령 선거에 후보로 출마. 그러나 선거
출마는 몇몇 친구들과 모의한 퍼포먼스, 즉 초현실주의적인
선거운동을 펼쳐 보이려던 계획의 일환에 불과했다. 물론 선거
결과는 참패였고, 이폴리토 이리고옌(Hipólito Irigoyen)이
대통령으로 당선됨.

1928년 — 라울 스칼라브리니 오르티스(Raúl Scalabrini Ortiz)와
레오폴도 마레찰(Leopoldo Marechal)의 권유로 『눈을 뜨고
있다고 다 깨어 있는 것은 아니다(No toda es vigilia la de los ojos
abiertos)』(부에노스아이레스, 마누엘 글레이세르[Manuel Gleizer])
출간.

1929년 — 『방금 도착한 이의 기록(Papeles de Recienvenido)』
(부에노스아이레스, 쿠아데르노스 델 플라타[Cuadernos del
Plata]) 출간. 이 시기에 이미 불후의 명작인 『영원한 여인의 소설
박물관(Museo de la novela de la Eterna)』을 구상하기 시작함.

1938년 ―『"영원한 여인"과 슬픔에 잠긴 소녀, 전혀 모르는
어느 연인을 흠모하던 "다정한-이"의 소설(Novela de "Eterna"
y la Niña del dolor, la "Dulce-persona" de un amor que no fue
sabido)』출간. 이는 『영원한 여인의 소설 박물관』(1967)의 출현을
예고하는 작품이기도 하다.

1941년 ―『시작하는 소설(Una novela que comienza)』(산티아고 드
칠레, 에르시야[Ercilla])이 칠레에서 출간됨.

1944년 ―『방금 도착한 이의 기록 그리고 계속되는 무(Papeles de
Recienvenido y Continuación de la Nada)』(부에노스아이레스,
로사다[Losada]) 출간.

1947년 ― 아들인 아돌포 데 오비에타의 집에 정착. 여기서 죽을
때까지 살게 된다.

1952년 ― 2월 10일, 78세로 세상을 떠남.

1953년 ― 그는 생전에 좀처럼 책을 출판하려 하지 않았기에,
그의 사후, 라틴아메리카 작가들과 아들인 아돌포 데 오비에타*가
여기저기 흩어져 있던 작품을 모아 편집 작업을 시작했다.
　　『시집(Poemas)』(멕시코, 구아라니아[Guarania]) 출간.

---

* Adolfo Fernández de Obieta(1912~2002). 마세도니오 페르난데스와 엘레나 오비에타
사이에서 셋째 아들로 태어난 그는 아버지를 따라 작가의 길을 걸었다. 시인, 극작가,
단편 작가로서 많은 작품을 남겼을 뿐만 아니라, 여기저기 흩어져 있던 마세도니오의
작품을 모두 모아 재구성해 『전집』을 펴내는 커다란 업적을 남겼다.

1963년 —「우주가 된 호박(성장에 관한 이야기)(El zapallo que se hizo cosmos[Cuento de crecimiento])」이 프랑스어로 번역됨. (*Le potiron qui devint cosmos*, 자크 세느리에[Jacques Sénelier] 옮김.)

1966년 —『방금 도착한 이의 기록, 시, 이야기, 단편, 그 외 글들(Papeles de Recienvenido; Poemas; Relatos; Cuentos; Miscelánea)』(부에노스아이레스, 센트로 에디토르 데 아메리카 라티나[Centro Editor de América Latina]) 출간.

1967년 — 아돌포 데 오비에타의 헌신적인 노력 덕분에 『영원한 여인의 소설 박물관(Museo de la novela de la Eterna)』(부에노스아이레스, 센트로 에디토르 데 아메리카 라티나)이 마침내 세상의 빛을 보게 됨.

1972년 —『전체와 무에 관한 노트(Cuadernos de todo y nada)』(부에노스아이레스, 코레히도르 출판사[Ediciones Corregidor]) 출간.
　　「의식 절제 수술(Cirugía psíquica de extirpación)」이 이탈리어로 번역됨. (*Chirurgia psichica di estirpaziones*, 가브리엘라 줄리아니[Gabriella Giuliani], 마르셀로 라보니[Marcelo Ravoni] 옮김.)

1973년 —「의식 절제 수술」이 영어로 번역됨. (*The Surgery of psychic removal*, 이디스 그로스먼[Edith Grossman] 옮김.)

1974년 — 부에노스아이레스의 코레히도르 출판사에서 『전집(Obras completas)』 출간 작업 시작.

『이론들(Teorías)』(코레히도르)이 전집 3권으로 출간됨.

『아드리아나 부에노스아이레스(마지막으로 나쁜 소설)
(Adriana Buenos Aires[última novela mala])』(코레히도르)이 전집
5권으로 출간됨.

1975년 —『영원한 여인의 소설 박물관(처음으로 좋은 소설)(Museo
de la novela de la Eterna[Primera novela buena])』(코레히도르)이
전집 6권으로 출간됨.

1976년 —『서한집(Epistolario)』(코레히도르)이 전집 2권으로
출간됨.

1981년 —『오래된 기록들(Papeles antiguos)』(코레히도르)이 전집
1권으로 출간됨.

1982년 —『영원한 여인의 소설 박물관』(카라카스, 비블리오테카
아야쿠초[Biblioteca Ayacucho]) 출간됨. 여기에는『영원한 여인의
소설 박물관』외에도 마세도니오의 여러 작품이 수록되어 있다.

1983년 —『시집』이 프랑스어로 번역 출간됨. (Poèmes, 실비아 바롱
드 쉬페르비엘[Silvia Baron de Supervielle] 옮김.)

1985년 —「의식 절제 수술」이 프랑스어로 번역됨. (Chirurgie
psychique d'extirpation, 호세 칼벨로[José Calvelo], 미셸
팔렁팽[Michel Falempin] 옮김.)

1987년 —『이야기, 단편, 시, 그리고 그 밖의 글(Relatos, Cuentos,

Poemas y Misceláneas)』(코레히도르)이 전집 7권으로 출간됨.

1989년 —『방금 도착한 이의 기록 그리고 계속되는 무』
(코레히도르)가 전집 4권으로 출간됨.

1990년 —『눈을 뜨고 있다고 다 깨어 있는 것은
아니다』(코레히도르)가 전집 8권으로 출간됨. 프랑스어로『엘레나
베야무에르테와 또 다른 텍스트(Elena Bellemort et autres
textes)』가 번역 출간됨. (실비아 바롱 드 쉬페르비엘 옮김.)

2010년 —『영원한 여인의 소설 박물관(처음으로 좋은 소설)』이
영어로 번역 출간됨. (*The Museum of Eterna's novel*[*The first good
novel*], 마거릿 슈워츠[Margaret Schwartz] 옮김.)

워크룸 문학 총서 '제안들'

일군의 작가들이 주머니 속에서 빚은 상상의 책들은 하양
책일 수도, 검정 책일 수도 있습니다. 이 덫들이 우리 시대의
취향인지는 확신하기 어렵습니다.

'제안들'은 계속됩니다.

제안들 5

마세도니오 페르난데스
계속되는 무

엄지영 옮김

초판 1쇄 발행. 2014년 5월 31일
2쇄 발행. 2015년 11월 30일

발행. 워크룸 프레스
편집. 김뉘연
인쇄 및 제책. 스크린그래픽

ISBN 978-89-94207-40-7 04800
978-89-94207-33-9 (세트)
13,000원

워크룸 프레스
출판 등록. 2007년 2월 9일
(제300-2007-31호)
03043 서울시 종로구
자하문로16길 4, 2층
전화. 02-6013-3246
팩스. 02-725-3248
이메일. workroom@wkrm.kr
www.workroompress.kr
www.workroom.kr

이 도서의 국립중앙도서관
출판시도서목록(CIP)은 서지정보유통
지원시스템 홈페이지(seoji.nl.go.kr)와
국가자료공동목록시스템(www.nl.go.kr/
kolisnet)에서 이용하실 수 있습니다.
CIP제어번호: CIP2014015877

옮긴이. 엄지영 — 한국외국어대학교 스페인어과를 졸업했고, 동 대학교
대학원과 스페인 마드리드 콤플루텐세 대학교 대학원에서 라틴아메리카 소설을
공부했다. 옮긴 책으로 루이스 세풀베다의 『우리였던 그림자』, 공살루 M.
타바리스의 『예루살렘』과 『작가들이 사는 동네』, 로베르토 아를트의 『7인의
미치광이』, 페데리코 가르시아 로르카의 『인상과 풍경』, 리카르도 피글리아의
『인공호흡』, 사비나 베르만의 『나, 참치여자』가 있다.